被留在原地的人

〔法〕让-克洛德·莫尔勒沃 〔法〕安娜-洛尔·波多 著 杨亦雨 译

天津出版传媒集团
天津人民出版社

有些人会从生命里消失，这是你不得不接受的事实。

2013年2月24日

皮埃尔-马利·索图写给艾德琳·派尔蒙拉

亲爱的派尔蒙拉女士：

周六我旅行归来，在信箱里发现一个硕大的包裹，包裹的背面写着您的电子邮箱。我猜里面装着的应该是一部书稿。如果确是如此，我感谢您的信任，但不得不告诉您：我从不阅读别人寄来的书稿。阅读书稿是编辑的工作。而我，只是一个普通的作家。时常还为自己的写作烦恼，所以也不会自命不凡地去评判他人的作品。

我并未拆开包裹。请您告诉我通信地址，下周一，我就将书稿寄还。希望您别太埋怨我。

您真诚的，

皮埃尔-马利·索图

2013年2月24日

艾德琳·派尔蒙拉写给皮埃尔-马利·索图

亲爱的索图先生：

您刚旅行归来，就抽空给我回信，非常感谢。虽然您的回复让我感到有些沮丧。不瞒您说，寄信时我很确信您会拆开包裹。

然而仔细一想，我慢慢地理解了您的选择。您声名在外，自然会招来许多恼人的要求，选择自我保护是一个明智的决定。既然您好心给我回信，我想借此机会补充一句：包裹里的邮寄物非比寻常。另外，作为您的一名崇拜者，我也与其他崇拜者不尽相同。

希望我的回信能唤起您的好奇心，当然，我也不希望自己显得过于执拗。

崇拜您的，

艾德琳·派尔蒙拉

2013年2月25日

皮埃尔-马利·索图写给艾德琳·派尔蒙拉

亲爱的派尔蒙拉女士：

我选择不拆开包裹，是因为我喜欢自己挑选读物。另外，时间教会我不要过多分散精力。我只有过一次和一位女性读者通信的经历。可现在我无意与您一起重复这种经历，请原谅我的直率。

感谢您阅读我的作品。

您真诚的，

皮埃尔-马利·索图

2013年2月25日

艾德琳·派尔蒙拉写给皮埃尔-马利·索图

亲爱的索图先生：

我没有给名人写信的习惯。您无法想象我在寄信时的犹豫和找寻您地址时所付出的努力。很显然，那位女读者比我有更充分的理由来消磨您的时光。我很想知道她是如何做到的！

您信中生硬的口吻让人感到泄气。可我还是想试试自己的运气：附件中的这张照片，也许能勾起您的某段回忆。

祝好。

艾德琳·派尔蒙拉

2013年2月25日

皮埃尔-马利·索图写给艾德琳·派尔蒙拉

亲爱的艾德琳·派尔蒙拉：

请原谅我“生硬的口吻”，我无意伤害您。有时我会显得比较愚笨，尤其是最近这段时间。

那位年轻的读者首先就我那本以听障为主题的小说给我写信，想做些探讨。她和她的两个孩子都是听障者。这部小说让她深受感动。就这样，我们通信了几年，一切都很自然，不带任何目的。相反，我不得不承认您的信件让人感到有些不自在。您和我的其他读者到底有什么不同？

至于附件中的那张照片，没有勾起我任何回忆，抱歉让您再次感到失望。这是您拍的吗？照片里的地方，是您的居住地吗？

您真诚的，

皮埃尔-马利·索图

2013年2月25日

艾德琳·派尔蒙拉写给皮埃尔-马利·索图

亲爱的皮埃尔-马利·索图：

如果这张照片无法勾起您任何回忆，请将它忘记。有一件事让我感到很惊讶：就两个话不投机的人来说，我们真是给对方写了不少信呢！另外，您如此及时的回信让我深感荣幸！由此，我是否可以判断您现在没有专注于写作？或者您刚刚完成一部新作？如果情况确实如此，那真是个振奋人心的好消息。要知道，我喜欢听到各种好消息，但我的生命里已经太久没有好事发生。

我完全理解您的“愚笨”。您没有伤害到我，想要伤害我，这些还远远不够。

艾德琳·派尔蒙拉

2013年2月26日

皮埃尔-马利·索图写给艾德琳·派尔蒙拉

亲爱的艾德琳·派尔蒙拉：

确实，我们在信中交流很多，可你我之间并没有平等可言：您很了解我，但我却对您一无所知。要想知道更多关于我的信息，您只需上网，在某个搜索引擎中输入我的名字即可。您能找到我的出生日期（是的，我已经60岁了），看到代表我各个生活时期的照片，很不幸，最近出现在照片上的是一个谢顶老头的形象。除此之外，您还能听到我的声音。总而言之，我是一个曝光在公众视野下的人物，一无遮拦。而您却正好相反，可以舒适地蜷缩在匿名的保护中。在前几封信中，您关于自己的描述也少之又少。

您把我的新书出版当作是一个好消息，我很感激。然而，我担心您的等待恐怕还要持续很长时间。

关于您的书稿，我想再提醒一下：只需提供一个通信地址，我就能寄还给您。现在，我暂时把它放在书架最底层，和那些银行文件、出版合同摆在一起。

您真诚的，

皮埃尔-马利·索图

2013年2月26日

艾德琳·派尔蒙拉写给皮埃尔-马利·索图

亲爱的皮埃尔-马利·索图：

高个。棕发。肥胖。

34岁。

声音：女低音（我在一个业余合唱团里演唱）。

谢顶：暂无。

我猜这段描述毫无动人之处。我也远远比不上《沉默》（如果我没记错的话？）中的那个女性人物。说到这里，既然之前那位与您通信的女读者让您深受震动，为何你们会停止通信？难道产生了什么“误会”吗？

也许给您寄送这个包裹从一开始就是个错误，我也不希望它占用您书架更多时间。

我的地址如下：

马克-布劳什绝巷1号，72727勒可特尔[1]

（请您尽快寄还，因为近期我有搬家的打算。我将支付您寄送的邮资。）

我会继续做您忠实的读者。

艾德琳·派尔蒙拉

---

1. 原文Le Cloître，系地名。音译为勒可特尔。在法语中Le Cloître又有围墙、内院之意。（除特殊说明外，注释均为译者注。）

又及：您似乎在创作新书时遇到麻烦。要知道，无论如何我都会迫不及待地等候它的问世。而且我知道，还有许多人怀着同样的期盼！

2013年2月27日

皮埃尔-马利·索图写给艾德琳

亲爱的艾德琳：

是的，毫无疑问，就是《沉默》这本书。

我不清楚自己这样做是否妥当，但还是想向您和盘托出：在收到您第二封来信的那个夜晚，凌晨3点我突然惊醒。您知道那是一种什么样的状态吗？在万籁俱寂的深夜，我被一些事实所侵扰：儿子厌恶我……父亲正在慢慢走向死亡……我自己日渐变得年迈体弱……诸如此类的感触。这个宁静的夜晚就此被彻底破坏。就在这时，我毫无缘由地想到了您，想起我们通信的过程，想到一句话：我碰上了一块骨头。

我对包裹里的东西一无所知。但不得不承认，我开始偷偷打量它。这个包裹可以在我这里多放一些时候吗？

我和那位年轻女士的通信，由于她随丈夫迁入爱尔兰而终止。她曾说："哪天您要是途经都柏林，可以来看看我。"当然，我从没去过那里。事实上，是我先对两人的通信感到有些厌倦。因为她的邮件内容过于贴近现实，让我有些不适。要知道，如果适当做些杜撰，也许更能让人欣然接受。我自己就总爱这么干！

我很羡慕您会唱歌。您经常唱什么曲子？我这个人只会思考，唱起歌来五音不全，舞又跳得像一只粗笨的狗熊。

谢谢您毫不做作的自画像描绘。那几个人性化的字眼令人印象深刻。至于它们是否与事实相符，我并不介意。因为这在我看来无关紧要，就像小说，重要的是让读者产生兴趣，不是吗？

祝您度过愉快的一天！

皮埃尔-马利

又及：绝巷、围墙……是的，赶快搬家吧！

2013年2月27日

艾德琳写给皮埃尔-马利

亲爱的皮埃尔-马利：

不得不说，您真是耍弄"忽冷忽热"的高手！今天早上醒来时，我发现自己得了重感冒，看来是有原因的。但为了不让您过于骄傲，还要告诉您，我家这被"围墙圈起来"的地方十分潮湿。您成功注意到了我家"圈起来"的特点。在九年前搬入此地时，我很后悔没有像您一样头脑清醒。您知道萨尔特这个地方吗？我发现您的作品里从来没有提起过它，也没有任何关于自己住处的描述。仿佛只有这样，您的想象力才能够不受拘束地迸发火花。我很羡慕您这种远离日常现实的无上自由。

这么说来，您不会马上寄还包裹？我不知道应该说些什么。那就让它待在原处吧。

您“骨头”的说法让我笑了很久。从来没有人把我比喻为“骨头”。另外，我的那幅自画像非常符合现实……在整个青春期，我都忍受着同学们嘲弄的目光。

透过您的文字，我猜您没有过相似的经历。但凭借您的想象力，相信您一定可以想到，一个与美丽无关的女生在郊区初中所遭受的一切。众人的羞辱和否定简直能将人摧毁。我别无选择，只能自我封闭并麻醉自己的感觉。然而最近发生的几件事，把我从长期的麻木中唤醒。现在，我想畅快地活着，不再妥协。

是的，我平日喜欢唱歌！（我们合唱团团长选择的曲目非常丰富，包括北美黑人唱的福音歌曲、礼拜仪式圣歌和通俗歌曲。他是一个不错的人）。您可能猜不到，我平时还跳舞！并且毫不在意自己跳起舞来像一只狗熊还是河马。您也应该尝试一下。虽然我们无法追回逝去的时光，但可以决定不再浪费将来的日子。这也是我决定搬家的理由。我还没有打包装箱，但已经开始对物品进行分类，保留一些，丢弃一些。那个包裹也是经过“筛选”以后才寄给您的。

如果您哪天又失眠，请告诉我。我调制的各式花草茶很神奇，几乎能够治愈各种毛病。

您的“骨头”，
艾德琳·派尔蒙拉

2013年2月27日

艾德琳写给皮埃尔-马利

还是我。当我在邻近乡镇跑步时（这座乡镇名为穆榕[1]，是的，我没有撒谎），突然想起自己写的那封邮件，感到非常不安。“太冗长！而且涉及了太多个人信息！”我暗想道。所以，我想再写封邮件告诉您：在现实生活中，我也有朋友，既有男性朋友也有女性朋友。好了，就这些，不再多言。

祝您度过愉快的一天，也可以考虑一下我的花草茶！

2013年2月27日

皮埃尔-马利写给艾德琳

亲爱的艾德琳：

请收回不安，您的邮件并不冗长，也没有打扰到我。如果此刻我正醉心创作，那您的邮件也许会让我感到厌烦。曾经，我时常处于这种忘我的写作状态，真希望能重新找回这种感觉：全身心投入工作，认为其他所有事务都是在消耗时间，令人难以忍受！当我思如泉涌，写作极为流畅时，会感受到一种难以言表的愉悦。可惜，我与那种状态渐行渐远：此刻我手上没有任何写作计划。

---

1. 原文 Mouron，系地名，音译为穆榕。在法语口语中 mouron 有烦恼、忧愁等意。

用一句航空语来说，我正处于一种失去风向的迷茫时刻。之前您提到的“无上自由”，我可以随时放弃，因为我讨厌这种自由。相比之下，我更喜欢像着了魔一样沉浸在自己编写的故事中，随着故事的发展而屏息凝神。然而，现实中什么都没有，只有一片寂静，甚至听不到呼吸的声响。好了，关于这个话题，我不想再多说什么，免得让我的烦恼影响到您。我更想对您说的是（我这是鼓起勇气说的）每当在邮箱中看到您的名字，都让我感到欣喜。

不，我不知道萨尔特这个地方。我应该知道吗？您说得对，我从不在小说中提起自己居住的区域。其实德龙省很漂亮，但让我把它当作小说背景却万万不行！我也不明白这是为什么。事实上，我不知道该如何回答此类问题。这类由“为什么”开头的问题总会让我神经紧张。通常情况下，人们想象中的我要比真实的我聪明很多。我很想这么回答他们：我确实写过几本还能看的作品，但请别问我是如何写成的！如果写作很容易解释的话，那它一定也是一件易于完成的工作。然而，写作很难。我的老天，写作真的很难。

我很同情您年少时的遭遇，也可以想象您感受到的痛苦和绝望时流的眼泪。有时青少年的行为方式，完全就像是一些可怖的法西斯分子。至于我，青春期时并不肥胖。然而却过分地、极度地、无可救药地……腼腆。尤其是在和女孩相处时。我害怕的不是她们对我说“不”（我长相并不丑陋），而是害怕她们对我说“好”。所以，我只能佯装对这类事情不感兴趣。我总是想象自己面前站着一排女孩，一排我本可以拥有却又错失的漂亮女孩，一排我本可以拥抱、亲吻、抚摸，甚至享受肉体之欢的女孩。她们可以是棕发、金发、圆润、苗条、肤色白皙或古铜。然而，那时的我只想独处，没有好好把握机会。现在每当想到这些，我都会感到要晕倒。每一个人都有自己的苦难，对吗？

我毫不怀疑您有来往的朋友们。我的朋友很少。最好的朋友不是住得远就是已经亡故。很抱歉用这些伤感的事结束这封信。

就写到这里。我准备去看电影，晚点告诉您细节。

我暂时不打算问“最近发生的哪些事让您突然觉醒”，下一次再说吧，反正我们有的是时间，不是吗？现在，请尽情舞蹈、歌唱、拥抱任何您想拥抱的人。

皮埃尔-马利

2013年2月28日

艾德琳写给皮埃尔-马利

亲爱的皮埃尔-马利：

从昨天开始，我的感冒加重。我著名的花草茶（在萨尔特南部远近闻名）也毫无效果。我现在流着两行泪（感冒症状），手边两张纸巾，仿佛身处云端，脑中的云雾似乎比窗边的云雾更稠密。但这也没关系，反正我也没有非做不可的要紧事：如果愿意，我可以在床上躺一整天。我只希望自己有足够的脑力给您写几行还算通顺的话！

首先，我想再重申一下我的请求：请将那个大包裹继续和您的银行文件、出版合同放在一起。我知道，这么要求显得荒唐且充满矛盾：我费尽心思将这个包裹交到您手中，现在却很后悔。俗话说：女人总是善变的……然而事实是，我很享受与您通信，生怕您一旦打开包裹，看到里面的东西后，便不再与我来往。

我对文学创作一无所知，那是一个从未涉足过的神秘领域。我就像是一个旁观者，没有登上过舞台。所以，我不太明白您厌恶无上自由的原因。对不起，皮埃尔-马利，读着您的邮件，感觉您就像是一个被宠坏的孩子，不断地在抱怨。您说自己现在灵感枯竭，就算情况果真如此，这就是您憎恶自由(这种大多数人都很羡慕的生活状态)的理由吗？是您自己选择成为一名作家的，不是吗？那就请您肩负起一个作家的职责！当一个一言不发，没有文字和标点，在缄默和慌乱中都能淡然处之的作家。您说很怀念那些陶醉于写作的时刻，那就请您拿出同样的热情来面对此时的痛苦：这是必须付出的代价！

您是否认为我毫无同情心？请把我今天的态度都归责于感冒：它让我变得不再拘谨，就像喝过酒一样，激起我惹怒您的冲动。好了，著名的作家先生，告诉我是什么阻止您纵马奔腾！告诉我是什么让您感到害怕！如果我的问题激怒了您，那就请您尽情宣泄，别担心，我结实得很！您的忧伤让我感到难过，我更偏爱您愤怒的样子。请别告诉我您没有任何理由感到愤怒，我不相信。

您说自己曾经是一个害羞的少年，对此我并不惊讶。在我看来，作家多半生性腼腆，不然，他们也许会当一名演员或者摇滚歌手。但我很难想象，您面对着一长排女孩竟然感到束手无策！我好像在哪儿读到过您曾经结过三次婚？

鉴于网络上没有任何关于我的资料，公平起见，现在轮到我毫无保留地在您的面前曝光：我也曾经结过婚，和某个混蛋有过一次，也是唯一一次婚姻。我在青少年时期遭受过太多的冷落，以至于第一次遇到一个愿意爱我的人时，就不假思索地投入他的怀抱，引发了灾难性结局。但这些都过去了，我也已经从这次失败中完全恢复过来。现在，我知道人只有先爱自己，才有可能被他人所爱。我用了整整三十年才明白这个道理。所以，与其痴痴地幻想白马王子的降临，还不如先敞开心扉，建立友谊，认识新的人。这一切都让我变得身心愉悦。我与那些闲坐在路边长椅上的老人拉家常，帮助他们把购买的物品送回家、替换灯泡、铺床。您可千万别以为我是一个圣人！啊，不！我只是在感受一种全新的经历：付出时间、精力，向老人伸出援手远比用薯片和饼干来缓解不安要有效得多。不论您是否相信，自从我开始关心他人，就变瘦了！当然，还没有苗条到可以参加"萨尔特小姐"的竞选活动，不过，我也压根没有这份野心……

亲爱的皮埃尔-马利，作为结束语，我答应不再询问您是"为何"和"如何"写那些精彩的作品。在这一点上，我可以向您发誓！另外，趁您没有（暂时没有）禁止我询问您为何及如何会身处"写作的绝巷"时，我还想就这个问题再纠缠您一会儿。如果您有兴趣，我也会向您讲述我是如何身处绝巷，并在那里滞留了整整九年……您可以效仿我的做法：挑选物品，把需要的东西打包放在箱子里，剩下的全扔掉，然后搬家！

我的老天，我发现自己写信前那种如坠云端的感觉正在慢慢消散：给您写信治愈了我的感冒。难道您比一杯花草茶更有效？

我恭候您的利爪或重拳反击，还有您昨天观看电影后的感想……绝不躲闪。

您喜欢瞎忙乎的朋友，
艾德琳

2013年3月1日

皮埃尔-马利写给艾德琳

亲爱的艾德琳：

我的老天！您的来信是如此富有节奏！充满热情！直到现在，我仍然感到热血沸腾！您竟然说自己对文学创作一无所知？天哪！您知道在这个世界上有很多作家，他们唯一的错误在于从未写过任何作品？我确定在日常生活中，经常会碰到一些本可以成为普鲁斯特、卡夫卡和福克纳的人。然而，他们对自己的才华浑然不知，仍旧从事着房产开发商、柔道教练或驾校老师等职业。在这点上，我可没有夸大其词。与之相反，我认识很多"作家"，只有他们自己认为自己是作家。当然，这又是另一个话题。

电影的观后感？很可惜，我在开场几分钟后就睡着了。此前从没发生过这种事情。所以以后请别嘲笑老年人和有钱人，您可能会比预想要更早地成为其中一员（尤其是老年人）。睡意是一种不可抗拒的力量，人们无法与之抗争，除非猛烈地扇自己耳光，让自己疼得哇哇大叫。但在拥挤的影院，这个方法显然不可行。小睡片刻后我清醒了一些，时睡时醒，完全没有看懂那部电影。

是的，女人是善变的[1]。现在您不允许我打开包裹，我却疯狂地想要打开它！我就像是《蓝胡子》[2]里那个手拿密室钥匙的年轻女

---

1. 原文为意大利语 La donna è mobile。

2.《蓝胡子》(La Barbe bleue)是法国诗人夏尔·佩罗（Charles Perrault）创作的童话故事，其中的主角即蓝胡子，他连续杀害了自己的几任妻子，并将她们的尸体藏在一间密室里。一日外出，他将钥匙交到最后一任妻子的手中，嘱咐她千万不要打开密室。在好奇心的驱使下，她还是将密室打开并看到了恐怖的一幕。

人。但请放心，我不会在未经许可的情况下打开。我很害怕看到吊钩上挂着许多尸体。

很抱歉，我扯远了。请不要相信那些关于我的新闻。有过三次婚姻？错了。事实上，我结过四次婚，有六个孩子。第一任妻子生了一个。第二任妻子两个。第三任妻子三个。所有和我生活在一起的女人都希望和我生孩子。天知道为什么，每一任妻子都热衷于打破前一任的纪录。在这种情况下，我常住在闹哄哄的大房子里，房子里满是我自己那些吵闹的孩子（我是一个淡然、沉静的人，却总生出一些喜欢喧闹的孩子）和妻子们与各自的前夫所生的孩子。来吧，让我整理一下思绪，用几句话描述一下这四段婚姻。您觉得有趣吗？好，我开始了。

我对第一任妻子一见倾心，达到丧失理智的地步。也许您那位混蛋前夫也让您有过类似感受。她巧妙地向我施展魅力：漂亮、擅长烹饪、充满好奇心、古灵精怪。可当我戴上结婚戒指后，她却变得面目全非。由此，第一场婚姻落下帷幕。没有掌声。

第二任妻子。我已经忘记自己娶她的原因，但清楚地记得离开她的原因。她总是会在任何让我感觉良好的地方（书店、与朋友的聚会）对我说：“我们可以离开了吗，亲爱的？”这样的日子我忍受了八年。

第三任妻子是挪威人（她现在也还是）。因为强烈的文化冲突，我们选择分手，可依然是好朋友。我们的三个孩子精通两国语言。我已经很久没有见过她了。

我不想谈论第四任妻子。她是唯一没有为我生过孩子的人（因为已经过了适孕年龄）。放到下次再讲吧。只要一说起她，就像按下一个开关，我……不，还是以后再说吧。

您的其他问题还没有得到解答。

我枯竭的写作灵感？让我直白地告诉您这个不能向公众披露的事实吧。您准备好了吗？我对自己所写的内容再也提不起兴趣。还需要补充些什么吗？我再也无法相信自己所塑造的人物。在他们还未成型以前，就已经让我感到厌烦。我憎恶自己总是跟在他们身后，追逐那些可怜巴巴的情节。人们无法想象这种紊乱状态对一个作家来说意味着什么。对于一个男人来说，唯一可以与之相提并论的是当他发现自己再也无法做爱的时刻。哦！天哪！我现在感到很亢奋，就像骑着快马，驰骋四方！这可不行，马儿，请放慢脚步！我敢说，是您的热情感染了我！有趣的是，当我与您通信时，竟然能够感受到某种写作的快乐。要知道，我已经有数月没有体会过这种感觉了。在这情绪中，还掺杂着一些对过往的回忆和对未来的期许。无论我们的通信以何种形式收场，我都要感谢您，亲爱的，正在感冒的萨尔特小姐。

是的，我想知道更多关于您的事情。比如，您是如何坠入这个潮湿的绝巷。请告诉我事情的来龙去脉。还有，已经脱胎换骨的您，现在准备出发前往何方？巴塞罗那吗？

有人打来电话，请允许我就写到这里。

您著名的作家，

皮埃尔-马利

2013年3月1日

艾德琳写给皮埃尔-马利

亲爱的皮埃尔-马利：

我感觉，作为一个会在电影院里打瞌睡的“老年人”，您的状态还不错！我也很高兴自己的热情能够感染到您。这种情绪就像一个有益菌，潜入您的身体，将热情“传染”给您。

我不是医生（也不是驾校老师和柔道教练，哈！哈！哈！），但读着您的来信，我判断您的病情将会得到缓解。相信我，我的直觉很敏锐。如果能够远程将您扶上马背（我们现在都喜欢用马来做比喻……），我将倍感荣幸。您会将我的名字写在下一部作品的扉页上吗？比如“献给那个肥胖的萨尔特女孩和她的大包裹”，这一类的题献能够激发读者的好奇心，并让他们感到嫉妒，却会让我心花怒放。

您从什么时候开始对自己的人物感到厌烦？又是从什么时候，您创作的火花开始熄灭？您需要一个打火机吗？我好像还没和您说起过，我，正准备戒烟。一旦戒烟成功，我将寄给您一个包裹，里面会放满火柴盒，以及我父亲留下来的芝宝牌打火机。

既然您毫不吝啬地向我描绘了所有前妻的情况（真是壮观！一会儿我会再次回到这个话题上！），轮到我用一个家庭故事给您解解闷。昨天晚上，当我在地下室翻看布满灰尘的老照片时，遇到一个鬼魂：我父亲的鬼魂。是的，我相信这个世界上有鬼魂。或者说，我相信每个人的脑中都有一些挥之不去的念头：也许是一个人，也许是一件物品。昨晚，我的父亲就像是密室里的“蓝胡子”，在漆黑一片的地下室，倒挂在吊钩上。让人不寒而栗……

像所有女孩一样，我也曾经爱极了自己的父亲，直到他背叛我的感情。那年我13岁，故事发生在一个4月的夜晚。当时，我们住在巴黎郊区（那个城镇名叫杜耶拉布尔[1]，如果您认为我受到过诅咒，那您可以在电脑屏幕上洒几滴圣水）。那天我乘公交车回家。我坐在车子的前部，脸颊紧贴在车窗上，避开旁边吵闹的人们。突然，我瞥见窗下停着一辆正在等红灯的车，我一眼就认出车里那个熟悉的身影。

我的父亲并没有坐在我们家的车里，而是坐在一辆蓝色雷诺R5的副驾驶座上。驾驶座上的人穿着一条牛仔裤，我看不到他的上半身，只看得见膝盖。直到今天，这副膝盖还深深地印刻在我的脑海中。您知道这是为什么吗？因为当时我父亲的手，正在用一种男性情欲高涨时特有的手法，抚摸、轻揉、摩挲这副膝盖。虽然13岁的我对性爱还只有模糊的概念，但面对此番情景，我感到强烈的不适，当场开始流鼻血。

公交车重新开动，那辆蓝色小车也缓缓启动，带着我的父亲消失在车流中。我鼻血不止，周围其他初中生看到后尖叫起来。大家递给我几包纸巾。汽车到站时我已经神情恍惚，几乎无法站立。

晚上，我实在无法直视自己的父亲，只能谎称身体不舒服，在房间里待了一夜。

随后的几天，我努力从脑中清除对那副膝盖的记忆，也不再理会身体上的不适。我试图说服自己那天发生的一切不过是场噩梦。直到有一天，当我来到父亲工作的园艺用品商店，看到了那副膝盖和雷诺R5的主人。

1. 原文 Deuil-la-Barre，系地名。音译为杜耶拉布尔。在法语中有哀悼、悲哀等意。

他的情人名叫埃斯特班：年轻、英俊，西班牙人。我看到他的臀部在天竺葵和矮牵牛间晃动。在他的小情人面前，父亲完全变成另外一个人。旁人一眼就能看出两人很相爱。对此，一个13岁的女孩又能做些什么？

这里就不多谈我的创伤和厌恶感了，要知道，后来我还因为想要抵抗这件事的侵蚀而迅速发胖。

两年后，父亲才鼓起勇气离开母亲。但他这么做并不是为了埃斯特班，而是为了皮埃尔、保罗，或雅克，我也搞不清楚。从那以后，我再也没有见过他。在我22岁时，他死于艾滋病。他的人生过得支离破碎，死后也几乎没有留下任何物品。当我和母亲、哥哥一起清理他的住处时，不知为何，我拿走那个芝宝牌打火机。

您看，我总喜欢答非所问：您询问我是如何置身于这条潮湿的绝巷，我却在与您谈论其他话题。然而，生活中的各个阶段都有关联，所有的事情都相互衔接，就像您作品中的情节一样！至于您的问题，我留到下次再聊。

如果我让此刻的气氛变得沉重，我很抱歉。您的来信总是带着一种轻巧的语气，这让我很喜欢。我渴望所有与“轻”相关的事情，但现在还没能达到那个境界。

我试着想象您置身于一片狼藉的大房子里，六个孩子及几任太太都在追着您跑！您是如何在这样一种家庭氛围中写作的？

您的第二任妻子让我忍俊不禁！想想就滑稽：当时陪伴在您身边的竟是一个如此愚蠢……或说如此乖戾的女人，您可以自行选择一个形容词。选择逃离是明智之举。虽然我总是对选择离开的男人心生厌恶，您现在应该知道原因了吧。

尽管我对挪威这个国家所知甚少，但您的挪威人听上去还不错。我猜想你们三个孩子都是金发、性情冷淡、热爱滑雪。

当然，最让我感兴趣的还是您第四任妻子。我对她的一切都充满好奇。不过请放心，我不会强人所难的，她现在仍旧与您生活在一起吧？再说，我和您还没有熟到那个程度。

看来，网络上的信息并不可靠。四次婚姻！关于您的消息，还有其他错误之处吗？比如，我曾经读到您与诺贝尔文学奖失之交臂，是真的吗？（也许您的挪威太太是评委之一？她出于私情，帮助了您？）

不管怎样，我还是要感谢您在上一封信中对我的赞美。您觉得我“笔头不错”，这让我受宠若惊，但我绝不是“创作者”。我告诉您的每一件事都是真实的，这比创作容易多了。在我看来，创建场景，塑造人物是无法想象的难事。如果您认为我的文字还不算笨拙，那纯粹是因为我很爱读书。平时的工作让我接触到的不仅仅是丑陋的现实，还有优美的文字。今天我就写到这里。因为晚上有事要出门，我需要花些时间将自己打扮得美丽一些。要知道，这对我来说可不是轻松的任务！

如果您够乖，我告诉您今晚的细节。

献上我的友谊（如果您愿意收下的话）。

艾德琳

2013年3月2日

皮埃尔-马利写给艾德琳

亲爱的艾德琳：

在写这封邮件之前，我想先和您探讨一个技术问题：关于省略号的用法。这个问题并不复杂，但很难解释。感谢上帝，您很少使用省略号，这很好。我不太喜欢省略号。在我所有的作品中，您找到的省略号不会超过15个。那些喜欢使用省略号的家伙总会让我想起虚伪的好斗之徒，他们会挡在您面前，大声吼叫："快拦住我，不然，我就去打烂那个蠢货的脑袋！"事实上，如果真的放任他们去打架，情况将会变得很难堪，因为这其实不是他们的本意。同样，那些酷爱运用省略号的作者仿佛透过书页对读者说道："啊，如果人们让我尽情发挥，您将会看到一句精妙的描写、一段精彩的对话、一篇深入的剖析。这些精辟的词句本可以从我的笔下肆意流淌，然而这一次，我却不得不就此打住。"每当看到满篇的省略号，我都很想在作者耳边说一句："朋友，请别再抑制自己的灵感，我们都希望您畅快地释放才华。我可以保证：一旦您尽情书写，整个文学圈都会为之震动。"

您昨晚的约会怎么样？虽然感冒了，但见面应该还挺顺利的吧？顺便问一句，您的感冒好些了吗？我猜答案是肯定的，因为您会烹制神奇的花草茶。您是否尝试过用薰衣草精华做按摩？这方法虽然不能治愈感冒，但可以让人放松身心，感觉愉悦。

您的故事让我大为感动。哎，女儿和她们的父亲……（我感到羞愧！我刚才在毫无意识的状态下竟然使用了省略号！然而，我不禁要问，如果我们不在"哎，女儿和她们的父亲"后加省略号，又能加什么？所以，我们可以给作家提出这样的建议：通常情况下都不要使用省略号，除非是在“哎，女儿和她们的父亲”之后。）

我在读信时，想到一个问题：您的父亲是否真正背叛了您的感情。无论是否真正爱那个叫埃斯特班的人，都不会消减他对自己女儿的爱。另外，正如您所言：在13岁之前，您都强烈地爱着自己的父亲，我想，他一定也深深地爱着您。他完全有权利选择自己的爱情，不是吗？您难道希望他对一个不爱的女人保持忠诚，并因此变得黯然无光？您随后又写道：他离开后，您再也没有见过他。这显然是没有道理的做法。这样一来，您对父亲就只剩下痛苦的回忆。当然还有您为了消解痛苦而吞下的薯片和饼干。（如果我没理解错的话，在这件事发生之前，您就已经过度食用这些东西了。这个讨厌的人，不及时安慰别人，却总在整理事件发生的前后顺序！对不起）。请用心保存那个芝宝牌打火机。也许有一天，您突然就原谅了原本看似不可原谅的父亲。到时候，您会庆幸当初保留了这只打火机。

您相信鬼魂的存在？我不相信。其实我曾经亲眼看到过一次鬼魂，按理来说，我应该相信才是。我愿意和您分享这段经历，因为这涉及到我的父亲。再说，您如此详尽地聊过自己的父亲，现在也该轮到我说了。

我的父亲在1987年死于心脏病。照大家的说法，他死得很“体面”：没有长久的病痛、住院的经历、暂缓的病情、突然的恶化、从后背敞开的病服、袒露的臀部、全麻手术，也没有在手术苏醒后，颤抖地伸出苍白干枯的手，抓住我的手。我则在一旁低声说道：“手术很顺利，一切都会好起来的，爸爸。”是的，在我父亲去世前，从未出现过以上场景。1987年冬天的一个下午，我的父亲在德龙大区迪约勒菲的一家鞋店前慢慢倒下。他跪倒在地，眼镜滑落到跟前。当时，我的母亲在他身旁。她出于本能，先捡起眼镜，再查看一旁的父亲。就因为这个举动，母亲一直十分自责：“我竟然首先关心他的眼镜！天哪，真是个十足的蠢货！我的上帝，真是太愚蠢了！”我们向她解释了无数遍当时她的反应完全可以理解：也许她在看到父亲倒下时已经意识到问题的严重性，然而这时，她的大脑开启防御机制，就像人们有时为了躲避疼痛会暂时晕厥一样。大脑这样对母亲说道：“情况并不严重，只是眼镜掉了而已。”所以，她才会先捡起眼镜。一切都显得很自然。可母亲总会这样回答：“也许吧，但不管怎么说，这是一个愚蠢的举动！”那一年，我父亲 75 岁，我 35 岁。当时我很难过，因为我挺喜欢父亲的。虽然比不上我对母亲那种无条件的爱，但我对他也充满感情，他是一个正派的人。只是，自始至终我都没能因为他的离去而流下眼泪：没有在得知消息、亲属到场时流泪，也没能在葬礼和墓地哭泣。

时间一天天，一年年地悄然逝去。

某一天，我在巴黎办事，信步走在赛尔实米迪大街上。天空下着雨，突然，我毫无缘由地想起父亲。尤其是他抱着我，走在雪地里的那个夜晚。好吧，看来我还需要和您讲讲那天的事，要不然您很难理解我在说什么。

那年，我 7 岁或 8 岁。一只爆裂的橡胶水壶溅出开水，烫伤了我的大腿。那是冬天的夜晚，雪下得很大。父亲把我抱在怀里，放进他的小卡车，送我去山里一个会驱魔的农妇家。车开到半路，他接上一位木匠朋友，我们三人重新上路。我被夹在两个男人中间。雪下得太大，刮水器来回摆动。我听见父亲和他的朋友低声咒骂道：“看来我们到不了了！”我一直在哭，大腿和肚子上的灼痛感十分强烈。农田上盖着厚厚的白雪。到达目的地后，父亲抱我下车。农妇的家里很暗，一位年长的妇人带我上楼。等我脱下裤子后，她便开始低声念起咒语，同时手指不停地在我的皮肤上滑动。当我们再次上路时，我已不再哭泣。车子行驶了大约200米后，停在一个村庄。村里有一家咖啡店还在营业，可以瞥见窗户里透出的点点光亮。父亲对我说：“你在这里等我，我们去喝一杯，很快就回来。”说完两人便匆匆离开。我安静地待在卡车里。一分钟后，父亲独自折回来，对我说：“过来。”随后第三次将我抱入怀中。咖啡店里坐着六个或八个男人，喝着酒，但更吸引我注意的是一个摆放在架子顶部的电视机。架子很高，电视机几乎要碰到天花板。电视上播放的是《La Piste Aux Etoiles》[1]。我之所以把这四个字的首字母都用大写标出，是因为当时我们家没有电视，再者，《星光之路》对于一个孩子来说，意味着泰姬陵、里约热内卢狂欢节、极光，以及所有可以让人惊叹的事物的总和。那天晚上，我就这样一边看着《星光之路》，一边喝着橘子味汽水。外面下着大雪。我的腿被烫伤，可却享受着父亲的怀抱。

简而言之，那天我就这样行走在赛尔实米迪大街上，脑中回忆着那个晚上的场景。突然，一直无法落下的泪水终于流淌在我的面庞上。我请求他的原谅，虽然也不清楚具体是为了什么。因为没有更早地流下眼泪？因为不够爱他？因为没能向他表达自己的爱？正在这时，父亲突然出现在我身旁，与我并肩而行。他对我说：“没关系，一切都好，你是一个好孩子。”他就这样站在我

1.《La Piste Aux Etoiles》可译为《星光之路》，法国一出著名的马戏剧目。

身旁：轮廓分明，面目清晰。我可以清楚地看到他的眼镜，闻到他的气味，听见他的声音。他问我过得好吗。我回答挺好。随即问他过得可好。他回答还不错。我很想把他拥入怀中，可又担心路人看到我拥抱空气，把我当成疯子。我们就这样一起走过整条赛尔实米迪大街，这条路很长。渐渐地，他的轮廓变得模糊。在他的身影完全消失以前，我与他道别。回到酒店时，我感到一种从未有过的释然。

是的，您必须好好保存那只芝宝牌打火机。

现在，我的母亲也已经去世。我成为一个巨型孤儿（我讲过自己身高 1 米 92 吗？ 17 岁的时候，我就长到了 1 米 92）。一个拥有四个妻子、六个孩子，却还经常独自前往电影院，并偶尔在那儿入睡的巨型孤儿。

这次，我又遗漏了很多您抛给我的问题。以后再慢慢回答吧。

亲爱的艾德琳，我很乐意接受您的友谊，并也将自己的友谊奉送给您。

您的巨型作家（再提醒一遍，我身高1米92）：

皮埃尔-马利

2013年3月2日

艾德琳写给皮埃尔

既然您赐予我这份荣幸，我决定以“亲爱的朋友”称呼您。

亲爱的朋友：

有时，人们会在毫不自知的情况下介入一些事情。比如，我马上就想请您接受一个挑战：告诉我十个“生活是美好的”的理由。

今天，您只需给我十个理由就好。您的任务是宽慰和鼓励我。要知道，昨晚的约会是一场灾难。不，等一下，我搞错了！您只需给我九个理由就行了。因为我已经找到了第一个理由：成为您的朋友，并收到您的邮件。

当我在邮箱中看到您上一封邮件时，顿感安慰。可昨晚临近10点的时候，我的心情过于糟糕，那一点安慰还远远不够。现在，我就像是一个漂浮在海上的遇难者，等待着您的救生圈。

作为交换，我答应您再也不使用省略号。除非当我再一次需要向您提起父亲……您的回忆同样让我很感动。我承认您的信甚至令我潸然泪下。这一次的眼泪并非感冒导致，我似乎已经痊愈。这要感谢您的文字：烫伤的腿、大雪、父亲的怀抱、会驱魔的农妇和《星光之路》（我也看过）。您可以把这些元素作为一部小说的开头，不是吗？

在体验过赛尔实米迪大街的神奇经历后，请别再告诉我您不相信鬼魂。也许您并未像自己所说的那样充满理性、富有条理。我还有很多内容想要写下来，可今天已经没有精力去完成。只要想象这个场景：有人正抓着一块烂木头，漂浮在大西洋上。您就可以明白我现在的处境：腐烂潮湿，本身也像一块烂木头。

如果您一时找不到九条理由，那就编造几条吧。您也可以撒谎，我总会相信您的。

就写到这里：一群饥饿的鲨鱼已经开始在我的身旁游动。

您不幸的朋友，

“泰坦尼克号”的艾德琳

2013年3月3日

皮埃尔-马利写给艾德琳

亲爱的遇难者：

我保证在午夜前来营救您。现在，请抓紧木板，然后告诉身边的鲨鱼自己来自谢菲尔德，听说，鲨鱼都很讨厌英国人。

坚持住！

皮埃尔-马利（来自雪中的问候）

2013年3月3日

皮埃尔-马利写给艾德琳

当我说我会写信给您，我就一定会写信给您。这是我数不胜数的缺点中，仅存的一个优点：可以信赖。这是值得我骄傲的品质。您还活着吗？我承认，在今天的旅行中，我一直想着您。我急切地想找个清静的地方（试图）向您提供帮助。昨晚10点，在这场您为之精心打扮的约会中，到底发生了什么不幸的事情？顺便说一句，每次看到精心打扮自己的女人，我都会为之动容。无论她打扮的意图何在，结果如何，都让我感动。不管是小女孩、成年人或是老妇人，我都喜欢看着她们梳头、扑粉、试穿新衣、用审视的目光看着镜中的自己。如果她本身并不美丽，我会更加觉得感动。

昨晚到底发生了什么？一次爱情的挫败？如果确有其事，那我只能说他是一个可悲的傻瓜（也许是一个女性傻瓜）。他（或她）不配获得您的情谊。有人叫您“胖子”，而您多年来为自己建构的心理防线突然崩塌，就像《三只小猪》中第一座稻草房被风吹倒时那样？还是您毫无缘由地陷入某种愁苦的情绪中，不能自拔？从童年开始，我就总是陷入这样的情绪中。每当村庄里庆祝主保瞻礼时，我们家都会举行家庭舞会。在舞会中，我显得又尴尬又笨拙。1米92的大高个木然地站立在人群中，不知所措。等到成年以后，婚礼过后举行的舞会也同样是我的噩梦。下次我会向您解释为何我更偏爱参加葬礼。如果我忘记说了，请提醒我，好吗？

我在想昨晚10点，到底是什么事让您如此难过。我之前所有的猜想也许都是错误的。您有没有发现生活本身比我们更具想象力？您说您不是一个创作者，因为您和我讲述的都是事实。而我的情况与您不同，因为我的职业就是编造故事。要知道，有些读者对事实嗤之以鼻，他们只需要我编出让他们产生兴趣的故事。而您写的文字，恰恰让我充满兴趣。

您需要九个理由来论证生活是美好的？其实一个就够了，不是吗？并不是企图在完成您分配给我的任务时偷工减料。我可以为您找到许多充满诗意、生气勃勃的理由，这是我的工作。这些理由涉及自然、美食、文学、莫扎特、莎士比亚、塞万提斯和滚石乐队。可如果只能给您一个对抗鲨鱼，继续活下去的理由，我会选择这个：我将准备许多滑稽的故事、好笑的段子，逗您发笑。这些笑话比百忧解[1]和各类安定药物都更管用。到最后，您唯一能够抱怨的事情就是笑得喘不过气了。相不相信？

今天我只能写到这里。每晚木屋举行活动的时间又到了，邻居们已经开始催促我。我会向您描述细节（也许不会，因为我们总在不停地提问、回答。这样下去，问题会越积越多。对了，我还不知道您从事的是什么职业，既会接触到丑陋的现实，又可以接触到优美的文字。律师？正音科医生？学校老师？）祝您度过一个甜蜜的夜晚。英国人常说："睡个好觉，小心别被臭虫咬。"[2] 是的，别让那些臭虫一样的人侵蚀您的内心！碾碎它们！

您正在高山上攀登的作家，

皮埃尔-马利

---

1. 百解忧（Prozac），一种治疗抑郁症的药物。

2. 原文为英文，"Sleep tight, don't let the bedbugs bite"。

2013年3月4日

艾德琳写给皮埃尔-马利

我亲爱的来自高山的拯救者：

我想先写一封短信告诉您我已经成功躲避鲨鱼，存活了下来。等我有时间再慢慢向您解释。昨晚，我与跳蚤一起进入梦乡。今天早上有一个很重要的约会，需要很早出门。我将从乡下出发，一路辗转，来到市中心。到时我也会向您讲述约会的细节。一会儿见。当然，我更想对您说一声“谢谢”！

艾德琳

2013年3月4日

艾德琳写给皮埃尔-马利

亲爱的皮埃尔-马利：

我从市中心回来了。今天一整天，我都迫不及待地想早点处理完手头的事，好赶回来重新给您写信。这个世界真是奇妙：我们认识还不到两周，却突然开始惦念彼此。这一切都令人惊叹。当然，您可能对这一切已经习以为常。因为您曾经和一个年轻的聋哑女孩通信好几年。您还有其他笔友吗？您是否在与我通信的同时，还与另外三四个女性读者断断续续地联系着？我是否只是您千万联系者中的一个？（您好像并不十分愿意与自己的读者展开恋情，我没有理解错吧？）

您认为我是在吃醋吗？

该死，您说得对，我确实在吃醋！请忘记我那些没有分寸的问题，您可以自由地与任何人通信，只需要给我留一个小小的位置就好。

不，忽略我上面那段话吧。我竟然要求在您的生活中占有一席之地，这听上去像一个充满占有欲的恶魔，或者是一个任性无知的孩子。

在我看来，您的生活看上去如此充实、完满！您游历各国，拥有数任妻子、一群孩子、无数仰慕者和作品。现在，您在高山上的木屋中与邻居一起喝点小酒：试想，一个像我这样木讷的人又怎么可能融入到如此庞大的圈子中去？

啊，对了，差点忘了您曾经穿越过沙漠……

您有宗教信仰吗？

我自己从没接受过任何宗教方面的教育。几乎对《圣经》一无所知，但对书中一些场景依稀有些印象。您穿越过您的沙漠，我也穿越过自己的沙漠。我们在不同的地方遭受痛苦，与各自的魔鬼进行抗争。正是孤独将我们拉近。

好了，我不再扯开话题，去做一些无谓的比喻。现在，我要告诉您周五晚上所发生的一切。

就像我和您说的那样，那天写完邮件后，我开始精心打扮自己。对我来说这是一项艰巨的任务，为什么我总觉得自己长相丑陋。虽然有些人并不这么认为。但我总觉得他们的话不可信，只有镜子不会说谎。随着时间的流逝，我不再对自己过于严苛，逐渐开始改造原本一无是处的容貌。

首先，我摆弄了会儿头发。放下马尾（大多数情况下，我都保持着这个发型），用卷发棒让头发呈现一点弧度。摆弄完毕，已经过去了 15 分钟。随后，我开始修剪眉毛。就像大多数棕发女孩，我也有浓密的眉毛。5 分钟过后，修剪眉毛的任务完成。接着，我又用了5分钟往自己庞大的身躯喷洒香水，在脸上涂厚厚的保湿霜。然后，开始最精细的化妆工作：上粉、刷睫毛、涂眼影、画眼线、涂口红。由于技术并不熟练，整套流程又花去 15 分钟，而且成果并不令人满意。最后，我套上丝袜，穿上一条黑色连衣裙，踩进精致的高跟鞋。想象一下，一双 41 码的大脚塞进公主鞋时的情景！

总之，一个小时后，一切装备妥当。虽然算不上美人，但比平时多了些女人味。

我离开阴冷潮湿的小窝，开车前往和您说过的那个约会。您猜得很对，这个故事中确实有一位男性。在叙述细节前，我需要先解释一下。在之前的邮件中，我曾和您说起自己不再相信爱情，更愿意把时间奉献给村庄里的老人。然而，肉身毕竟是脆弱的。虽然不再期待白马王子的出现，可还是梦想有时候能依偎在男人的臂膀中。这个想法自相矛盾吗？在我看来，男人的臂膀是这个世界上最温柔的存在：我可以恣意地倒入他怀中，缩成一团，深切地感受到自己被接纳。这里说的并不是什么高难度的亲密瞬间（这似乎超越了我们通信的界限），只是纯粹的温柔体验。

回到周五晚上发生的事。是的，那天晚上我本来也想再次体验这种温柔。我的一个女朋友办生日派对，邀请了二十多个人。她的哥哥也会出现。此前，我见过他三四次。他是一个比我大几岁的单身汉，充满魅力但不轻佻，没有孩子。现在是当地一家金融机构的主管。我们第一次见面时便彼此吸引。他曾对我朋友（也就是他妹妹，您跟得上我的思路吗？）坦白说过：很想再次见到我。我也告诉朋友：他那双迷人的眼睛让人怦然心动。在这种情况下，她迫不及待地安排了这次生日派对，好让我们两个能拉近距离。在她看来，这件事肯定会水到渠成。

我就这样"花枝招展"地前往聚会现场。情绪激动，又忧心忡忡。担心有个人即将把手搭在我身上，却发现我浑身赘肉，满脸皱纹，尽是缺陷。担心别人在背后说：这样的人竟然都幻想寻找爱情!

我到达的时候，那位朋友的哥哥已经到了。不难想象，我没有马上与他交谈。我先到自助餐桌前选了些食物，吃了一会儿。然后和朋友们交谈了几句。随后就开始一杯接一杯喝起了香槟。屋子里放着音乐，有几对舞伴在中央跳舞。我知道他会过来邀请我跳舞。但我越在乎就越紧张，喝得也就越多。

晚上10点，我逃进二楼的卫生间，呕吐了起来。

不用说您也知道，瞬间，妆容和发型都被毁坏，精心装扮出的优雅形象也化为乌有。我几乎将胃中所有的东西都吐了出来，吐完几乎无法站立。当时，我感到天旋地转，这感觉真可怕。然后一声不响地来到孩子们的房间（他们被送到外婆家过周末）。我倒在一张窄小的床上，在一堆米奇绒毛玩具中酣然入睡。等我从昏迷状态苏醒过来，已经是凌晨3点，派对临近尾声。我没有向任何人道别，悄无声息地离开。开车回家的路上，一直祈祷不要碰见警察。到家后继续睡觉。

现在您也知道了，没有任何可悲的傻瓜粗暴地对待我。那个可悲的傻瓜，就是我自己。

整个周末我都在指责、怨恨自己。感到羞愧。我人生中还没有出现过这种情况。没想到到了这个年纪，还会发生这样的事情。真是太愚蠢了！所有的这一切都源于恐惧：害怕自己被一个金融机构主管一览无遗！真是可悲，不是吗？

坦白地讲，与您相处的时光让我感到轻松自在。比如此刻，您正在遥远的山间，我们无法彼此对望，您对我来说只是一个抽象的存在。在这种情况下，我可以尽情表达自我。现在，您已经看到了我最真实的一面，您还愿意尊重我吗？或者说，同情我吗？

不管怎样，今天早上还是发生了一件令人欣慰的事：那件让我一早就前往市中心的事!在这里，我很高兴能与您分享快乐。我那幢潮湿的、处于绝巷的房子终于售出了。我已经在公证处签署了相关合同。也就是说，我必须在几个月内安排妥当，搬离此地。天哪！我是多么的如释重负！

这房子不是我选的，它是我母亲的遗产。当人们试图借助自己的翅膀翱翔时，没有什么比家族遗产更具有压迫感。它就像一根拴在脖子上的绳索，让人窒息。在走进这幢房子时，我有一种将和那些在这里去世的亲人们一起覆灭的错觉。还好这一切都已经结束了。接手我房子的英国人，加油！现在，我只需要决定飞向哪片天空。您推荐我去巴塞罗那？为什么呢？我甚至不会说加泰罗尼亚语[1]（事实上，我不会任何外语）。至于我的职业，可能很难在国外有所发展。也许，我可以借此机会换个工作，不是吗？

您呢？想过转行吗？我觉得您很适合当一个表演吞剑的街头艺人、驯熊师或职业飞行员。别忘了您答应过要逗我发笑的！

---

1. 西班牙东北部的一种方言。

合唱团团长告诉我们，要尽可能多笑（今晚有合唱团活动，这让我感到很愉快），这样可以让声道放松，唱起来也更加尽兴。所以您说得对：让我们一起欢笑！

热切地拥抱您。

您不太自信的笔友：艾德琳

又及：莫扎特、莎士比亚和塞万提斯确实是些不错的作家，但他们从没回过我的邮件。所以，您才是我最钟爱的作家！

2013年3月5日

皮埃尔-马利写给艾德琳

亲爱的艾德琳：

我刚从六小时的徒步登山活动中回来，刚刚进房间，脚上还穿着雪鞋。现在我腰酸背痛，但大脑充氧。在这样的状态下，我开始给您写信。哦，可怜的人儿！就像《赛根先生的羊》[1]里所描述的那样，您就是一个“可怜的小东西”。我想象着您躺在一张

1.《赛根先生的羊》（*La chèvre de M.Seguin*），法国作家阿尔丰斯·都德（Alphonse Daudet）所撰短文。

孩子的床上，身边堆满了绒毛玩具。说实话，我很同情您。那天晚上的情形要比别人将您推开更加糟糕，因为是您亲手造成了这样的局面！不过我转念一想，这样也好。至少现在您还可以尝试第二次机会，我们还是要乐观一些，不是吗？您看，我不假思索地写下“我们”。用了第一人称复数，而非第二人称单数。因为这是一场我们将共同打响的战役。我的同伴，我会好好保护您的！说到底，您朋友的哥哥，那位金融机构主管，并没看到您一时失态的样子。加油，多想想事物积极的一面！您神不知鬼不觉地喝得微醺，然后悄无声息地走进卫生间，接着静静地和米奇一起打了个盹，最后默默离开。没有任何惊天动地、粗鲁失礼之处。有的只是些许矜持和迟疑。您的朋友（如果她是一个真正的朋友），一定会马上为你们创造第二次机会。到那时，您就可以大显身手啦！您可以把唐培里侬香槟[1]换成一杯杏子汁，随后扑进金融家的怀里！也许他是个生性羞涩的人。事实上，许多男人都很害羞。有时候甚至需要“主动侵犯他们”，才能让他们明白您的心意。具体来说，您需要扯掉他们的领带，脱去他们的衬衫，然而把手放在“适当”的位置。这是我的经验之谈。要知道，我的第一个女朋友曾硬扯下我的裤子。对不起，这个例子有些过火。

您猜测我还有其他笔友，并把我想象成一个周旋于不同笔友之间的人（就像一个周旋于众多情人中的浪子）。这个想法让我感到有些不舒服，不过我把它归咎于您的不自信。您想知道事实吗？事实是：除您之外，我没有与其他任何人通信。对我来说，与您通信既是一件极重要的事，也是一次全新的体验，与我

1. 原文 Dom Pérignon，法国顶级香槟品牌。

曾经的经历不可一概而论。我的那位爱尔兰笔友？两次通信经历没有任何可比之处。我欣赏她的淳朴、忠厚，可我和她交换的都是一些简短的信件（与我们之间那些“长篇”截然不同）。我们相互告知近况，仅此而已。我关心她孩子的病情，她祝贺我新书出版。

与您通信是一种完全不同的体验。在写信时，我感到由衷的愉悦。不能及时回信时，则感到很恼火。希望您可以试着理解我的感受。当我创作一部小说时，总是试图完善文本结构，使作品更加流畅、严谨。而此刻，我可以任凭自己的心意畅所欲言。也可以将话题搁置，让它们像在田间漫步的小鸡一样游走，下次再抓回来。我再度感受到这种令人陶醉的自由，写信时的无序感令人着迷，随意加速带来愉悦。

另外，我也很喜欢您对自己的精细描述。虽然不清楚您从事何种职业，也从未见过您的脸庞，可我知道您在3月1日周五晚上都做了些什么。除了我还有谁知道？您还会对我说些什么？您将前往何方？和您讲述过《星光之路》的我又将前往何方？

请您以后不要再比较我们的生活，也不要理所当然地认为我的生活比您的精彩一百倍。是的，我确实有过四任妻子，但也不是同时拥有！孩子们都已成年，陆续搬离。从2010年10月28日以来，我独自住在这栋大房子里，现在您知道实情了吧。我的家中空无一人，连条狗也没有，仅有一只傲慢的猫。那种喧闹、充实的生活已经成为过去。我几乎拒绝了所有媒体采访，因为我没有任何新鲜事可以讲，又不愿意复述过往。我无法在不再写作时，解释自己是如何、为何、何时、因为谁、在哪个房间写作。从前，我每隔一年出版一本新书。渐渐地，开始两年一本，然后三年一本。艾德琳，如果您去翻一翻我的出版书目，看看最后一部作品的出版时间，就会恍然大悟。所以请您别再提及我的名望和过去那充实、丰富的生活。对我来说，这一切没有任何意义。

现在我正在一家餐厅里给您写信。刚才有二十来个热情的顾客走进餐厅。用雅克·布雷尔[1]的话说："他们扭动脖子，为的是让其他人能够听清他们的笑声。"（我很嫉妒能够说出这种句子的人！）在这个环境我很难继续写信。我现在住的木屋由好几间小型公寓构成。底楼的公共大厅是唯一让住客互动，也是唯一一个提供网络的地方。好了，他们不笑了，他们开始"嘶叫"。我也该停笔了。

我也热切地拥抱您。

（我有宗教信仰吗？没有。）

皮埃尔-马利

（他的毛衣染上一股浓烈的奶酪火锅[2]味）

1. 雅克·布雷尔（Jacques Brel 1929—1978），比利时著名歌手、作曲人、演员。

2. 奶酪火锅，一种瑞士传统饮食。由溶化的奶酪制作而成，通常在冬天食用。

2013年3月7日

艾德琳写给皮埃尔-马利

亲爱的皮埃尔-马利：

您真是一个奇特的好朋友！您鼓励、安慰我，现在又开始为我的感情生活出谋划策！在这方面，您丝毫不比我的女性朋友们逊色。有些男人不惜一切代价去除自己身上的女性特质，我猜您不属于这一类。一个敢于承认自己性格羞涩，得由女方把手放到"适当"位置，不顾路人眼光，想起父亲就在街上落泪的人不会是一个大男子主义者。也许这么讲太无知，但我总认为写作需要相当程度的卑微。这也是为什么作家常常习惯于描绘自己的弱点、缺陷和伤口。这些都是他们写作的第一手资料，不是吗？这些从灵魂的深渊中流淌出的感受是我们最深刻的苦痛。

哦，我的老天！请打断我，我总喜欢抒发自己的情感！一定是您带来的山间空气让我沉醉。

亲爱的朋友，既然您建议我翻看出版书目，我就照做了。您说得对：您的出版速度确实在逐年减缓。1984年，第一部小说出版。同年，您还发表了数篇文章，并参与撰写一本短篇小说集。1985年，您出版了两部小说！1986年，只有一本，但那部作品精妙绝伦！《迷雾城堡》是我的最爱，正是它把我引入您的世界。我至今还记得阅读这部作品时自己激动的情绪。尤其是屠宰场那段。现在回想起来仍感到微微发抖！

接下来的十年间，您的出版节奏很有规律。随后出现一段"空白期"：1997年到2000年，您没有发表任何作品，这让人很诧异。在这空白的三年间到底发生了什么事情？如果之前您就遇到过写作的瓶颈期，那现在就不必如此担忧。因为之后，您不但重新恢复了写作节奏，还在2005年斩获龚古尔文学奖[1]。从日期上来看，似乎是这个奖项让您放慢了写作速度。这样看来，荣誉是否比我们想象得更加沉重，让人无法承受？

然而，真正引起我注意的是您对一个日期的精确描绘：2010年10月28日。我确信，您一定还记得这一天是星期几，甚至还记得孩子们离开后，您独自留在大房子中的确切时间……对于一个常年置身于喧闹环境中的人，这种突然而至的孤独感必定具备一颗重磅炸弹的震撼力，不是吗？从那以后，您几乎没有出版任何作品！亲爱的皮埃尔-马利，您现在所面临的困境是否与您情感生活遭遇的变故息息相关？我这样想是否很愚蠢？您看，您甚至对自己的猫都显得不屑一顾，这说明您正陷于自我怀疑的危机之中？

我想，我非常理解您！

至于我，不得不延长病假的时间来面对自己的危机。几个月以来，除了思念母亲，我几乎不做其他任何事情。生活处于一种停滞状态。在房款还未到账以前，我唯一的乐趣就是前往合唱团排练和参加舞蹈课程。通过这两项活动，我每周两次摇摆身姿，暂时脱离孤独。就现在的情况来讲，我已经相当满足了。

在那个微醺的夜晚过后，我甚至都没有勇气回复朋友的留言。听得出她很担心。我会给她回电，告诉她：我对她哥哥没有兴趣。显然，我还没有做好投身爱情的准备。您认为我怯懦胆小？要知

---

1. 龚古尔文学奖（Le Prix Goncourt），法国文学奖，设立于1903年，每年颁发一次，面向当年在法国出版的法语小说，是法国久负盛名的文学大奖。

道，我就像是那些受伤的动物，躲藏在洞穴中静静地舔着自己的伤口。在伤口没有完全愈合以前，为何要去冒险？另外，我对银行天生就有一种恐惧感。对我来说，和金融家上床是件可怕的事，身体的一系列反应已经清楚地说明了这一点。

相反，给您写信、阅读您的回信是件幸福的事。尤其当我知道，与我通信对您来说也意义重大。（非常感谢！）在我们各自的“洞穴”中，您身上散发着奶酪火锅味，而我的四周则弥漫着一股陈年香槟气息。我们各自拥有一块完全自由的空间，这真好！现在，除了那些可爱的老人，我什么都不需要。

您知道吗？今天早上我去买面包时，遇见了奥德特·巴尔德苏[1]。我向您发誓这是她的本名。再说，我也编造不出与她如此匹配的名字。不论什么季节，这个奥德特·巴尔德苏都穿着一件男式雨衣。过了那么多年，这件雨衣早就变得又脏又旧，腰带一直拖到地上。奥德特也已经有些神志不清。她总是重复着一些陈年往事，走几千米穿过田野，捡一些破烂回家。她是拾荒者，但同时也是艺术家。在她家中，杂物堆得到处都是。她会用一种特制的胶水将这些杂物制作成造型奇特的雕塑。说实话，这些雕塑都很丑，但也非常动人。今天早上，她把我拉到家里，帮她一起整理今天捡到的杂物，有报纸、塑料瓶、易拉罐、车票、薯片包装袋和几个烟头。当我们把这些物品堆放在厨房的桌上时，奥德特·巴尔德苏突然向我讲起我母亲的往事。我知道她在我母亲很小的时候就认识她。另外，她对我家其他成员也很了解。我现

1. 原文Odette Pardessus，系女子之名。音译为：奥德特·巴尔德苏。在法语中，pardessus也可做名词，意为：男士外套。

在居住的房子曾经属于我的祖父母，在这之前则属于我的曾祖父母。我以为她会讲一些我已经知道的事情，但不是这样。奥德特告诉我一件五十四年前发生在这座房子里的事情。我之所以在信末才和您谈起此事，是因为在告诉您具体细节之前（如果您有兴趣了解的话），我想先去市政府档案厅和图书馆做一些调查，确认奥德特的故事属实。我准备明天就着手了解此事。这就像小说中常会出现的“调查”，让人充满期待！

我以一个悬念结束今天的邮件。在信的最后，我附上一份神奇花草茶的配方，可以缓解您腰背的酸痛。木贼、黑加仑、梣木叶、洋甘菊，每种药材各50克，混合后冲入沸水。只要您试着喝上一口，就能恢复状态！如果您笃信宗教，还可以念一段圣艾德琳的祷文。她是穿着雪鞋的作家们的保护神，灵验得很！

我热切地拥抱您，并保证不压断您脆弱的骨头。

您的朋友，

艾德琳

2013年3月10日

皮埃尔-马利写给艾德琳

亲爱的、令人惊叹的艾德琳：

今天早上这里下起了大雪：一场静悄悄的、美丽的大雪。看，这又是一个证明“生活美好”的例子。请耐心等待，我会陆续告诉你九个理由。刚才这是第三个。现在有必要和您一起回顾一下。第一个理由：您拥有一个像我这样的朋友。（这是您自己说的！）第二个理由：您在以后的生活中，至少能开怀大笑两百多次。（说到这一点，我想纠正一下，我从未狂妄到承诺我肯定能逗您发笑，这个任务过于艰巨！）第三个理由：就是今天早晨窗外的这场雪。这场雪给屋外绵延一片的田野、街道、树木、房顶盖上一层白色。是的，有时发现生活的美，就是在某个清晨，对那个还没起床的人或独处的自己说三个字：“下雪了。”

您说得对，我记得2010年10月28日是一个周四。从那天晚上9点15分起，这座大房子里就只剩下我一个人。现在情况依然如此。不过，如果想理清事情的来龙去脉，还得从头说起。

2002 年的秋天，有人邀请我参加布里夫书展。当时我刚刚出版了自己的第八部作品：《漂流》。坦白地讲，这不是我最出色的作品（如果您并未读过，那我认为您没有必要阅读这本小说），可由于我很久没有参加类似活动（您也发现了这一点），还是来了很多读者，展位前人头攒动。隔壁坐着一位初出茅庐的年轻作家，跟前放着一小堆书，是他的处女作。他的展位前几乎无人问津，让场面显得略微有些尴尬。我知道有两种类型的签售会：一种人满为患，一种门可罗雀。我不知道哪种状况更令人窘困。临近傍晚，人群渐渐散去，一位女士拿着一本《迷雾城堡》向我走来。书是精装大开本的，已经非常陈旧。看得出她把这本书细读了好几遍。我抬起头想望她一眼，却看见一束耀眼的阳光。

她是棕色头发，下半张脸都在微笑。我偏爱棕发女郎，就像希区柯克偏爱金发女郎那样（就连我的挪威妻子也是棕发！）。她告诉我，这是她最钟爱的作品，我是她最钟情的作者。我向她道谢，询问了她的名字，得知她叫薇拉。她说话时略带口音，但听不出来自哪个国家。我在书的扉页上写道："献给薇拉和她的微笑，纪念我们在布里夫的相遇。您的朋友。"签好名后，我把书递给她。她问："您的活动几点结束？"我回答："不太清楚，大约晚上7点左右。"我猜她是替朋友询问活动结束的时间。然而不是。她继续说："我想请您喝杯咖啡，或啤酒，或任何您想喝的。"面对这种情况，通常我会告诉对方我还有其他事情，无法赴约。可在那一刻，我竟然鬼使神差地回答："为什么不呢？"她给了我附近一家咖啡店的地址，便转身走了。我一边应付着下一位读者，一边目送她远去，发现她的背影和正面一样让人心动（我是个很看重臀部轮廓的人）。7点15分，我们已经面对面坐在附近一家咖啡店的圆桌旁。先聊了一会儿文学，谈起《迷雾城堡》。毫无疑问，她提到屠宰场的经典一幕，可她还提到其他一些不显眼的，比如神甫和老妇人在夜车上的对话。这段对话谈不上惊心动魄，但却是整本书中最让我为之骄傲的部分。半个小时后，她就知道我有六个孩子，已经和挪威妻子分居；我知道她今年45岁，住在图卢兹，有三个孩子，暂时还没和丈夫分居或离婚。随后，我们一起喝了第二杯，接着第三杯。我也不清楚那是一种怎样的状态，我只知道为了能和她多待一会儿，就算喝的是温水我也愿意。从9点开始，不断有电话打来催我去和出版人、其他作家共进晚餐。我邀请薇拉陪我赴约，到时候只要向其他人解释这是一位多年未曾谋面的老友，碰巧在布里夫相遇就可以。听了我的建议，她又一笑："那我们就应该以你相称了，不是吗？"是的，于是我们以"你"[1]互称。另外，为了增加可信度，我们编造了一段相识相知的过往，这是一个有趣又撩人的过程。随着晚餐的进行，我们越来越享受这个游戏。每当我望着她，听她讲话，内心就会响起一个略带嘲讽的声音："小伙子，你逃不掉了。"

我忘记说了，她的眼睛有一个小小的缺陷：说她斜视似乎夸张了一些，说她眼睛完全正常又并不属实。事实上，我总喜欢一些（除了她们漂亮的臀部以外），怎么说，"哪里有点不对劲的"女人。比如跛足、轻微残疾、疤痕、明显的伤口、语言障碍等。至于原因，我也不知道该如何解释。另外，我总会不由自主地被外国人吸引。薇拉集合了以上两个特质：眼睛有点小缺陷，又是个意大利人，来自帕尔玛。好吧，简单来说，我在50岁的时候，再次坠入爱河。

第二天晚上，我们就躺在了一张床上；一周后她坐火车到德龙省来看我；二周后，换我冲向图卢兹去看她。2003年春天，她与前夫离婚，搬进我的居所。作为一名翻译，她可以在任何城市生活。随她一起搬来的还有她的三个孩子，两个男孩分别是12岁和14岁，以及一个15岁的女儿。当时，我得轮流监护那三个"挪威"小孩，是一对12岁的双胞胎，她们11岁的弟弟。家里还有

1. 在法国，一般与初次见面的陌生人都以"您"相称（se vouvoyer）；对熟悉、亲密的人才会以"你"相称（se tutoyer）。

我和第二任妻子（我们可以离开了吗，亲爱的？）生的19岁女儿劳拉。插一句，这周我正与长大了的劳拉，她丈夫、儿子一起在山间度假。其他孩子也常过来共度周末和假期。和第一任妻子（暂时叫她“善变”吧）所生的儿子在当时也已经有了自己的小孩。看到这里，如果您感到思路混乱，我丝毫不会感到惊讶。简而言之，在2003年的秋天，薇拉和我身处在一幢有七个孩子的房子中：一个11岁、三个12岁（！）、一个14岁，还有分别是15岁和19岁的青少年。

此后的那几年，是我人生中最疯狂的日子。我们共同经历了疲乏、兴奋、恼怒的日日夜夜，但总的来说，我们生活得很幸福。这个成员复杂的奇特家庭里笑声不断，一伙人挤在这类似“夏令营”的住所，虽然也有争吵、危机、谩骂甚至打斗，可紧随其后的一定是道歉、原谅、和解与热泪。我们的笑声抹去所有的不快，这一切之上是薇拉守护者般的微笑，坚定、从容，让人如沐春风。

亲爱的艾德琳，正是在这最疯狂的两年，我写出那个获得龚古尔文学奖的作品。没有人可以想象我是在什么样的环境，躲在哪个角落完成这部作品。我写作的地方有火车上、酒店的客房中（我的书房被改造成了一间卧室）、厨房的餐桌上、厨房的餐桌下、卧室的大床上（直坐或卧躺）、洗衣房（次数很多）、卫生间等地。如果天气允许，在晴好的日子，我甚至会坐在树枝上，蜷缩在汽车里，靠在柴火堆上，躲在垃圾桶旁写作。向您发誓：我曾坐在马桶上，耳朵里塞着耳塞，再戴上耳机，写出一个又一个完整的章节。无论吃饭、睡觉、做饭还是购物，我都与这本小说“形影不离”。两年后，作品完成。薇拉仔细试读，鼓励我，激发我。老天，我配得上这个奖项！我们确实配得上这个奖项！

对了，我突然想到，您之前的一封邮件提到：您预感我将会获得诺贝尔文学奖！您为什么会有这样的想法？看到您的假设后，我笑了很久。设想：1929 年获奖的是托马斯·曼；1954 年是欧内斯特·海明威；1970 年是亚历山大·索尔仁尼琴；2014 年是皮埃尔－马利·索图。这份名单中闯入一个外来者，把他揪出来，然后轰出去！

不，我并未沉溺于龚古尔奖所带来的荣誉，我甚至都没有把它放在心上。要知道，获奖时我已经 53 岁，一个奖项并不会让我不知所措。等最初的激动情绪消散以后，我的心情开始变得有些沉重，就像是迷失在路上的小鸡（如果没有记错，这已经是我第三次做出类似比喻。我讲话没有头绪，总是想到什么就说什么）。每次有新作问世，我总会暗暗问自己："小伙子，干得不错，那你现在打算做些什么呢？"（我很喜欢称自己为"小伙子"。）那次获奖后，我也问了自己同样的问题。

生活仍在继续。孩子们渐渐长大，陆续离家，到其他城市去完成学业。2004年9月，劳拉去里昂求学。对于家庭来说，这是一个很大的变故，因为她是所有人心目中的长女。一年后，格洛丽娅（薇拉的大女儿）也离开我们，搬到了里昂。哎，我眼睁睁地看着两个大姑娘就这么在眼前消失！

第二年秋天，马地奥（薇拉的大儿子）在瓦朗斯开始他的学业，只有周末才能见到他。此后的两年，暂时没有孩子离开。直到2008年秋天，这次是三个孩子同时搬走：我的一对双胞胎，以及薇拉的小儿子蒂亚戈。

从那以后，家中只剩下我最小的儿子乔，薇拉和他很亲。整幢房子一下子显得格外宽敞。到2009年秋天，乔前往孚日山脉的一座弦乐学校开始学习。对我们来说，孚日山脉就像阿拉斯加那样遥远。为此，薇拉好像大受冲击，比我更难接受这个事实。

从那以后，我们总会在家中放些音乐以打破宁静。也经常出门活动，填补寂静。

只是，薇拉变了。她开始……

[我刚刚回到住所，准备写完在山间讲到一半的故事。昨天早晨我在一家饭店的餐桌旁，看着窗外美丽的雪花给您写信。晚上，我坐在双层床上继续写。顺便提一句，我和我5岁的小外孙（劳拉的儿子）一起分享这张双层床，我睡上铺，他睡下铺。“外公，你在干什么？”“我在写邮件。”“写给谁？”“一位女士。”“你要关灯了吗？”“好，我马上就关灯。”“晚安，外公。”“晚安，我的宝贝。”]

从那个秋天起，薇拉变了。这种状态一直持续到冬天。表面上看，她的行为一如往常，依旧如此专注、慷慨、温柔、热情。然而她的内心在悄然发生改变。薇拉经常在傍晚时分呈现出一种松懈状态，每到这时，我总感觉她被一层薄纱所裹挟。我不知道该如何更准确地形容她这种状态，就像是一块薄纱掉落在她的身体、面庞和心灵上。一块无法揭去的薄纱。我多么希望用自己的大拇指和食指捏住它，将它掀开，可我办不到。深夜我们肩并肩躺在床上，她握住我的手，将它放在自己的胸前，闭上双眼低声道：“和我说说话。”

于是我开始说话。她对内容并不在意。我想，她只是希望听到一个自己喜欢的声音而已。我随意叙述着自己童年和少年时期的往事。如果那段回忆很有趣，她会抿嘴一笑，算是回报我的努力。当她想要我停止时，则会轻轻地在我手上按一下。

家里有人来访时，她几乎又变回了从前的薇拉。一旦只剩我们两人独自相处，那块薄纱又会重新掉落在她的身上，我又会听到那句熟悉的："和我说说话。"我猜薇拉可能是病了，但她既不想去看医生，也不想做心理咨询。您知道吗？当薇拉不愿意做一件事时，谁都没有办法说服她。

和以往一样，那个夏天我们屋子里总是挤满来做客的人。至少有24天，吃饭时餐桌边坐着8个人。印象中游泳池里日日夜夜都是人。哦，对了，龚古尔文学奖的奖金只有象征性的10欧元。但因为获奖，小说的销量直线上升。2007年，我们叫人在后院挖了一个漂亮的游泳池。每当想到这是自己的游泳池，我总觉得不可思议。在最初的几个月里，我经常会梦见自己平躺在泳池旁，没过多久，就有人来想要赶我走。我嘟囔道："这是我的泳池。我有权利在泳池关闭后仍然待在这里。再说，这个游泳池全天开放，从不关闭。"但不知为何，我无法大声说出这些话。更可怕的是，我无法确定这就是"我"的泳池。不管怎样，夏天就这样热热闹闹地过去了。随后，秋天来临。整幢房子再次变得空空荡荡，薄纱再次掉落，我的手又重新被她握住，放在胸前，"和我说说话。"

2010 年 10 月 28 日是一个周四。那天，我计划前往里昂一所大学进行演讲；随后到附近书店参加签售活动。我预约了一辆出租车（家里只有一辆车，每次出远门我都会把它留给薇拉）。司机将我送到瓦朗斯火车站。临近中午，我坐上火车，前往里昂。和出版社工作人员在老里昂的特色餐馆午餐。下午在大学演讲完，赶到书店开始签售，一直持续到晚上 7 点左右。工作人员想留我一起晚餐，可我更愿意早点回家。于是我重新坐上开往瓦朗斯的火车。随后，乘坐出租车回家。抵达时已经是晚上 9 点 15 分。

付好车费，司机随即将车开走。我看见家里的车停在原位，房子里灯火通明，门没有上锁。我一边走进客厅，一边叫着薇拉的名字。她不在客厅，不在卧室，不在任何一个房间。屋中的一切井然有序。她没有留下一句话，一个字。从那以后，我再也没有见到过她。

也许下一次，我会将后续故事告诉您。我没有勇气了，这件事带来的震动太大。就像我在最初几封邮件中写的那样："只要谈起这件事，就像按下一个开关。"每当我想起薇拉，或者和别人说起她，就会出现以下情景：我的声音开始颤抖，听的人眼睛里渐渐泛出泪光。确实如此……（请允许我在这里用一次省略号。）

这封邮件写得过于冗长，而且内容完全以自我为中心。对此我很抱歉，也感到很羞愧。我把您丢弃在您的孤独、危机和狭小天地里，滔滔不绝地讲述自己的泳池、龚古尔奖、痛苦。我向您保证：在下一封邮件中，我将彻底把自己忘记！

热切地拥抱您。

皮埃尔-马利·索图

（一个除了给艾德琳·派尔蒙拉写信以外，不再写作的作家。）

（对了，既然您马上要搬家，试着找一个地名就预示着希望和幸福的地方。从以往的经历来看，您在这方面做得不尽如人意：选择在杜耶拉布尔、勒可特尔、穆榕[1]等地安家。如果您搬到巴黎

1. 这些地名在法文中分别有哀悼、围墙和烦恼之意。参见前注。

郊区，完全可以选择威尔勒[1]作为您的落脚点！）

又及：差点忘记写了，我迫切地想知道54年前，在您那潮湿的家中都发生了些什么！

2013年3月11日

艾德琳写给皮埃尔-马利

亲爱的朋友：

先和您说一件趣事：今天早上，为了修理那部已经非常陈旧的汽车，我去了趟技术管理中心。填写表格时我忍不住笑出声。此前我从没注意过这件事，您猜猜看，车牌上刻着哪三个字母？我想您大概永远也猜不到：***VGT***[2]。

看来所有的讯息都在对我大闪红色警示灯。很显然，如果我想走出那条让我形同植物的绝巷，就得连车子也换掉。还有，我发誓永远也不会住进威尔勒（您在哪儿看到这个愚蠢的名字？）对了，我也不会住进艾依[3]！请您重新给我推荐一个悦耳动听的目的地！

写到这里，您应该已经注意到：我为车牌巧合笑了一次。虽

1. 原文 Houilles，系地名。音译为威尔勒。在法语中，（H）ouille（s）是一个象声词，表示“啊哟”。

2. 此处 VGT 应暗示 végétatif，意为：植物人。——编者注

3. 原文 Ay，系地名，音译为艾依。在法语中 Ay 是一个象声词，有“是、好”等意。

然笑得有些苦涩，但也是个不错的开始，不是吗？

现在，回到谈话的主题，让我们聊聊薇拉。

当您在说起自己第四任妻子时，写道："只要谈起这件事，就像按下一个开关。"我就猜到，您和她之间肯定发生了一些可怕和痛苦的事情。在向我诉说这段私密往事时，您完全不必感到抱歉。完全不必！透过这个故事，我看到的是您对我的信任，这让我非常感动，并希望自己能配得上您的信任。我也很能体会您的痛苦，对这份痛苦抱着同情。

关于薇拉，我的心中闪过很多疑问：您发过寻人启事吗？甚至到意大利去发布，因为那是她的家乡？她的三个孩子怎么说？他们现在还能见到她吗？您有没有去某些医疗机构寻找她？比如那些痛苦的人经常会去的精神疗养中心？

不管怎样，您失去了您的缪斯，内心也缺失了很大一块。现在，我更能理解您为何灵感枯竭，无法继续创作。如果有一天您知道薇拉出走的原因，是否就能重新找回写作灵感，再次燃起生命的火焰？

在无法预知的那一天来临前，我想，您没准需要做一些让自己都感到惊讶的事。比如，尝试给孩子们写故事？现在，您独自住在一幢空荡荡的房子里，面对同样空荡荡的游泳池（现在这个季节，我猜它一定是空的！），终日与讨厌的猫、伤痛、疑虑和六十几岁老人的忧愁为伴。当然，您还有一个5岁的可爱外孙，他会在双层床下铺欢快地叫您外公。您看，您具备了一切写作条件！为什么不为他写些东西呢？一首儿歌？一些诗作？几个图片故事？识字绘画册？一个大灰狼或小白兔的故事？想象一下，当您看到他自豪地将自己外公写的书带给幼儿园老师时，难道不会感到由衷的快乐吗?

好吧，我似乎又想多了。

但您知道吗？我之所以如此亢奋，是因为每当谈起孩子，我的心底就会泛起无限爱意和忧愁，在感动的同时，心又会受到一次沉重的撞击。

我从没想过告诉您这段往事。但您笔下薇拉的出走，让我不可避免地回忆起自己深藏在心中的伤痛和阴影。

长话短说。请原谅我电报式的写作风格，但您肯定能在字里行间中感受到我的痛苦。

12年前，我曾经和前夫有过一个孩子。

那年我22岁，父亲去世。葬礼的三个月零八天后，我生下儿子菲利蒙。

当时，我已经不再爱我的丈夫。他性格暴烈，常对我挥舞拳头。这些我之前说过。

菲利蒙患有先天性心脏病。只在这个世界上停留了17天。

从此，我一蹶不振。我在精神疗养中心（这是一个比较委婉的说法）躲了好几个月。依靠大量的抗抑郁药物活着。后来，我竟然奇迹般地从打击中走了出来。

等我恢复过来，就和丈夫离了婚。没有经济来源，也无处可去。在这种迷茫无措的状态下，我回到勒可特尔，住进母亲的房子。

我和母亲在这幢房子里一起度过将近九年的时光。

在她的照料下，我的生活渐渐步入正轨。我继续接受心理治疗，并通过函授课程重拾学业。我对阅读和研究充满热情，读书的乐趣让我慢慢远离曾经所遭受的伤害。后来，我拿到学位，终于可以开始自食其力。先是在一家联合协会里工作，随后自立门户，开了一间工作室。

去年 10 月，母亲突然离世。关于这件事的具体情况我以后再告诉您。那几天，我在工作室的门上挂了一块牌子，上面写着："家丧期间暂停营业"（和布拉森斯[1]在《遗嘱》中的歌词一模一样。您听说过这首歌吗？）。然而，我再也没有打开过工作室的门。

现在，您（几乎）已经知道我所有的秘密，除了我一个月前寄给您的包裹。请您看在我们彼此珍视的友谊上，暂时不要打开它。

能和您谈起菲利蒙和我的母亲，向您诉说至亲的离去，我的情绪非常激动。

亲爱的皮埃尔-马利，可以肯定的是，我永远无法向那位金融主管讲述这一切。这些事情并不值得称道，不是吗？我猜听到这些事情以后，我在他心中的印象一定大打折扣！

说到这里，我仍然期待有一天能够找到属于自己的爱情。他既爱我圆润的身材，也爱我沉重的过去。如果在遇到这块珍宝时我的年龄还没有很大，我很希望能为菲利蒙生个弟弟或妹妹。不过，在此之前我还有很多其他事要做。首先，我需要弄清那个疯疯癫癫的奥德特和我说的往事是否属实！从这周开始，我就会着手此事。到时我会告诉您调查的进展。

我很喜欢您关于"迷路小鸡"的比喻。要知道，我家的饲养棚里有过很多类似的小鸡！由于职业习惯，您指责自己说话没有头绪。其实您错了。有时我们无需遵循规则和逻辑。生活本来就很疯狂，我想您一定也深谙此理。请您继续保持这种随性的写作风格，我很喜欢！

1. 乔治·布拉森斯（Georges Brassens，1921—1981），法国著名歌手、诗人。

至于我，我准备重新读一遍您那本获得龚古尔奖的作品。我想试图从书中找寻您此生挚爱的踪影。我确定，她一定就藏匿在这些词句背后。另外，我也想找出那些您在马桶上完成的章节！！

请考虑一下创作儿童作品的提议，然后告诉我您的决定。当然，您无法在儿童作品中提及您对女性臀部的偏好。我想这应该会让您感到很挫败……如果您无法接受这个事实，那您可以写一部情色小说。记得为自己取个笔名！

我热切地拥抱您，并完全同意您的看法：美丽的雪花也是证明“生活美好”的理由。然而此刻，我的窗外落着豆大的雨点。这些不怀好意的雨点打在我刚刚种下的黄水仙上。有些无知的人以为这是春天已经来临的迹象，现在他们为这个愚蠢的想法付出了代价。如果有来生，我将会在阳光充沛的地方生活，在那里种上一些仙人掌。不！一些热带水果！

稍后再聊，不再写作的作家，但别忘了给我回信！

您想入非非的艾德琳

2013年3月11日

艾德琳写给皮埃尔-马利

皮埃尔-马利，我感到很沮丧！我刚刚翻遍所有藏书，就是没有找到《暮色之歌》！好吧，让我先试着平静下来。也许，我遗漏了一些角落。不管怎么说，失望！听完您的故事后，我是那么急切地想重读一遍。嘿嘿……

2013年3月12日

皮埃尔-马利写给艾德琳

亲爱的艾德琳：

您从来没有说过您的前夫有暴力倾向。在以往的来信中，您只是提到他是一个“混蛋”，现在看来他是一个“性情暴烈的混蛋”。您长得又高又壮，难道没能打烂他的脸吗？您就应该这么做。当我的孩子在学校遇上一些凶狠、蛮横的同学时，我只会给他们一个建议：别理论，打烂对方的脸。薇拉每次听到我这样教导孩子都会感到很恼火。她认为更有效的做法是理解、讨论、沟通。是的，我同意，理性也告诉我确实应该这么做。然而，我内心深处真正想做的却是打烂这些人的脸。

您还很年轻，经历却如此坎坷！如果我的理解无误，并只挑选一些您告诉我的“大事件”来记录的话，您的一生大致可以这么描述，是吗？

出生于1979年；从1979年到1991年，您慢慢长大，渐渐发胖（有些过于胖了）；到1992年，也就是您13岁的时候，发现自己的父亲是同性恋，以及他的双重生活；从1993年开始，您变得越来越胖；1994年，您的父亲彻底离开，弃你们而去；1999

年（您20岁），嫁给了一个“性情暴烈的混蛋”；2001年（您22岁），在得知父亲的死讯后，您生下只在这个世界逗留了17天的菲利蒙；从2001年到2003年，您日渐消沉，抑郁成疾；2003年（您24岁），搬到勒可特尔，和母亲一起生活；从2003年到2012年，您重新自我建设，逐渐走出阴霾；2012年（您33岁），失去了自己的母亲；2013年，开始和作家皮埃尔-马利·索图通信。

读着上面这些信息，您一定对我充满怨恨。您完全有理由生气，因为细数这些坎坷的经历确实非常残忍。可是，您也从没告诉过我任何令人欢欣鼓舞的往事。想象一下，如果好运常在，又会是怎样一番场景：

出生于1979年；从1979年到1991年，您在一个和谐美满的家庭中快乐成长；到了1992年，也就是您13岁的时候，入选法国国家体操队；1993年（您14岁），中学毕业，成为当时最年轻的毕业生；1999年（在您20岁当天！），邂逅了一生挚爱：拉法基水泥集团的继承人弗兰克，并很快与他成婚；2003年（您24岁），把父母接到尼斯一处8万平方米的个人领地居住；从2003年到2008年，您生了四个孩子（两男两女，为这个家族诞下两位继承人！）；2013年，作家皮埃尔-马利·索图试图联系您，想为您写一本传记，您暂时没有回复他。

对不起，艾德琳，这段想象并不让我感到得意。我这么写完全是出于自我防卫的本能。在这个世界上，有些事情让我无力承受。每当我听到、看到这些事情时，就会本能地想逃避，或者以开玩笑的口吻对待。用橄榄球的术语来说，想要“轻轻带过”。一个孩子的死亡就属于这一类我无法承受的事情。我曾经和您说过，相较婚礼来说，我更偏爱葬礼，还准备在以后的邮件中告诉您理由。现在，当我知道您所经历的一切之后，决定收回自己的看法。

为一个出生仅17天的婴儿所举办的葬礼。

我很钦佩您继续生活下去的勇气。是的，真诚地讲，在您面前我显得如此渺小。您谈到重新自我建设的艰辛，通过函授课程继续学业，最终获得学位。读这段文字的时候我在想：您是从哪里获得了惊人的力量？换作是我，肯定从此沉沦，一蹶不振，再也无法走出无底黑洞，远远达不到您现在的状态。又或许，我会把这份痛苦投射到作品中去。因为艺术能够超越、升华我们的苦痛。人们常说："一个幸福的童年是作家的魔咒。而您从不写作，又如何掩埋内心的绝望，克服心中的恐惧？也许是依靠某种神力，或者通过剖析自我获取安慰。但我确信，支持您走到今天的，是为菲利蒙生下一个弟弟或妹妹的希望。我必须向您说明，这让我深受震撼。如果有一天（在我们持续通信的情况下），您向我宣布怀孕的消息，我一定会为您感到由衷的快乐。

是的，为了寻找薇拉，我一共去了三次意大利。她在二十年前就离开了帕尔玛，但我还是在那里碰到许多对她印象深刻的人。大多数人谈起她的时候都充满爱意，对此我并不觉得奇怪。我还拜访了几位她的家人。他们邀请我进门，招待我喝些饮料。接下来，所有人的反应几乎都是一致的：当我说自己是薇拉的丈夫时，他们的脸上绽放出笑容。而当我提到她失踪的消息时，大家在惊讶过后都变得很悲伤。总的来说，我在意大利没有找到任何有用的线索。

在法国，我也几乎用尽了所有搜寻方式。甚至暗中拜访过一些能量感应灵媒，试图寻求他们的帮助。其中一位灵媒说看到她

“在水里”，另一位说她在西班牙。薇拉的孩子们在得知她失踪的消息后，表现得很坚强，也很团结。除了大女儿格洛丽娅，她的怒火似乎始终没有完全平息。在薇拉失踪时，她刚刚23岁，到现在都没有原谅自己的母亲。到我家看望我时，格洛丽娅也总是显得很愤怒。有时，我会在心里埋怨薇拉悄无声息地抛下我们，让我们从此生活在痛苦中。在最初的几个月，我会疯狂地在屋中寻找她可能留下的只言片语，几乎翻遍所有角落。直到今天，我还会在半夜突然惊醒，确信一定能在房子某处找到她留下的字句。于是，凌晨3点，我会冲向一个闲置在车库深处的洗衣桶，或拿起一本我们都很钟爱的书，翻看里面是否有她留下的纸条，上面写着出走的原因。是的，现在我最关心的第一个问题是：她在哪里？第二个问题就是：她为何要离我们而去？

一本情色小说？你疯了吧！女士。我的家教不允许我做这样的事情。我记得在一次公开的圆桌讨论会上，我曾经解释了很久为何自己从不创作某类作品（特别是情色小说），原因之一是，我担心自己的父亲会看到它们。等父亲去世后，我又担心自己的母亲会读到。等到她也去世，我就开始考虑自己的孩子：如果他们读到这些作品，会怎样看待自己的父亲？就在这时，一位读者起身提问：“您考虑过读者会怎么想吗？”她问得对。我的论点其实完全站不住脚。问题的症结在我自己身上：因为家教，这一点我已经说过了。

至于给孩子们写故事，我认为这是一个有趣的提议。但我暂时只会在床头为他们讲故事，这是一场仅限于我和他们之间的亲密互动。

是的，我很急切地想知道更多关于您母亲的事情。您会马上揭开谜底吗？

您最喜爱的作家，

皮埃尔-马利·索图

（今天，我会寄一本题献给您的《暮色之歌》，请注意查收。）

2013年3月12日

艾德琳写给皮埃尔-马利

亲爱的皮埃尔-马利：

您真是一个无可救药的作家！不，不，请别用那种做错事的窘迫眼神看着我。即便处于创作瓶颈期，您仍旧是以一个小说家的眼光，审视周边的人、世界和生活。

我知道，写作既是您的事业、信仰，也是您的负担。但请别把一切混为一谈！也许您会认为我反应过度，但我真的不习惯被当成一个小说人物来分析。首先，您像编剧一样将我的经历一一列举，然后审视自己的创作是否具有真实性。随后，您为我改造人生，选择一条全然不同的人生道路？或是说制定了备选方案？好吧。我是不是可以这样认为：我的真实人生实在太为悲惨，悲惨到让人很难相信它的真实性？作为一个虚构的人物，这不符合您的标准？您的编辑在看到我这个人物时，会要求您改写，是这样吗？

是的，皮埃尔-马利，您确实把我惹得很生气，我也不想掩饰自己的愤怒。如果您看到我此刻的双眼，一定会吓得蜷缩在墙角。另外，既然您提醒了我，您的脸庞也可能会受到重拳的猛击！

您以往那么多任妻子难道没有告诉您，在小说人物和真实的人之间存在着巨大差异吗？在写作的时候，您确实拥有创造一切的能力，我对此深信不疑。可在现实生活中，没有任何人是属于您的。所以，请别再为我描绘和拉法基水泥集团的继承人共度一生的美好画卷。要知道，水泥是一种十分笨重的材料，而我，只想追求轻盈！请您接受最真实的我：肥胖、不幸，但却充满生命活力！

好了，就写到这里，我要去合唱团排练了。既然不能痛打您一顿，我只好在演唱的时候一直想着您，然后声嘶力竭地吼叫几声，作为发泄了。

（第二天，我渐渐平静下来。）

我差点删除昨天写的所有内容，但想了想，还是决定将它们保留下来。

我不能在宣称“充满生命活力”的同时，又拒绝接受时常会失控的生活。在内心深处，我也盼望着在清除之前那些被强咽下去的情绪后，变得轻盈。您的话就像是艰苦的减肥训练，刺耳却又在理。皮埃尔-马利，我对之前的不当表述，向您道歉！

您知道吗？我自己都不清楚儿子离去后，我是如何再度“回归”的。我就这么回来了，仅此而已。此后发生的一切，是与自我妥协的结果，没有效仿的意义。毫无疑问，我从自我剖析的过程中获得许多安慰。同时，也在精神练习中汲取力量。我没有任何宗教信仰，但在自己身上发现了一块隐形的净土。每当踏入这块神圣领地，内心就会感到很平静。我没有去教堂做弥撒的习惯，但偶尔会冥想片刻。有时也会以歌唱和舞蹈的方式来配合精神练习。这个话题比较私密，我暂时先说这些。

在昨天的邮件中，我只是想说明自己不是左拉或狄更斯笔下不幸的小说人物。我像其他千百万人一样，依靠自己所拥有的一切，顽强生活。事实上，我的想法与您的正好相反，我认为自己很幸运！至少没有露宿街头，或者连基本的生活需求都无法满足。我有可以利用的知识，借以获取生活和精神上的独立。再者，我虽然有点胖，但身体健康。至于其他的部分，我可以通过努力，慢慢创造。

那您呢，皮埃尔-马利？您是如何熬过薇拉出走后的日日夜夜？又是如何填补内心的空白和空洞？您都用了哪些方法安慰自己？在半夜惊醒、搜寻屋子后，又如何平息怒火？在您激荡的一生中，是否第一次感到孤独？

您说如果您失去一个孩子，就肯定会从此沉沦。然而，谁又知道事情会是什么走向呢？

也许在您的身上有未知的力量等待被挖掘。我建议您翻阅一下家庭的族谱，看看家族中有多少祖父母、曾祖父母、舅公舅母失去过自己的孩子。随后了解一下，在这些祖辈中，有多少人在痛失爱子后，仍旧顽强生活？有多少人回到田地或工厂中继续劳作？

我就像我的祖辈们那样，继续回到自己的天地中劳作。

不否认，我的语气显得有些生硬。然而今天所涉及的，都是一些无法用轻松语调谈论的话题，必须直奔主题，直抵人心。要知道我并不是偶然提起家庭族谱：这与我在档案馆的调查有关。从初步的调查结果来看，奥德特的许多说法并非空穴来风。如果调查结果得到证实，我就能够向您证明：在我的家族中存在某种

“幽魂”，并已经影响了好几代人的生活。

等你回信，同时请允许我在一个“家教很好”的人脸上，留下两个大大的飞吻。

艾德琳

又及：您不想为孩子写故事，这让我有些失望。您对创作情色小说的想法感到恼火，这让我的失望达到顶峰。就我个人而言，如果小说文字不错的话，我会买的！

又又及：非常感谢您把写了寄语的《暮色之歌》寄给我！

2013年3月15日

皮埃尔-马利写给麦克斯·瓦拉而德耶

亲爱的麦克斯：

从去年夏天以来，你过得怎么样？坐骨神经痛的老毛病好些吗？乔丝好吗？

时间过得真快，我们约好尽快见面，可才一转身，八个月就过去了。此时此刻，我很想给你打个电话，但考虑到想请你帮忙的这件事，还是写邮件比较妥当，一会儿您就知道我为什么会这么说。我之所以拜托你，而不是别人，有两个原因。第一：你是我的朋友；第二：你就住在勒芒！好吧，我现在就和你解释清楚，请跟上节奏：

虽然距离我上一部作品出版已经过去了四年，但现在仍有很多读者会给我写信。他们真是非常忠实和有耐心！有时，也会寄给我一些手稿，让我提些批评和改进的意见。你知道我对此没有任何兴趣。言归正传，三个星期以前，有个女读者给我寄了一个硕大的包裹。我礼貌地告诉她自己从不阅读任何读者的手稿，并提出将包裹寄还给她。可她却拒绝提供邮寄地址，坚持让我打开包裹，并附上一张照片，留下一句“我不同于您的其他读者”，试图说服我改变决定。

我回复她，这张照片没有勾起我任何回忆，（亲爱的麦克斯，事实上，这张照片确实让我想到某些事情！）我也无意与她保持邮件联系，并向她解释了原因。可这封回信发出以后，她回复了我，于是我又回复了她，她又回复了我，如此这般。我们就像陷入某个游戏，某种怪圈。渐渐地，我和她之间建立起默契。有时候，我们只需要和某个刚遇见的人相处几分钟，就知道自己与他之间存在默契。

我和她谈起很多从未同第三个人聊过的事情，她也一样。我们几乎天天通信，既然两个人都乐在其中，又有什么理由终止通信呢？

另外值得一提的是，她的文笔极好。虽然她否认自己怀有文学抱负，但我认为身边许多同行的水平都远在她之下。她文风朴实，从不刻意追求文学效果，这一点我很欣赏。读着她的文字，就像是看到一些对自己的美貌浑然不知的漂亮姑娘，你能明白我的意思吗？当然，有时她也会写下一些矫情的文字，比如：

“在我看来，写作的第一手资料来源于灵魂的空洞和从中流淌出的苦痛。”她的信中也会出现笨拙的表达，但这些反面例子并不常见。要知道，她可以写出一段很生动的描述，比如：“……我的窗外落着豆大的雨点。这些不怀好意的雨点打在我刚刚种下的黄水仙上。有些无知的人以为这是春天已经来临的迹象，现在他们为这个愚蠢的想法付出了代价。”非常灵动的表达，不是吗？总之，她是天生的作家，文字自然天成。倒是我，反而时常陷入文字的圈套，刻意去书写冗长的句子，这显然犯了文学的大忌。好在我每次都会重读一遍邮件，及时做出修改。

好了，现在你也许会问：你和一个向你袒露内心世界的女读者通信，她的文笔很自然，那又如何？

麦克斯，因为我发现有些不对劲的地方。

这些不对劲的地方来源于我的怀疑：我对她这个人产生了怀疑。

这个艾德琳·派尔蒙拉（她的名字）向我讲述她的经历、往事（一会儿你就知道她都去过哪些地方！）和希望，也说起过自己的生活和家庭。我对她提起的那些地名所知甚少（当然，我对勒芒很熟悉，因为你就住在那里。除了勒芒以外，她还经常提到一些巴黎的郊县、萨尔特等地）。这些听上去都很真实，我也没有多想，全都信以为真。

然而，有一次在她的邮件中，我看到这样一句话：“……对我来说这是一项艰巨的任务，为什么我总觉得自己长相丑陋。虽然有些人并不这么认为。”这是意大利人在说法语时经常会犯的一个错误。在意大利语中，“因为”的发音和法语中“为什么”的发音非常接近[1]。你应该还记得，薇拉讲法语时会稍微带些口音，但总体上，她的法语无懈可击，而且咬字非常清晰。但是每次她情绪激动，或怒火中烧时，就会犯这个错误。举个例子，每次我们发生争执，她又找不到理由辩驳，就会高声叫喊道："该死的！就是这样，为什么就是这样！"我和孩子们为此没少嘲笑她。可薇拉却我行我素，从不打算做出改变，好像她执意想在唇间保留一些意大利痕迹，一点在法国生活之前的人生印记。您可以想象当我在这位笔友的文字间看到如此熟悉、如此与薇拉密切相关的特征时，心里多么惊讶。

也许你会说这一切纯属巧合。你说得有道理，可昨天夜里我像往常一样突然惊醒，脑中闪现出一个清晰、明确、完整的念头：派尔蒙拉……和我说说话……我曾经和你说过，在薇拉出走前几个月，常常抓着我的手，口中低声念道："和我说说话。"当时的薇拉看上去非常孤单、忧愁、迷离，然而在陷入抑郁或……离开之前，她还是试图紧紧抓住我。现在，我遇到了一个名叫……派尔蒙拉的女人。我总是情不自禁地默念这几个音节：派尔蒙拉……和我说说话……和我说说话……你发现了吗？在这几个音节中甚至还找到帕尔玛的影子[2]！

麦克斯，我没有丧失理智。你得帮我，让我确认自己的想法。请你在空闲的时候，跳进车里，开到一个名为勒可特尔的小镇，然后找到马克－布劳什绝巷1号。我查过了，这个小镇距离勒芒

1. 在意大利语中，Perché 表示"因为"；在法语中，Pourquoi 表示"为什么"。两者发音相似。

2. 法语中"派尔蒙拉"（Parmelan）、"和我说说话"（Parle-moi）、帕尔玛（Parme），发音均相近。

大约有 27 公里。你愿意帮我这个忙吗？你就把这当成是一个游戏吧！就当自己是私家侦探，现在需要完成一个任务。快去行动吧，然后把你的侦察报告发给我。告诉我谁住在这幢房子里？门或信箱上贴着谁的名字？停在房子边上的是一辆什么车？车牌号是什么？住在屋中的是一个什么样的女人？（当然是在她存在，并且你恰巧看到她的情况下。）

如果一切都与艾德琳·派尔蒙拉的描述一致，我就相信它们只是巧合，马上忘掉这些想法，不再拿这事打扰你。

向你奉上我的情谊和信任。

替我向乔丝问好。

皮埃尔-马利

又及：你们什么时候会来德龙省？你知道，如果能见到你们我会很高兴。

2013年3月16日

艾德琳写给皮埃尔-马利

亲爱的皮埃尔-马利：

这回轮到您给我寄来包裹了！邮递员刚刚将包裹投入邮箱，我就把它拿了出来。谢谢，谢谢，谢谢！

但我不得不告诉您，寄语让我摸不着头脑。您为何写了几句意大利文？我记得曾经和您说过：我不懂任何外语。在线字典翻译出的法文很滑稽，完全无法理解。如果您方便的话，告诉我个方向？我猜这几句话摘自某部文学作品，只是我不知道罢了。

除此之外，我感到非常高兴。我会很快再读一遍这本小说，并坦诚地告诉您我的想法（当然是在您有兴趣知道的前提下）。

抱歉今天的信件有些简短。但您知道吗，令人意外的是：我需要再次进入洗浴间，开始梳妆打扮！！我曾经说过“女人都很善变”，这句话在我身上再次应验。那个金融男又出现了，礼貌、友好地约我见面。于是我决定今天中午和他共进午餐。虽然他的邀请非常礼貌，但谁知道一会儿会发生些什么呢？现在，我得赶快决定穿什么内搭。皮埃尔-马利，如果您是我的话，会选择黑色蕾丝，还是看起来很无辜的普通棉质内衣？噢，老天！真是个蠢女人！

好了，今天就写到这里。脱毛膏还在浴室等着我呢！

您的艾德琳

2013年3月17日

麦克斯写给皮埃尔-马利

亲爱的皮埃尔-马利：

你写的什么可笑的邮件？我才不会帮你跑这一趟，老朋友，我觉得你已经完全丧失理智。上次见面时你看起来心情还算平静，所以我才安心离开。然而乔丝是忧心忡忡的。你很了解她，她在百里之外也能感觉到事情的不对劲。在回去的路上，她说："不要被他的好气色欺骗，这只是飓风风眼的平静。如果皮埃尔-马利继续待在那幢房子里独自伤心，他一定会发疯的。"说实话，在读着你的邮件时，我脑海中确实闪过她这几句话。

听着，关于这个给你写信的女人，我不知道该说些什么。但从现实的角度来说，我现在无法为你做任何事情：一周前我的胯部动了手术，才刚出院回家。这段时间我吃尽了苦头。唯一让人愉快的是：每天早晨来往我屁股上打针的护士，有一对丰腴的乳房。你很了解我，我的眼睛从不老老实实地待在口袋里。然而这点小小的快乐无法弥补其他痛苦。最近，我的心情低落到了极点。

医护人员信誓旦旦地向我保证，疼痛很快就会过去，可我到现在还很痛。从没吃过这么多止疼药。更糟糕的是：一个月以后，我另一侧胯部也需要动手术！这就是一个体育老师老了以后的命运。所以，现在我没法帮助你，没法跳到车里为你充当密探。

皮埃尔-马利，忘记那些怪异的想法，忘记薇拉吧。

趁你还没患上抑郁症之前，赶紧离开那幢房子，去呼吸一些新鲜的空气！如果我双腿灵便，一定会胡乱整理好箱子，然后马上奔向安的列斯群岛，加利福尼亚！（别再去意大利，求你了。）

我知道你曾经有多爱薇拉。但在这么长的时间里她都杳无音讯，你应当接受她已经从你生活中消失的事实。乔丝在读了你的邮件后，狠狠地骂了你一顿，但同时仍热切地拥抱你。你很清楚，乔丝就这个脾气。

我也同样热切地拥抱你。你是如此幸运：一生中大部分时间都久坐不起，可到了退休的年纪，却依旧手脚灵便。丘吉尔曾经说过："杜绝运动。"很可惜，我的英语水平太糟糕，没有更早地理解这句话的精髓。

你卧病在床的朋友，
麦克斯

2013年3月22日

艾德琳写给皮埃尔-马利

晚上好，皮埃尔-马利：

您没有回复我前两封邮件，但我不相信您会对我选择内衣时遇到的困难置之不理。所以我猜您可能暂时与世隔绝了。也许是电脑故障？不管怎样，我希望您没有碰上什么不愉快的事情。等您空下来的时候，给我写几句话，告诉我您一切安好。要知道，我可是一个很容易担心的人。

即使没有回复，我仍旧给您写信，并暗暗期待您可以读到我的邮件。现在的状态，让我想到一些不快的回忆。几年前，我曾经交往过一个永远在搭乘火车、飞机或热气球的男人。由于总是联系不到他，但又很需要他，我曾在他手机的留言箱里留下数小时的独白。您完全无法想象，人们可以对着留言箱说些什么样的话！我知道，这样的艾德琳·派尔蒙拉显得很可悲。不过，您应该已经很熟悉这样的我了。

所以，在今天这样一个有些惆怅的夜晚，我决定和您玩个“快问快答”游戏。您觉得怎么样，皮埃尔-马利？

“好的，艾德琳，一切由您做主！”

“皮埃尔-马利，您想知道我和那位金融主管的午餐进行得如何吗？”

“啊，是的，艾德琳，我迫不及待地想知道！”

“我就知道您很好奇。您想知道最后我选择了哪件内衣吗？”

“我打赌，一定是黑色蕾丝！”

“错：我选了白色棉质内衣。”

“好吧。”

“皮埃尔-马利，我感到您好像很失望。”

“艾德琳，别胡乱猜测，我可什么都没说。”

“可事实上，皮埃尔-马利，您就是这么想的。这么想也没错，我确实没有很好地发挥自己的女性优势，但对这次约会来说，影响不大。因为在整场约会中我都显得很矜持，并一直穿戴整齐。”

“该死！”

“皮埃尔-马利，请您以后在我面前尽量不要使用这个词。想知道我们都吃了些什么吗？”

“有必要了解这些吗？”

“您说得有道理，让我们直奔主题：我吃了一顿非常开心的午餐。您知道吗？我一直在笑！罗曼（他的名字叫罗曼）是一个很有趣的人，不严肃也不做作。他聊了自己失败的情感经历、在网上寻找伴侣的往事，以及一些啼笑皆非的约会场景。和他在一起我是如此放松，以至于我将那天晚上酒醉的经过向他和盘托出（从如何酩酊大醉到躺在绒毛玩偶间不省人事的全过程）。说完之后，我感到如释重负！”

“这个罗曼看上去是个不错的人。艾德琳，您已经有点喜欢他了？”

“皮埃尔-马利，现在说这话还为时过早。但我不否认，我对下一次约会充满期待。”

“你们已经约好再次见面了吗？”

“是的，先生！三天后，在剧院。”

“您一定感到很高兴！”

“是的，但我还是得谨慎些。上次去剧院看的戏无聊透了。再说，我生活中需要处理的事情实在太多，不确定自己有时间谈恋爱。”

“不，艾德琳！您不会因为过于忙碌而无暇开展新恋情。您是因为胆怯才说出这样的话！我不允许您现在就开始退缩！”

“皮埃尔-马利，您太严厉了！不要以为自己魅力超群，总让别人心碎，就能够随意指挥别人！”

“我？总让别人心碎？让我先笑一会儿！我想提醒您，我自己现在正处于心碎的状态。”

“我发现您开始慢慢爱上自己的痛苦，皮埃尔-马利。”

“您是在取笑我的痛苦吗？”

“事实上，我刚又读完一遍《暮色之歌》。一想到您有可能成为埃德蒙的样子，我就害怕得浑身颤抖。”

“不可能。我可以很明确地告诉您：我这个人很理智，不会发疯的。”

“只有疯子才会认为自己很理智，皮埃尔-马利。”

“艾德琳，您是从哪里获得这些理论的？从那些写满陈词滥调的字典里吗？”

“您说得对。时间不早了，该结束今天的谈话了。明天，我会继续关心您的安危。晚安，皮埃尔-马利。”

“晚安，艾德琳。祝您今晚好梦。”

2013年3月25日

皮埃尔-马利写给艾德琳

亲爱的艾德琳：

经过几天的混乱后，我终于回到家里。这几天无法给您写邮件，让我很想念与您通信的时光，也很想念您。我没有理由地想念您。我的意思是：没有任何合理的理由让我如此地想念您。但这是事实：我很想念您。我有些语无伦次，我们换个话题吧。

我这几天的沉默主要有三个原因：

1. 家里的暖气罢工；

2. 我搬到女儿伊芙（我和“我们可以离开了吗，亲爱的？”所生的第一个孩子）家里避难，而她这两天情绪很低落（她刚刚离婚）；

3. 一位我很珍视的朋友刚刚去世（今天早上火化遗体）。

等一切都安排妥当以后，我会告诉您事情的经过。我保证，下一次不再使用那么多括号。

一会儿见。

您忙碌的索图

又及：下面的内容是我几天前写的，但没有发送。还是在您的约会和后续汇报之前。当时我的心情很轻快：

“艾德琳，加油，加油，加油！不要犹豫！把这个金融家拿下！审核他的账户，将他家底掏空！把手伸进他的税务袋，去……”

现在，暖气重新开始工作，但发出很大的噪音。我忘了自己原本想写些什么……也许是伺机行动？

明天再聊吧。热切地拥抱您。

2013年3月25日

艾德琳写给皮埃尔-马利

皮埃尔-马利，您终于回信了！我整天为自己最喜爱的作家感到担忧。甚至准备给德龙地区所有的医院都打一个电话！

您不觉得您的来信就像是一份“倒霉事件陈列单”吗？罢

工的暖气、离婚、好友离世。短短几天内发生那么多令人不快的事，确实有些蹊跷。我真诚地希望自己与生俱来的“倒霉属性”没有通过网络传染给您。否则我会感到非常过意不去。

请原谅我这些莫名其妙的玩笑，您邮件里的语气让我有些不知所措：突然的忧伤混合着压抑的冲动，这股氛围让我口不择言。说实话，读完您的邮件后，我倒了一杯（一小杯，很小的一杯）烧酒来平复心情。您知道吗，那可是真正的烧酒。事实上，这瓶酒属于我的母亲，她没来得及打开。今晚，我替她完成这件事！我为皮埃尔-马利的健康干杯，为他老旧的暖气、女儿逝去的婚姻、死去的朋友和我自己已故的母亲干杯。那么多死亡……来吧，我又倒了第二杯。

您知道吗，我刚刚在房间里放起莫扎特的《安魂曲》。现在，我家的氛围比得上巴黎最好的酒吧。皮埃尔－马利，您可以想象一下，我现在手拿酒杯，孤独一人坐在电脑屏幕前，投入地模仿指挥家指挥乐团的样子！这段乐曲让我心神荡漾，我不否认，我可能会吞下第三杯烧酒，甚至用第四杯来掩盖第三杯烧酒的威力。

皮埃尔-马利，一个人喝酒真是一种糟糕的人生体验，让我感觉自己颓废又放荡。如果您是个男人，就请加入我吧！

我们还要一起跳舞！

唱歌！

为各自的朋友祈祷！

老天！今晚我处在一种很奇怪的状态中。您认为这和明天有关吗？

因为明天我要去剧院赴约！我甚至都不知道明天要看的剧目

是什么。我只知道，这回，我一定会穿上黑色蕾丝内衣。

至于您，皮埃尔-马利，人们可能认为您的心思不够细腻，就和我当初想象的一样！您看到没有，大多数人都认为作家是一群不苟言笑，毫无幽默感的呆板知识分子，他们就像僧人一样，过着乏味无趣、闭门不出的生活。人们之所以会这么想，是因为他们不了解真正的你！

另外，如果您“才思枯竭”的状态持续下去，又需要维持泳池的正常运作，我替您想过了，您可以考虑办一个训练营，专门帮助我这样不知如何赴约的年轻人。您很有天分呢！

不管您是否要开设训练营，都请给我明天的约会出出主意。没了烧酒和莫扎特，我猜明天的现实情况一定又会是另一番情景……

也许到时需要播放《三圣颂》[1]。

亲爱的朋友，我热切地拥抱您！

今晚不需要任何暖气的艾德琳

又及：我很高兴能被您毫无理由地想念。

1.《圣三颂》（拉丁语：Sanctus）是基督教弥撒仪式所用声乐套曲之一，按拉丁文翻译过来有神圣、圣者之意。

2013年3月25日

皮埃尔-马利写给麦克斯

亲爱的麦克斯：

很抱歉这么晚才回复你。并不是对你遭受的折磨漠不关心，而是最近几天我需要为三件事情哀悼：为我那不再工作的暖气（只用了七年，我总是拿这些该死的机器毫无办法）；为我女儿伊芙的婚姻（是的，他们终于离婚了）；最后是一次真正的哀悼，为我刚刚去世的朋友杰拉德（就是那个唱布拉森斯歌曲的人，我常和你提起他）。

我可怜的老朋友！我一直认为你会是全世界最后一个瘫倒在床上或扶手椅里的人。你现在一定觉得闷得不行，烦躁得快炸了吧？在这种情况下，亲爱的体育老师，你知道世界上有一种方形的物体，经常被包裹上一层封皮，打开这个物体，里面满是黑色的文字？这种物体被称为“书籍”。我向您保证，它能够有效地帮助你打发时间。对不起，我不应该取笑你。但我自己都很奇怪，我是如何与一个把交通法规作为最新读物的人成为朋友的？

谜团。一个美丽的谜团。

好的，让我们一同把勒可特尔和那个派尔蒙拉忘掉。你和乔丝说得对：是我在胡思乱想。

说到这里，我在无意间确认了一件事：在勒可特尔小镇，马克-布劳什绝巷1号真的住着一个叫艾德琳·派尔蒙拉的人。因为我按照这个地址和人名寄了一个包裹，她已经成功收到了。

别再为我担心。我还没有疯。至于心中的那些幽魂，我正试图慢慢驯服它们。

我热切地拥抱你们。

皮埃尔-马利

又及：你关于那位护士胸部的描写，并没有引起我的兴趣。你很清楚，我偏爱的是女性的臀部。

又及2：当心身体。

又及3：乔丝，如果能让你安心，我会停止和派尔蒙拉的通信。

2013年3月26日
皮埃尔-马利写给艾德琳

亲爱的艾德琳：

我的老天，您是不是疯了！您就像是脱缰的野马，完全不受控制！我怀疑自己之前给您写的那些鼓动的话，是不是有失妥当。我感觉自己无意中往一团火焰上浇了许多油，给已经过热的机车加煤，为熊熊燃烧的壁炉鼓风，在超速的汽车里踩下油门踏板。

也许是我做事欠考虑，但我收回之前说过的话。请您慢慢平静下来！想想那些平淡温和的事情：读一读贝湖[1]的竞选纲领；看一部关于松鼠的纪录片；用腹部呼吸；喝一杯牛奶；把您的牵牛花

1. 贝湖（François Bayrou），法国中间派立场的政坛领袖，他主张的政策以温和、保守著称。

换进大盆！对不起，我也不知道自己在说些什么，我甚至都不清楚是否可以这样随意移植牵牛花，我只是在慌乱中想出这个点子。好吧，您想做什么就做什么，但看在上帝的分上，请平静下来！

也别再喝酒了！

至于莫扎特的《安魂曲》，我觉得是个不错的主意，您可以继续播放这首曲子，不用担心。

但这个方法不适合我，偶尔我昏了头，企图边听这些乐曲边创作。美妙的乐声常常让我写得很顺畅，以为自己是天才。可当我关掉音乐，重读自己写下的文字时，却感到羞愧难当。渐渐地，我开始明白一个道理：这就好比坐飞机，能够在空中翱翔的是飞机，而不是我。

好了，不说我了。现在当务之急是处理好您和那位金融家之间的关系。如果您不想被当作是一个蠢蛋的话，我建议您可以先了解一些剧目资料。当然，如果您不想令人感到厌烦的话，也不要滔滔不绝地展现自己的才学。要找到一个平衡点：我受过良好的教育，但我并不急于表现。

如果在演出结束以后（这事很有可能发生，不，是肯定会发生），他提议您去他家喝那杯著名的“晚安小酒”，请您一定要适当地犹豫一会儿！两秒钟就够了。就拿我来说，如果对方毫不迟疑地答应我的提议，我对她的印象一定会大打折扣。不得不承认，“投怀送抱”的女性会让我感到惶恐不安。

伊芙来电话了，今天就写到这里。明天早上我一有空，就会继续给您写信。

您的约会指导，

皮埃尔-马利

2013年3月26日

皮埃尔-马利写给艾德琳

艾德琳，又是我！事情都处理完了，周围一片宁静，也很暖和。我刚刚吃完一盘美味的意大利面，配上一罐330毫升的喜力啤酒。有空写信了。

从哪里开始说起呢？我感觉那些迷路的小鸡好像越来越多，并且已经四处逃散。关于您，我心中还有许多疑问，比如您在3月11日的邮件中所提到“工作室”，具体是指什么呢？

好吧，我想先谈一谈上次您对我的“严厉指控”。我承认，您有些话说得很对，有时我的某些做法确实不够绅士，但我还是想为自己辩解几句。是的，您确实不是小说中的一个人物。您浑身充满生命的活力（粗体大写）！您的人生有自己的质感和厚度（抱歉，我使用“厚度”这个词，并不是针对您的体型。对苗条的人，我也一样会用这个词）。借着括号里谈到的内容（我讨厌省略号，但却很喜欢括号。每个人都有自己的喜好。您不得不承认的是，括号总能增添一些内容，而省略号却会夺去一些内容），我想问您一个极端冒失的问题。我之所以敢向您提问，是因为您不大拘泥于世俗禁忌。同时，我也认为自己不会引起您的不快。在这样的情况下，我可要开始问了：艾德琳，告诉我，您有多重？我知道，这是一个愚蠢的问题，而且看似没有任何意义。但当您写道“我身材高大，体型肥胖”时，我就在想……到底高大肥胖到何种程度？是身高1米78，还是像我一样，1米92？体重81公斤还是156公斤？这可是两码事。好了，那个大大的括号正式关闭，我的问题也问完了。当然，您可以选择拒绝回答。我从没见过您，也没有听过您的声音。对我来说，您就是电脑屏幕上的黑色字体，其余的一切，全靠想象。我请求您别再骑上那匹“愤怒的小马”（这个比喻不错，我要把它用到下一本小说中去，如果还有下一本的话）。虽然您通过网上的照片看到过我的样貌，可事实上，对于您来说我的形象也很模糊。因为一个人的实际形象往往与照片差别很大，谢天谢地。

现在，回到核心问题：也许我无意中把您当成一个小说人物进行分析和“解剖”。可您知道吗？我也总在对自己做同样的事情。在我看来，不断剖析自我可以让人生留下更少的遗憾。在面对自己的苦难和不幸时，唯一能够安慰我的，就是写作。通过写作，我可以化解痛苦，将其转化为艺术素材，并在整个过程中获取无上的快乐。艾德琳，现在您知道了：我活着的首要理由就是能够写作。现在可以原谅我了吗？

然而，只有一种痛苦无法通过写作来化解。您很清楚我说的是哪一个。

有时夜里，在半梦半醒间，我感到身旁有动静，有什么带着重量与温度的东西在移动，这东西压在我的床上，轻柔地挪动。我以为噩梦就此结束，伸出手去想触摸薇拉的手臂、大腿，或者小腹，可碰到的却是那只半夜来我房间造访的高傲的猫。

亲爱的艾德琳，我充满爱意地拥抱您，并预祝您和罗曼度过一个美好的夜晚。

皮埃尔-马利

又及：我很高兴您能“再次”喜欢上《暮色之歌》。

又及2：我心中最大的疑团此刻正静静地躺在包裹里，包裹就放在书架的最底层。我时常忍不住瞥上几眼。它静止不动的状态显得如此美妙。

2013年3月26日

艾德琳写给皮埃尔-马利

亲爱的皮埃尔-马利：

昨晚的莫扎特和烧酒让我难以入眠。早晨起来我脸色惨淡，真不知道该责怪烧酒还是责怪那位著名的音乐家。不管怎样，今天镜中的我看起来简直吓人。所以，对不起，皮埃尔-马利，今天不能给您发自拍了，因为这和自杀没什么两样。如果今晚和罗曼的约会以失败告终，我还活得下去。但如果因为一张照片而失去您的友谊，那就让人无法承受了。同时，也请允许我暂时避开关于体重的问题（直接、露骨但又合情合理）。我答应您，在我哪天自我感觉良好的时候，一定会回答。

现在已经是下午5点，也就意味着我只剩下两个小时来完成美容上的奇迹。现在我应该迅速行动（做腹部运动、贴上黄瓜面膜、喝点黑皮葡萄汁），但我却更愿意拿着一支香烟，一边喝咖啡，一边给您写信。这真是个糟糕的选择！我应该以现实生活为重，而我竟然在罗曼和“黑色字体”之间选择了后者。天哪！我都在想些什么！

您应该看得出来，今天我没有被任何火焰侵蚀，所有的烈火都已熄灭。不出所料，我又重新成为那个绵软无力、蓬头垢面的可怜虫。

经过查询，今晚的剧目名为：《爱情是一道需要趁热吃的菜》，导演是一个叫尼古拉·杜麦斯尼尔的人。从名字来看，这也许不是一部上乘之作，所以我也没去了解更多的内容。要知道，我的金融家既不喜欢附庸风雅，也没有妄自尊大的毛病，而我也不至于看到脑袋发疼。至于您谈到，每个年轻女孩在男士提出“最后小酌一杯”的邀请时，应该表现出适当的犹豫。我认为，您的担心完全没有必要。因为今晚我准备只喝水。像只骆驼一样清醒，保持神秘的距离感。您觉得怎么样？

我的老天，皮埃尔-马利，您从哪儿找出“投怀送抱”这样的词汇？19世纪的字典里吗？您该不会是那种把毛衣称之为“羊毛套衫”，把围巾称之为“羊毛围脖”的人吧？告诉我，您不是这样的！

在等待您的回复之前，让我们先谈一谈您心中的那些疑惑。

我暂时回避了关于体重的问题，但却很愿意解释一下我的“工作室”，在没有挂上“家丧期间暂停营业”的牌子前都在做些什么。每当别人问起我职业的时候，我总显得有些迟疑，您很快就会知道其中的原因。我之所以愿意吐露实情，是因为您讲的那个关于大雪和开水壶的美好故事。您讲到自己的父亲将您带到一个农妇家中，她施了一些法术，为您消除伤痛。您生长在农村，却没有因为之后的成功，变为一个惹人讨厌的巴黎佬。后来，您又说起为了寻找薇拉，您曾经寻求过能量感应灵媒的帮助。这说明您对那些神秘、无法解释的物质和关于身体的古老传说怀有敬畏之情。

皮埃尔-马利，现在我可以告诉您，在我工作室的门上挂着一块牌子，上面刻着这样几个字：艾德琳·派尔蒙拉，咨询顾问。

模糊，通用，温和又中性。

然而，在我生活的这座城镇，经过口耳相传，人们都知道这个词背后的意思。

通常，他们来我的工作室，是为了让我帮助他们在生命的迷雾中看得更清楚一些，或是协助他们做一个决定，打破死寂，重新找回些许自信。我一般会用以下几种方法来为他们解惑：一点心理学技巧、一点星相学常识、一点笔迹学手段，再施展些魔法。比如，我会用卡片算命。另外，通过观察人的面庞和态度，还能看到一些深层的东西。随后通过触摸他们的肩膀、手臂、肚子，来感知事物。有时，我还会要求来访者和我谈谈自己的先祖，我一边倾听，一边画下他们的家谱。如果碰到一家人同来的情况，我还会让他们进行角色扮演。

虽然我取得的是临床心理学硕士学位，可我在工作中，却主要依靠自己的本能和帮助他人的热忱行事。我会替那些深陷失恋之苦的人写情书。根据不同人的需求，为他们撰写一些行政信函或抗议公文。此外，也经常照顾孩子们，这是最让我怀念的部分。我给他们讲故事，看着他们玩耍，给他们唱歌，和他们跳舞。也试着帮忙修复一些破碎的人际关系。简而言之，我几乎可以为所有事情提供建议和帮助。在我看来，最重要的事情是让人们面带微笑地离开我的工作室。

当然，这需要耗费我大量心力，我自己也必须时刻保持微笑！

可自从母亲突然去世以后，我就丧失了所有这些能力。因为我自己也被困在一团迷雾中。我丢失了那位山间农妇称之为“火焰”的东西。我失去了体内的暗流，失去了感知能力。我再也无法读懂卡片，无法看到藏在面庞后的深层含义。从技术层面上讲，这就是我失业的原因。

也许“这种能力”会再次回归，也许会永远消失。不管怎样，现在，我已经没有余力去帮助别人，除了偶尔为他们搬送物品，更换灯泡，或是在阳光下闲聊。

皮埃尔-马利，我对您说了很多。也许太多了，不是吗？

只有和我特别亲近的朋友才知道我从事的隐秘职业，他们通常也不会向外声张。罗曼（啊，我要抓紧时间了，一个小时候后他就会来接我！）就对我刚才和您说的这些一无所知。我猜一个金融从业人员（即使他有趣又充满魅力）肯定无法理解这一切。关于我的职业，我只对他说自己正在重新规划。这也不算是谎言！

在他面前，我扮演着“阳光小姐”。此时此刻，皮埃尔-马利，我真的不知道未来会怎样，今晚的约会又会怎样。我唯一可以告诉您的是：您的艾德琳一点都不勇敢。现在，黑色蕾丝内衣就放在我对面的扶手椅上。和它摆放在一起的还有丁字裤和胸罩。天哪，看着这些物品我紧张得想吐。它们仿佛是“过火的挑战”。加油，艾德琳！

停笔之前我想告诉您，我多么想帮助您“翻过薇拉这一页”。如果在曾经的邮件中，我的话曾让您不舒服，那是因为在内心深处，我对您无以名状的痛苦感同身受。当您说起夜晚能够感受到她就在身边时，我感到心痛如绞。如果连写作都无法消除这苦楚，那又有什么方式能够化解呢？（不要尝试用烧酒来解决问题，这是一个来自朋友的诚恳建议！）去洗澡前，我想先为您列个清单：运动、旅行、宗教、瑜伽、登台表演、疯狂购物，或出于绝望而开始接触新的女人（甚至男人也可以，您说不定会有全新的体验！）。

在找到完美方案前，亲爱的教练，请别弃我而去！也许明天早上我就会需要您的帮助。就算没有告诉您约会的全部细节，我也会告诉您这部由尼古拉·杜麦斯尼尔执导的《爱情是一道需要趁热吃的菜》是否值得一看！

您妖媚的艾德琳

又及：今晚您准备做些什么？

2013年3月27日

乔丝·瓦拉而德耶写给皮埃尔-马利

皮埃尔-马利：

我是乔丝。昨晚麦克斯又住院了。他伤口疼得厉害，甚至没法入睡，我不得不再次送他去医院。医生让他留院检查，我希望他们能够找出问题在哪儿。在他住院期间，麦克斯让我替他回复一些紧急邮件。于是我借这个机会，给你写几句话。

其实我很早就想和你说这个事情。可由于麦克斯的手术，就搁置下来了。

我想，你应该还记得莉斯贝思吧？自从在邦多勒见过一面，你就没有再见过她，但我记得你们当时相处得非常愉快。不管怎样，她对你印象深刻。从邦多勒回去以后，她读了你所有作品。最近，她和她隶属的协会（我猜她应该说起过，她常参加一些社会团体活动）打算排演一部话剧。你知道吗？她看中你的《野兽回归》，想把它作为改编剧本。这是你篇幅最短的小说，而且故事发生在一个密闭空间内，她觉得这一点很棒。现在，莉斯贝思已经在修改剧本（作为一个曾经的法语老师，这让她感到热血沸腾）。几周来，她不断催促我，让我询问你的意见。当然，他们的作品一定无法与专业团队相比，但莉斯贝思却很想把这件事做好。你介意我把你的邮箱地址给她，让她直接和你联系吗？另外，如果该剧成功上演，你也可以趁这个机会来看看我们，你觉得呢？

但是现在，我暂时先不建议你这么做。

这几个月我们过得很糟糕。你应该也能猜到：麦克斯的脾气变得很差。从前，他每天都骑车30公里；每周日，同理查德和露露打一场全世界最重要的高尔夫球，现在却不得不长时间躺在床上。好在医生说，到夏天的时候麦克斯应该就能恢复。至少我是这么希望的，因为麦克斯永远无法静静地坐在阳台的扶手椅上看书，这一点我敢保证！今天早上我给他买了份《队报》[1]，他读了一会儿。至于其他的读物，他丝毫没有兴趣。

伊芙离婚的消息让我百感交集。当年她要结婚时，我突然觉

1.《队报》（法语原文*L'Équipe*，意为“队伍、团队”），法国知名体育报纸。以足球、橄榄球、赛车及自行车竞技等方面的专业报道而著称。

得自己老了！孩子们已经不再是孩子了，而我却还很难接受这一点。到现在我都还记得伊芙小时候的样子，头上扎两个小辫，穿着短袜！

至于我们自己的大女儿，还是那副老样子：经常旅行，拼命工作。未来女婿连个影子都没有。

关于莉斯贝思的请求，告诉我你的想法。

我热切地拥抱你。

乔丝

2013年3月27日

皮埃尔-马利写给艾德琳

亲爱的妖娆女孩！

我，登台演出？行行好吧！看得出，您还是不太了解我。众所周知，一个演员的才华90%体现在他的肢体上，只有10%体现在头脑中。而我，恰恰相反。很多时候，我甚至都无法把“我”这个角色扮演好。对我来说，每次颁奖典礼都是一次酷刑。真希望自己可以矮至少15厘米，可以感觉不那么尴尬。我永远都不自在，人们越是恭维我，我就越想消失。在龚古尔的颁奖现场，薇拉就曾用她动听的口音在我耳边低声说了一句粗俗的话：“你这样子，就像有一把扫帚插在屁股里……”

昨晚过得怎么样？我问的不是演出。我对以这样一个名字命名的话剧不抱太大希望。一个月前，我也不得不在附近的演出厅看了同类型的话剧。那部话剧名为：《一个惊喜》……事实上，一点“惊喜”也没有，我发誓。现在回忆起来，看话剧的整个过程索然寡味，期间我不断在心中暗问自己：为什么人们要让我受这样的折磨？我到底做错了什么，要受到这样的惩罚？

事实上，我只想知道约会是以何种方式结束的。（眨眼睛！）我并不要求任何露骨的细节，您只需含蓄表达即可。不是说真正的文学都是用迂回的语言书写而成的吗？是的，当然是的！对不起，您肯定又要埋怨我了。这一切与文学无关，只与艾德琳·派尔蒙拉的真实生活有关，而艾德琳·派尔蒙拉是一个有血有肉的人。

其实，我真正关心的，是您今天早晨是高兴还是悲伤。您问我昨晚都做了些什么。现在我回答您：昨晚，我躺在沙发上读了一本冰岛的侦探小说。直到半夜才将它读完。您知道吗？每读50页，我就会想到您，和金融家的约会进展如何？第二天早上状态会怎么样？

很奇怪，虽然我们从未谋面，但我对您的担心，就像过去因为孩子遇到困难，晚上辗转反侧，忧心忡忡。曾经，虽然我写的是“过去”。但现在他们都已经成年，我仍旧挂念他们。我从来就不喜欢伊芙的丈夫（他是一个头脑清醒、聪明的人。一定会为孩子的抚养权和伊芙抗争到底）。由于不喜欢他，所以在知道他们决定分手后，我甚至感到有些欣慰。可在那一天，看到自己女儿悲伤流泪的样子我又心如刀绞。在我的怀抱里，她不再是一个

30岁的女儿，而是一个8岁的女孩。

不管怎样，告诉我昨晚的约会如何，好让我放心一些。您知道吗，在为您担心的同时，我又已经想了四套剧本（从最差的可能想到最好的可能）。看到这里，您一定又会责备我将您“人物化”了。

原来如此！艾德琳·派尔蒙拉竟然是一个咨询顾问。这让我很惊讶。而且我越往下读，越感到惊讶。您知道为什么吗？因为在询问您职业的那封邮件中，我最先写下的是这句话：“您的“工作室”，具体是指什么呢？是看手相的吗？看来，我当时的猜测与真实情况很接近！

好吧，我坦白地和您讲：那些您用来形容自己的词语：神秘事物……打破宁静……魔法……看到深层物质……感知事物……本能……让我很有共鸣。我这么讲，并不代表我也与那个神秘世界关系紧密。事实上，我与那个世界毫无关联。我的职业是创作和虚构，但作为皮埃尔-马利·索图，作为一个真实存在的个体，我更倾向是一个唯物主义者。我的体内没有任何暗流在涌动。我这双硕大的手，就算在伤口上放10个小时，也无法治愈伤痛。我愿意用所有的文学奖项来换取这种能够平复痛苦，抚慰心灵的超能力。也许，我的文字曾治愈过一些受伤的人。我的声音也是，还记得那句“和我说说话”吗？

虽然我对这类超自然的事情并不了解，但也在绝望中寻求过此类帮助。在警方协助无果，自己想尽办法找不到出路的情况下，我感到自己一无是处。于是只得寻求能量感应灵媒的帮助，我想，您对他们应该很了解。他们说，我可以试着去“水”里找一找。于是，我把周围所有的池塘都搜查了一遍；他们说，也许薇拉在西班牙落脚。我便坐上开往马德里的火车，手里拿着薇拉的相片，逢人就问：“您见过这个人吗？”或许，我会成为下一个堂·吉诃德：身形消瘦，满脸胡茬，在拉曼查游荡。或许，我会成为一个流浪汉，一个疯子，拿着照片，逢人就问：“您见过这个人吗？”

这时，艾德琳，您出现了。

开始的时候，我不明白自己为何会对您充满好奇。也没有理由和您如此频繁地通信，或者说理由并不充分。直到最近，我渐渐发现一些……征兆。关于这些征兆，今天我不会和您过多谈论。我担心如果说得太多，会破坏你我的关系，让自己终身后悔。

另外，我想告诉您的是：您并未失去天赋。现在您认为自己置身于迷雾中，感到很茫然。但也许我是那盏照亮道路的明灯，你我冥冥之中存在着某种联系。

但现在说这些，似乎还太早了一些。

今天早上我发现春天已经来临：一只山雀撞上了我的窗子。真为它感到很惋惜。

热切地拥抱您。

皮埃尔-马利·索图，一个忧心忡忡的情感教练

又及：对了，要向您解释一下那段寄语的意思！

Ché, come sole in viso che più trema,

Così lo rimembrar dal dolce riso

la mente mia da me medesmo scema.

这是但丁《神曲》中的一段话，意思是：

因为，一个阳光般的眼神会让人浑身颤抖，

所以，关于她温柔微笑的回忆，让我终日魂不守舍。

2013年3月27日

皮埃尔-马利写给乔丝

亲爱的乔丝：

我的老天！麦克斯讲话，总是会让我们觉得事情没有那么严重。他也一向乐观开朗。所以我可能无意间低估了他的痛苦。请你替我转达我的歉意，并告诉我他恢复得怎么样了。麦克斯住院期间我可以给他打电话吗？他的手机在身边吗？

我当然记得莉斯贝思、邦多勒之旅，以及我们在露天座椅上的大笑。那天我笑得下巴都疼。大家都有些醉意，不是吗？她真的读完了我所有的书？这让我受宠若惊，也不好意思拒绝她改编剧本的请求。所以说，由业余剧团来演出《野兽回归》，咳咳（我清清喉咙），我同意他们改编我的小说，但请别逼迫我去观赏改编成果。要知道，我的作品已经15次被搬上戏剧舞台，但我真正喜欢的改编版本也只有……两部，好吧，算三部吧。那可都是专业剧团的作品。

好了，这一切都不重要。把我的邮箱地址给她吧，具体情况我再和她讨论。就当是看在邦多勒和普罗旺斯粉红葡萄酒的面子上。

我热切地拥抱你，乔丝。

皮埃尔-马利

2013年3月27日

艾德琳写给皮埃尔-马利

亲爱的作家、教练朋友：

青春期时，我像很多女孩一样，有写日记的习惯。那是个厚厚的本子，我还记得封面上印着史努比的图案，右侧挂着一把不怎么结实的锁。在买日记本之前，我刚刚读完《安妮日记》，所以也想学着她的样子，与一位虚构的朋友通信。安妮·弗兰克的笔友“亲爱的凯蒂”，到我这里成了“亲爱的珍妮”（我一定是在某部电视剧中听到过这个名字）。我向“珍妮”倾诉自己的痛苦、怀疑，它们常常与我和初中某个男同学之间毫无指望的爱情有关：“亲爱的珍妮：今天在我身上发生了一件疯狂的事情。中午在食堂的时候，我从他面前经过，感觉他正看着我。我向你发誓！别着急，我现在就把细节告诉你，真是太棒了！”接着，我会用 12 页的篇幅，向“珍妮”讲述一件被我无限放大的小事，并且通篇写满愚蠢的感叹号。看到这里，您一定可以想象那是一篇什么样的文章。有这种前例，您怎么还能指望我熟练地运用“迂回的语言”？用“含蓄的”方式告诉您我和罗曼的约会。这太难了！

在讲述之前，我想告诉您：我现在心情很好。早晨，当我在这幢又大又潮湿的房子里做家务时，口中一直哼着小曲（歌名：***Summertime, Oh Happy Days !***[1]），您一会儿就能知道我的心情为何如此愉悦。不管怎样，您的关心让我大为感动。我可以想象

---

1. *Summertime, Oh Happy Days!* 是一首英文歌曲，翻译成中文意为：“夏日时光，哦，快乐时光！”。

昨晚您蜷缩在沙发上，盖着毯子，手中拿着一本冰岛小说的样子。（是的，我替您加上一条毛毯，因为担心您会着凉。看到吗？我也很关心您？对了，您的新暖气怎么样？？？）您每读 50 页就会想起我，这让我忍不住露出大大的笑容。

说到这里，我得向您承认一件事：昨天，我整个晚上也在想着您。这令人难以置信，但却是真的：我一边约会，一边又很高兴能在第二天告诉您约会的细节。换句话说，我虽然和罗曼在一起，但脑中却在不断思考如何向您“绘声绘色地描述”约会的经过（我也不知道怎么会使用这个词）。从小到大，我还没有过这种双重心态，说得更极致一些就是：我在想，自己之所以愿意与这位金融家约会，是否只是为了让您开心！在这样的情况下，我不仅要问，和一位作家生活在一起是否总会有“被人物化”的危险。薇拉是否也有过同样的感受？担心自己对于您来说，只存在于文学世界中？（这里，我暂且撇开您其他妻子，特别是那位“我们可以离开了吗，亲爱的？”在我看来她过于愚笨，不会抛出这样的问题自扰，当然，这也算是一种幸运。）不管怎样，皮埃尔-马利，有了昨晚的经历，我更能理解您的感受。这确实是一种复杂的感情！

不过这种复杂的感情也有一些好处。如果昨晚的约会是一场灾难，只要一想到自己的不幸经历也许可以把您逗乐，一下就能抵消许多羞愧和悲伤。我已经开始慢慢理解您所说的“终极安慰”了。

好了，言归正传，我要开始讲约会的细节了！

不，等等。我先解释一下为何我在早晨花费5个小时擦亮地板、整理箱子、清洗地毯、马桶、擦拭书架。因为，罗曼今晚会来家里晚餐（“真是太棒啦！”日记本上的史努比说）。他说过自己有哮喘，我担心一片狼藉的屋子会让他犯病。我可不想眼睁睁地看着他窒息。于是，我好好收拾了屋子。这就是一大早忙了5小时的原因！

当然，我还会为他准备丰盛的晚餐。在这一点上，我得孤注一掷了！据我所知，罗曼对美食很有研究。这是昨晚我才意识到的。（对了，昨晚的话剧称得上是杰作！不，我在开玩笑。）演出结束后，他带我去了本地区最好的餐厅用餐。可我，和他在他们银行旁的小店吃午饭那天，还吹嘘过自己的厨艺。好了，这下我需要面对一个巨大的挑战。我已经告诉他今晚的菜单，时间不多了，我该马上行动起来。

您呢，皮埃尔-马利，您都喜欢吃些什么？您曾经提到过对素菜的厌恶，也无意间向我说起过某日的菜单：简单的意大利面配啤酒。这就是一个单身男人的日常饮食吗？还是您也会系好围裙，做一大桌好菜？

至于我，只要一说到美食，就热血沸腾！

我说过罗曼比您还要高吗？他1米95。作为一名曾经的橄榄球运动员，他身材健硕。我可没法用一盘蔬菜色拉喂饱他！

时间真的不早了，我该去厨房准备起来啦。我发现自己滔滔不绝地说了许多题外话，却对昨晚的约会只字不提！该死，我已经没有时间用华丽的语言向您一一道来，只好用电报模式讲述了：一部令人失望的话剧——停顿——轻松的玩笑——停顿——演出中轻抚对方的手——停顿——晚餐间双目对望——停顿——充满默契——停顿——在车中两人的膝盖相互触碰——停顿——把我送回住所——停顿——不慌不忙，在道别时，轻轻地给了我一个吻——停顿——给了我第二个吻，比之前那个更深情一些——

停顿——果断决定不再有更亲密的互动——停顿——心脏怦怦直跳——停顿——也许今天晚餐过后，一切都会有答案，谁知道呢？——停顿！！！

皮埃尔-马利，我不得不停止汇报，但我答应您，明天会继续给您写信。到时，我会细细向您描述炭烤大虾和开心果味马卡龙，或许还有别的。

告诉我：今晚您是否仍旧窝在沙发里阅读北欧小说，还是准备做一些更有趣的事？这几天，我表现得极其自私，都在谈论自己的事情。请告诉我您悲伤的女儿、暖气和那只山雀的的近况！

我在一堆炖锅中间热切地拥抱您。

您的朋友，

艾德琳

又及：您的生日确实是1952年5月5日吗？金牛座？（这是我网上查到的，我对它的真实性表示怀疑）。

又又及：谢谢您对那段寄语的翻译，非常优美，我可以推测您的意大利语说得很流利吗？也许，您挪威语也说得很流利？不管怎么样，就算您屁股里插了一把扫帚，也不妨碍您喜欢各国语言！（对不起，我的烤箱响了。要知道，我把温度调到了第八档！）

2013年3月28日

乔丝写给皮埃尔-马利

皮埃尔-马利：

感谢你的迅速回复！莉斯贝思一定会很高兴的，我马上就把你的邮箱地址给她。

现在我要赶去医院照顾麦克斯。我会把他的手机带给他，但你很了解他：向来想不到别人。但你还是可以试着打电话给他。总之，我会转告你的话。

莉斯贝思是个聪明的女人，她一定能够理解你对改编结果的怀疑态度。我很高兴你还记得我们在露天座上开怀大笑的场景。

好好照顾自己。

乔丝

2013年3月28日

皮埃尔-马利写给艾德琳

亲爱的“金融家杀手”：

今天一整天我都会在瓦朗斯的一所职业学校。还是很久前那位迷人的资料员发出的邀请。晚上回来后就给您写信。

是的，我1952年5月5日出生在德龙省的迪约勒菲。您知道这个做什么？

皮埃尔-马利，一个才思枯竭的作家

2013年3月28日

艾德琳写给皮埃尔-马利

亲爱的才思枯竭的作家：

希望您在迷人的资料员的陪伴下，度过了愉快的一天！她屁股的形状还符合您的口味吗？不管怎样，看到您的眼睛再次放出光芒，我为您感到由衷的高兴。虽然您的心和笔还没能恢复。（对了，顺便问一句，您是用笔还是用电脑写作？）

谢谢您告诉我自己的出生年月。作为创作者，出生在“迪约勒菲”[1]真是一件奇妙的事情！至于为何要确认您的出生年月，我会在以后的邮件中告诉您，当然，和昨晚晚餐的细节一起。今天，我和您一样，也早早起床前往某处。这里要留一些悬念，好让您紧张得喘不过气……

在套上靴子以前，我热切地拥抱您。萨尔特这两天几乎被雨水吞没，我在想一会儿是开车还是划独木舟前往目的地。

艾德琳

1. 原文 Dieulefit，系地名。音译为迪约勒菲。在法语中，Dieulefit 又有“上帝的创造”之意。

2013年3月28日

莉斯贝思·皮·德斯蒂瓦尔写给皮埃尔-马利·索图

亲爱的皮埃尔-马利·索图：

非常感谢您同意乔丝给我邮箱地址。您平时一定很忙，需要应付各种各样的人。如果不是曾经和您共度过一段愉快时光，我也不敢冒昧打搅。乔丝告诉我，您还记得邦多勒露天座，还有那些差点让我们跌倒在地的疯狂大笑。我非常高兴您还记得！

在那个令人难忘的夜晚，我记得好像与您以“你”相称。在读过您的作品后，我不敢再这么称呼了。现在回想起来，真为自己愚蠢的行为感到羞愧。当时竟然没有意识到能与您相识是一件多么荣幸的事，那还是在您获得龚古尔文学奖之前。后来我密切关注您的动静。在所有小说中，最让我震撼的是《窗边的女人》。一来是个人原因（我和那本书的女主公一样：不再年轻、丧偶、没有孩子）；二来是出于美学享受：在我看来，这部小说文字优美，已经达到登峰造极的境界。然而，正如乔丝和您说的那样，我这次是为了《野兽回归》的改编事宜给您写信。

自从提前退休后，我一直积极参与勒芒协会的各类活动。尤其是针对身处困境的妇女所组织的活动。她们有的生活贫困，有的常年酗酒，还有的遭受家庭暴力的威胁，这些现实问题也是您书中经常出现的主题。这就是为什么我想改编您的著作，并由她们演出（我自己也是多年的业余话剧演员）。

几个月前我就已经着手准备，现在差不多完工了。别担心，我保留了小说原有的结构。和原著唯一的不同是做了一些删节（我不得不放弃警察侦查现场的场景，因为在舞台上还原这一幕有些困难）。另外，我还为一些对话“注入新的元素”。

我的邮件过于冗长，还请您见谅。主要是我对这部戏充满热情，一谈起它就会变得滔滔不绝！言归正传，以下是三个我想和您商榷的问题：

1. 您允许我把改编剧本搬上舞台吗（我是否要去勒芒的皮埃尔-布尔迪厄戏剧中心提交申请），为此需要支付的版权费大约是多少？

2. 您是否有兴趣读一读我的改编剧本？

3. 最重要的一个问题：我想邀请您与协会成员见面。对她们来说，在进入小说人物的内心世界以前，能与原作者见面，是一件多么美好的事。此前在与您的接触中，我感觉您谦和、亲切、心胸开放。如果我没记错，您还是个“贪吃”的人。要是您能来，我们会像招待王子一样招待您！（我的酒窖里还有几瓶先夫没来得及打开的上等好酒，我会为您留一瓶。）

好啦，现在我就将漂流瓶投向大海。如果您说“好”的话，我就是全天下最幸福的人，我的“小女人们”（我平时就这么称呼她们）也会像我一样高兴。当然，我也能理解您非常繁忙，也许无法抽空到这里来与我们见面。

纪念我们的疯狂大笑，同时热切地拥抱您。

莉斯贝思·皮·德斯蒂瓦尔

2013年3月28日

皮埃尔-马利·索图写给莉斯贝思·皮·德斯蒂瓦尔

晚上好，莉斯贝思：

感谢您热情洋溢的邮件。也感谢您自邦多勒之行以来，对我的忠实支持。

我很乐意看到《野兽回归》被改编成话剧，搬上舞台。至于您说的版权费，如果只是以协会的名义举办几场演出，我建议您不必惊动我的编辑。您只管高高兴兴演出就好。但如果您要收取门票，或者计划巡回演出，那还是得在演出前完成相关手续。

请别生气，我决定不读您的改编剧本。因为一旦我开始阅读，就会变得吹毛求疵，您马上会觉得我管得太多！

您的邀请听上去很诱人，可惜勒芒和德龙距离太远。而且我最近正投身于一部新书的创作中，它占据了我大部分时间和精力，不知道什么时候才能写完，在这之前我抽不出空。希望您别太埋怨我。

向您和您的“小女人们”致以最诚挚的问候。

皮埃尔-马利·索图

2013年3月28日

皮埃尔-马利写给艾德琳

亲爱的艾德琳：

我非常不喜欢刚才我所做的事！不仅背着您给另一个居住在萨尔特的女士写信（简直不可原谅！），还在结尾撒了一个比我还“大”的谎言。（我没说比您大！）请听我解释：

在十多年以前（是的，2000年的夏天，我刚同“***Vennskapelig***”离婚。在挪威语中“***Vennskapelig***”意为“讨人喜欢”），我和那位女士碰巧一起疯狂大笑了一次，并一起喝完几瓶普罗旺斯粉红葡萄酒。今天，她突然冒出来向我提出三个要求：（1）将《野兽回归》改编成舞台剧，并和一群业余演员一起演出。这不是让我答应她毁掉自己的作品吗？（2）让我忍住上吊的冲动，阅读她的改编剧本。（3）前往勒芒，与她的演员朋友们一起买醉。

我依次回答“好”“不”“不”，并借口说自己“最近正投身于一部新书的创作中，它占据了我大部分时间和精力”。最糟糕的是，当我打下这几行字的时候，心想：如果事实果真如此该多好！

当然，自此认识您以后，前往勒芒对我来说产生了一种特殊意义。但我也相信，见面对我们来说将是一个重大错误。维系我们关系的魔法，是屏幕上这些文字，不是吗？我们不应该去破坏这种秩序。有人问我（我太愚蠢了，就是您问我的！）是用笔还是用电脑写作。我百分之百是用电脑写作。人们也许会对我的回答感到很惊讶，他们认为纸张的触感、笔尖碰到纸张所发出的“沙沙”声和笔墨的香味是一种无与伦比的享受。这些人真是太无聊了！作品的“触感”难道不是体现在文字、故事和所有我们投入的心血里吗？与笔和纸张本身没有半点关系！抱歉，我又离题了。现在我有点累。白天的会面让我感到有些疲劳。我只是想告诉您：在邮箱中看到您的名字，听到电脑的提示音，能给我带来在家门口的信箱中看到您的来信同样的快乐。当然，这只是假设，我需要收到一封您的纸质信件后才能验证。

好吧，我感觉自己又在说一些不知所云的话了。

我想借着自己疲惫、乏力的状态问您一个，在我精神抖擞、状态良好的情况下不敢问的问题。不，这个问题和体重无关。我需要了解您对这个问题的看法，因为您是一个女人，因为您会有独特的见解，因为我信任您。

这个问题是：

艾德琳，您认为一个男人在所爱的女人身边生活八年：和她分享每一个昼夜。和她一起吃早餐、午餐、晚餐。和她一起购物，看电影，评论时事。和她做爱，做日光浴，睡午觉，谈论文学。和她一起观察猫的举动并开猫的玩笑。和她一起做菜，做咸火腿派，榨橙汁，替房间更换墙纸，铺床单，晚上一起边开车边听音乐。和她一起带孩子去医院，一起照看生病的孩子，康复后一起回家庆祝。和她一起试太阳镜。陪她去发廊，然后在路边散步等她做完头发。出远门时，给她打电话报平安；当她出远门时，等待她打电话回来报平安……

八年都是这样过的。

直到有一天，才突然意识到她背叛了他？

是的，她显然是背叛了我，因为她没有向任何人说一声就消失了。她没有向任何人开口，是因为根本就说不清楚。与其试着解释这些难以言喻的感情，不如径直离开。

艾德琳，您认为女人真的具有隐忍多年，然后一走了之的力量吗？

“和我说说话……因为如果你沉默的话，我就会在这死一般的寂静中发声。而我说的话，将会推到整幢房子和所有的墙。”

今晚，宁静的屋子让我不知所措。艾德琳，今天我会直接按下“发送”键，不再重读邮件的内容。

热切地拥抱您。

皮埃尔-马利

2013年3月29日

艾德琳写给皮埃尔-马利

哦，皮埃尔-马利，我为您感到伤心！看到了吗？我甚至都来不及写下“亲爱的朋友”，就急忙回复您昨晚的邮件。这封邮件真让人难受，它在我心上挖出一个大窟窿，又补了重重一击。读完以后，我有种想把您搂在我又粗又肥的臂弯中的冲动，将您文字里涌出的痛苦全部盛起来。您的痛苦就像地层深处的水，即使暗暗流淌千年，最终还是会形成水流渗出来。皮埃尔-马利，哭吧，爆发吧！大叫吧！打字吧！释放心里憋闷着的巨大痛苦！

我想，您已经慢慢领悟到了事情的真相。有时，我们需要很长的时间和很大的勇气，才能直面事实。我看到您正在这么做。我亲身经历过这种激烈、彻底的震动，这其实是生命中的一个重要时期。皮埃尔-马利，现在您也正处于人生的关键时期。当然，今早您醒来的时候也许会感到有些茫然，思维混乱，就像宿醉后的反应。您可能还会低声咒骂自己，为何在没有重读邮件的情况下就发送了（我越来越了解您了！）。您一定还为向我吐露了真言而感到后悔。但我请求您，千万不要这么想。

您曾经向我提到过那些难以入眠的夜晚，您起身，确信谜团的答案就在洗衣桶的深处或夹在书页之中。我想告诉您的是：别再找了。我相信您已经找到。要知道，往往问题的答案并不是藏在洗衣桶深处，而是在我们的心里。有时候我们只是少了破译真相的密码。现在，密码就在您手中。

皮埃尔-马利，还需要什么证据吗？我从不认为自己可以远距离破解事情的真相。有些占卜师声称能够通过电话“工作”，这很荒唐。在我看来，只有通过面对面接触、沟通，才能真正了解一个人。所以，关于薇拉的出走，我没有任何结论。只有您才知道事情的真相。

如果您突然意识到她背叛了您，也许这就是简单而残酷的真相。

是的，女人完全有能力这么做。在这一点上我们和男人并无二致，您很惊讶吗？其实不用咨询占卜师，只需看看身边的人就能明白。皮埃尔-马利，请想一想，在您身边有多少对伴侣，被其中一方的不忠折磨过？光是我，仅仅在萨尔特地区，就认识一打这样的人！我有一个女性朋友，她三个孩子的生父甚至都不是同一个人。她只结过一次婚，现在仍处于已婚状态，但最小的两个孩子都是她和情人生的。她的丈夫假装自己毫不知情。他默认三个孩子都是自己的亲生骨肉：对他们一视同仁，以同样的爱抚养、教导、呵护他们。至于那个情人，我的老天，他不需要对自己的孩子负责，一定觉得如释重负。这么看来，真是个皆大欢喜的结局。

我把以前您关于我父亲和他西班牙“情人”的问题抛还给您：您难道希望薇拉带着谎言继续和您生活下去吗？您会对她频繁的外出、所谓的“周末培训”、“朋友间”的聚会睁一只眼闭一只眼吗？不管怎样，也许她自己都无法忍受这种双面生活。

在这样的情况下，我不知道她应该鼓起勇气做哪件事：和盘托出？沉默不语？继续生活？还是突然消失？我无力判断。

今天对我来说，最重要的是关注您：皮埃尔－马利·索图，一个才思枯竭的作家，一个不幸的男人，一个被背叛和抛弃的丈夫。

皮埃尔－马利·索图：一个充满生命力、有趣、善于制造惊喜、喜欢女性臀部、钟爱塞万提斯的人。曾经是个羞怯的小男孩，后来却娶了多任妻子。成为热爱旅行，喜欢沉思，有些孤独，痛恨省略号，拥有游泳池的六十多岁男人。一个在唱歌、跳舞、登台献演时会战战兢兢，却在给艾德琳充当“情感教练”时显得勇敢果断的人！这个充满矛盾、弱点、总是惊慌失措，却才华横溢、幽默善良的皮埃尔－马利才是我所感兴趣的人！我想听到他的心声。然而，在重新发声之前，他必须从另一个皮埃尔－马利的躯壳中挣脱出来，那个自从薇拉失踪以后就一蹶不振的躯壳。您曾经说过，在想到薇拉时心中会升起一团怒火。我问过几次，您是如何化解这团怒火的，可您都没有正面回答。现在，我需要再次回到这个问题，因为我感觉这团怒火是阻止您向前的症结。皮埃尔－

马利，如果无法通过喊叫、歌唱、舞蹈来平息怒火，那就试着通过写作来化解吧。您可以写下恶毒的语言、脏话、充满暴力的文字。接着，把纸揉烂，烧毁，撕成碎片。随后，开始新的生活。如果您推开我那间怪异“工作室”的门，我也会给出以上建议。

我打算马上将这封邮件发给您，不再重读一遍。如果您对我的事还有兴趣的话，下次再向您一一道来。显然，今天最重要的不是我。

我友善地拥抱您。

艾德琳·派尔蒙拉，
您的咨询顾问！

又及：告诉那位萨尔特女士，这里已经没有多余的位置留给她。如果她还持续骚扰您，把她的地址给我，我来给她点颜色看看！

又又及：我正在研究您的星座。非常有趣！

2013年3月30日

莉斯贝思·皮·德斯蒂瓦尔写给皮埃尔-马利·索图

早安，皮埃尔-马利：

首先，感谢您这么快就回复了我的邮件。

坦白说，您的回信让我既高兴又失望。虽然我大概也知道会是这样的回复。

高兴的是：您允许我们的改编和演出。别担心，我们预计组织3—4场免费演出。

至于失望的原因，我想是显而易见的！

不管怎样，我理解您无法抽身来指导我们。我猜您在创作的时候，一定无暇顾及其他任何事情，这也很正常。我迫不及待地想要阅读这本正在酝酿中的作品！我可以冒昧地问一下这本书的主题大致是什么，何时会出版呢？（这些信息对我来说是莫大的安慰。）这部作品的风格更接近于《迷雾城堡》（您梦幻时期的作品）还是《窗边的女人》？噢，请求您透露一点信息给我吧，我保证不会说出去！

另外，您拒绝阅读我的改编剧本，对此我也感到有些失望。我知道，您肯定经常接到这样的请求。我想，也许……您看在我们曾经相谈甚欢，拥有共同朋友的情分上……

说到共同的朋友，您知道我们还有哪些共同点吗？首先，我和您一样，也出生在5月5日！虽然我并不迷信星座，但我相信我们都有金牛座的典型特质：喜欢享受、钟爱美食。我没有说错吧？此外，如果我没有弄错的话，我们还有一个共同点：您和我一样，过着独居生活。

对了，还有一个共同点：德龙省！您知道吗，我的老父亲就住在离您家不远处的一座农庄。八十九年前，他就出生在这里。（我自己曾在克尔斯特中学读过书，后来才去蒙特利马尔读高中。）说来也巧，最近我正计划去德龙省看望父亲！具体日期还未确定。但您不觉得我们可以借此机会，共进午餐或一起喝杯咖啡吗？我打算开车过来，所以和您碰头也很方便。我答应您，不会再拿《野兽回归》打扰您。我只是很想再见您一面。

告诉我您觉得怎么样？

祝好。

您兴奋的莉斯贝思

2013年3月30日

皮埃尔-马利写给艾德琳

亲爱的咨询顾问：

是的，我不断埋怨自己昨晚给您发了那封邮件；是的，今早醒来的时候，我感觉就像宿醉；是的，我也许已经发现了事情的真相。您的建议很中肯：我需要把这些负面情绪全都释放出去，大声喊叫，呕吐殆尽。

毋庸置疑，您是个很睿智的人。如果有一天您的工作室再次开张，您应该把门口的牌子换成："艾德琳·派尔蒙拉，咨询专家"或"艾德琳·派尔蒙拉，出色的咨询师"。总之，得告诉顾客，他们面前的人可不是等闲之辈。换作是其他人，读完我上一封邮件一定会觉得我在胡思乱想，并询问我是否发现薇拉出轨的蛛丝马迹或证据。感谢您没有用这些问题"轰炸"我，而是提醒我这个残酷却赤裸裸的现实：薇拉还有别的爱人。

在之前的邮件中我说过：我曾经拥有一种本领，可以从自己的痛苦中汲取写作素材，随后将其转化为一个文学对象，最后通过写作来化解痛苦。然而，薇拉的不告而别从来没能以同样的方式化解。它不让我化解。痛苦始终保持着赤裸裸的模样，就像动物的痛那般原始。我应该早点醒悟过来，换个角度思考问题。现在我知道了，我的痛苦也有了名字。为了治愈伤痛，我们确实应该先为伤痛取个名字，不是吗？

就像您说的，今天早晨醒来的时候，我头昏脑胀，处于宿醉状态。可事实上我一口烧酒都没有喝过。真可悲，我甚至无法从烧酒中获取安慰。奇怪的是，从昨天开始我一直想着，也许薇拉在委内瑞拉的某个地方。这个“委内瑞拉”并非那个真实存在的，以加拉加斯为首都的国家“委内瑞拉”。而是代表着一个存在于现实与虚幻之间的遥远国度；一个可以突然消失，又不留下任何痕迹的地方。我想象中她也许和某人生活在那里。不，这不是想象，是现实。

艾德琳，我不想让自己倒霉的往事变成我们通信的重点。我更不想让您背负上重担。因为这是一个无聊透顶又拖泥带水的故事。我以前在创作小说时（注意，我用了过去式。），总会一边写，一边低声咒骂自己：够了！已经有太多心理描写和充满戏剧性的情节！小伙子，你能否写些轻巧的段落，把日常生活的片段加入书中！说到这里，我又想起以前每次我出差几天回来时，孩子们就会用小手规律地拍着桌子，嘴里念叨着：“说一件趣事！说一件趣事！”他们对我在莫斯科或波尔多参加的文学活动毫无兴趣，他们喜欢听的是：我在俄罗斯的翻译脸颊上有牙膏印，当我低声向他指出，他用幽灵般的声音回答“***Spaciba***”[1]。随后掏出纸巾，用舌头沾湿，擦掉牙膏印。这是他们喜欢听的“趣事”，读者也一样。平铺直叙的解释会让人感到厌烦，他们喜欢惊险刺激的桥段（对了，艾德琳，别忘了把您那些“风流趣事”告诉我，好让我乐一乐，这将是我近期收到的最好的礼物）。

那我又能告诉您些什么呢？

对了，我可以和您说说身边的人和事。

我那悲伤的女儿？是的，她确实很伤心，但还不至于因此放弃学业（高中毕业后，她又读了12年的书。每次家庭聚会，总会拿那些政治、经济理论来破坏气氛）。她伤心，是因为浪费了多年感情却没有得到幸福。她认为自己耗费了光阴，结局却如此失败。但我的伊芙一定会走出阴影。

暖气？已经修好了。

那位资料员？臀形不错。

那只山雀？已经瘫倒在地上。

最有趣的要数那位萨尔特女士。

我还以为自己回信中还算冷硬的语气，会把她推到十米以外（英式橄榄球的行话）。但没有！她坚持自己的想法。她竟然“迫不及待地想要阅读这本正在酝酿中的作品”！我感觉被自己的谎言缠住了脚。她谈起《迷雾城堡》，并说它属于“梦幻风格”！要知道，现在我仍旧处于“梦幻时期”，只是我的梦想已经成为：她不再纠缠我！更糟糕的是她的生日和我一样，都是5月5日。这是无法捏造的事实！她一定会因此认为和我有很多共同

1. 俄语“谢谢”的意思。

之处。她已经说了“我们都有金牛座的典型特质：喜欢享受、钟爱美食”。看到这句话，我真想当场死掉。如果薇拉还在，我一定会把这位女士的邮件给她看，而她一定会说许多带“r”的单词：“我的老天，她欲火焚身了，快给她浇桶凉水冷却一下！”[1]

我把最糟糕的留到了最后：之前和她说过，我并不打算前往勒芒，谁知她竟决定自己跑到德龙来！她的老父亲好像住得离我不远！您听清楚了吗，她要跳进车里来看我！

我该去回复她了。别无选择。

对了，非常感谢您，亲爱的咨询师。我应该支付您多少咨询费？

皮埃尔-马利

2013年3月30日

皮埃尔-马利·索图写给莉斯贝思·皮·德斯蒂瓦尔

亲爱的莉斯贝思·皮·德斯蒂瓦尔：

请原谅我上一封邮件的措辞。重读了一遍邮件，我才发觉自己有些话说得不太恰当。但不否认，十三年前，我们在邦多勒的露天座度过了一段难忘的时光。

---

1. 原文：Mais elle a le feu au der-rière, ma par-role, un bon seau d'eau fr-roide,oui !

另外，我不得不告诉您，现在我确实忙于新小说的创作（不，我还不能透露小说的任何内容，因为它的框架还没有完全“定型”。就像怀孕的女人总要等上几个月，才能将好消息公之于众）。

好的，把您的改编剧本发给我吧。我很高兴能阅读您的作品，读完之后也会将意见告诉您。

谢谢您喜欢《窗边的女人》。我自己也很钟爱这部作品。

至于《野兽回归》，已经有很多人将它搬上戏剧舞台，大多是专业人士（夏侯[1]也曾有过这个打算，但最终还是放弃了）。不过我相信，您的作品一定会在所有改编作品中大放异彩。

您准备开车来德龙？确实，要是错失这次见面的机会，将是多么愚蠢。您确定日期后请告诉我。我们可以找时间在附近碰个头。

祝好。

皮埃尔-马利·索图

1. 帕特里斯·夏侯（Patrice Chéreau，1944—2013），法国著名电影、戏剧、歌剧导演，代表作有《玛戈皇后》《亲密》《死亡诗篇》等。

2013年4月1日

皮埃尔-马利写给艾德琳

亲爱的艾德琳：

我准备写一封简短的信（难得一次），告诉您第四个“生活美好”的理由。

昨天，也就是复活节的周日，我们全家相聚在我大儿子尼古拉（他是我和第一任妻子“善变”所生的）家中。现在他已经36岁，是四个孩子的父亲。以往这一类的家庭聚会都会在我家举行（我已经无法说“在我们家”了），今年是第一次选在其他地方。也许从今以后家庭的中心会渐渐转移，但这并不重要。

所有的家庭成员都来了，也就是说共有二十个人，因为薇拉的两个孩子也来了。唯独少了格洛丽娅（下次我要好好和您聊一聊她）。由于她性格急躁，没有人为她的缺席而感到惋惜。聚会的气氛非常轻松。喝完咖啡后，我躺在客厅的沙发上小憩。半梦半醒间，听到孩子们在桌边闲谈，他们轻柔的说话声、笑声及熟悉的嗓音。女人和女孩子们听起来活泼愉快，就连伊芙也是。她们的丈夫和伴侣（我不喜欢称呼他们为“女婿”，这是一个令人生厌的词汇！）有分寸地互相打趣，比谁说的话更幽默。不时有人打断对方，声调一会儿高一会儿低。我被包裹在这片和谐中，感到沉醉。听到他们的笑声，我也笑了起来。从花园里传来孩子们的嬉笑，我昏昏沉沉，觉得很安心。这种感觉真好。

您也许会认为我很自私，这一切对您应该没什么意义，因为您身边好像没有任何亲人。没有兄弟姐妹，也没有侄子侄女。家庭聚会对您来说很陌生，当然，您可能对我隐瞒了实情。如果事实果真如此，请原谅我的愚蠢。我说这些只是想告诉您，请别太担心，有时我很孤独，有时并不。

好吧，我会再找一个比较恰当的四号理由。

一会儿见。我迫不及待地想阅读您的来信。

皮埃尔-马利

又及：关于您母亲、那幢潮湿的房子，以及五十四年前所发生的事，您调查得怎么样了？有进展吗？还有您的星象学研究进行到哪一步了？

2013年4月1日

莉斯贝思·皮·德斯蒂瓦尔写给皮埃尔-马利·索图

亲爱的皮埃尔-马利：

今天早上读到您邮件，我很高兴！对于与他人相处，我一向不大圆滑。因为性格莽撞，并不总能得到别人的理解。看得出您不是那种，一旦获得成功就躲进自己的象牙塔，不再与外界接触的作家。我可以肯定，您是个正人君子！

我建议这样做：等作品改编完之后（马上就能完成），我就告诉父亲自己会去德龙看望他。我打算多陪他几天，在此期间，我们一定可以抽出时间见上一面。我准备将手稿亲自交到您手中，这样我们就能慢慢讨论，还能一起大声朗读改编作品，您觉得这个想法怎么样？这样做可以一石二鸟！您能当场将意见告诉我，我也好及时将意见记录下来，这样我们都更轻松一些，不是吗？

希望您也喜欢这个提议。我很兴奋能够和您这样级别的作家共同工作，这是一种无上的荣幸！我迫不及待想写信给乔丝，感谢她为我们牵线搭桥！

在见面之前，希望您“孕育”新作的过程一切顺利。您把创作小说比喻为孕育生命，这让我很有感触。我没有孩子，但有过三次不幸的流产经历。抱歉以这种唐突的方式告诉您这些往事。但鉴于您在《窗边的女人》中所体现出的敏锐和柔情，我想，您一定会理解。

期待很快与您相见。

您忠诚的莉斯贝思

2013年4月2日

皮埃尔-马利写给艾德琳

亲爱的艾德琳：

您是否可以火速给我寄一条结实的绳子(我最近长胖了)，或一个煤气灶，或足够剂量的砒霜，或一个可以将我自己闷死的靠垫？

看到这里，您一定已经猜到了：另一位萨尔特人让我大跌眼镜！她准备一路南下，来到德龙省。她已经在路上了，她到了！好吧，她马上就到了。当她“谋杀”完……对不起，是“改编”完《野兽回归》后，就要迫不及待地来找我。您知道吗，她竟然让我和她一起大声朗读改编剧本！我清醒地意识到，现在已经没有任何事情可以阻止她。感觉自己碰上一个重度歇斯底里症患者。在邦多勒的时候我就应该觉察到这一点，这下我完蛋了。

和她在一起，什么事情都有可能发生。我猜她也许会在朗读的时候爆发出疯狂的笑声，或失声痛哭，甚至突然对我进行性骚扰。

我已经知道她曾经流产三次。艾德琳，您认为一个胚胎有没有可能具有先知的能力，并自行决定是否降临人世？

我暂时想不出任何办法躲避这个歇斯底里的萨尔特人。所以现在我只能保持沉默。我不回复她，然后拉上窗帘，关上灯，躲进角落一动不动，静观其变。

亲爱的咨询师，如果您有更好的办法，请及时告诉我。

热切地拥抱您。

皮埃尔-马利

（现在我终于明白，羚羊被猎手捕杀时是什么滋味了。）

2013年4月3日

艾德琳写给皮埃尔-马利

我最亲爱的皮埃尔-马利：

谢谢，谢谢您的这些邮件！我也有很多事情想和您分享，很多，都不知道该从何说起。

我刚刚度过人生中最怪异的复活节周末，我甚至都不敢告诉您，担心您会不相信。

要知道，现在除了一个兄弟以外（我一会儿就会提到他），我几乎没有家人。所以，那些家庭聚会和节日对我来说简直就是一场噩梦。这就是我总想方设法让自己在节日时忙碌起来的原因。

周五晚上，我决定帮一个朋友照看她三个年幼的孩子（就是那个同时拥有丈夫和情人的朋友）。她丈夫跟天主教颇有渊源，被邀请前往梵蒂冈和新任教皇弗朗索瓦一起庆祝复活节。平时，当他前往圣-皮埃尔广场祷告的时候，他的妻子也正进入某个"极乐世界"，只不过是在另一个男人的臂弯中。结果是有三个年幼的孩子，玛丽-奈吉（7岁）、吕克（5岁）和阿德莱德（3岁）需要我看护。注意，我可不是一个喜欢搬弄是非的长舌妇。

虽然我自己在节食，但在他们母亲走后，我决定做一大盘油煎鸡蛋饼，好让他们开心（对我来说，烹制油煎鸡蛋饼是一剂对抗抑郁情绪的良药）。孩子们相互争抢，把鸡蛋饼弄得到处都是，一顿大吃。到晚上9点半，屋里恢复平静。我打开电脑准备给您写信。小阿德莱德下楼来了。她哭哭啼啼，吐得一身都是。从那一刻起我的噩梦开始。在这里我就不向您讲述过多细节了。长话短说，我把三个小病号擦洗干净，给他们洗头洗澡，喂他们喝水，一直忙到半夜。

不用说，我朋友的手机关机了。复活节周末也联系不到任何医生。第二天一大早，我开车送他们去急诊中心。我忧心忡忡，也祈祷他们不要吐在车上。经过一小时的漫长等待，值班医生认为孩子们是食物中毒，建议留院观察。

到了下午4点，5点……朋友始终关机。我心急如焚，因为晚上我所在的合唱团要在穆荣教堂参加复活节音乐会。等了很久，她终于来了，后面还跟着情人。您知道吗？她竟然对我大吼大叫，怪我没有注意冰箱里鸡蛋的保质期。

当时我筋疲力尽，一边担心自己排练会迟到，一边后悔为了让孩子们高兴，给他们做了鸡蛋饼。

不管怎样，我赶上排练，和大伙唱了一会儿。但老实说，我更应该老老实实地待在后台：那天晚上我老是跑调，跟不上节奏。一直心情烦躁，直到演唱《求造物主圣神降临》才稍微平静一些。

演出结束以后，合唱团团长建议我们去他家里小聚。我兴高采烈地答应了。去到他家后，我把节食计划抛到一边，吃了很多熏肉冷盘和点心，还喝了好几杯酒。到凌晨2点才开着我那辆车牌开头为***VGT***的小破车回家。也许您已经猜到了，在回去的路上我遇到了一队巡警。

哦，皮埃尔-马利，我希望您永远也不用在拘留所过夜。我哭了好几个小时，羞愧得牙齿不停打颤。

第二天离开拘留所时，警察吊销了我的驾驶执照。警察局距离我家有15公里，我以为他们至少会把车还给我，然而不是这样。他们要求我叫人过来，把这辆车开走。复活节周日的中午让我去联系谁！在警察局外徘徊了半个小时，寒风吹得我浑身发抖，焦急地原地转圈。我应该向谁寻求帮助呢？罗曼？不，这无疑是“自杀式行为”！如果还想和他再次见面，最好马上打消这个念头。想到这里，我就感觉如同有只死老鼠哽在喉咙里一般难受。那个让我替她看护孩子的朋友？在医院的争吵之后，答案当然是否定的。在翻看自己手机通讯录时，我意识到一件令人难以置信的事：皮埃尔-马利，如果我有您的电话号码，我将首先向您求助。是的，向您，而不是其他任何人求助。

然而我没有您的电话号码，只得给我的……（在这里，我不得不使用省略号）弟弟塞德里克打了个电话。

幸运的是，他那天头脑还算清醒，警察同意让他开车送我回去。一路上他都在不停重复这几句话：“见鬼，我的姐姐竟然进了监狱。我的老天，妈妈最爱的姐姐竟然进了监狱！”他一边说，一边笑得前仰后合。我只希望他送我到家后，能够让我独自静一静。但和往常一样，塞德里克无所事事，到家后，他决定在我家再“逗留”一会儿。皮埃尔-马利，在上一封信中，您问我是否有绳子、煤气灶和靠垫（我暂且撇开那位萨尔特人不谈）。我可以告诉您，当时的我恨不得能有一把手枪，而且，我不会将枪口指向自己。

塞德里克慵懒地躺在沙发上，抽着烟，在我耳边说些没头没尾的故事，抱怨社会不公平。最后，他如愿以偿从我这里要走了一张一千欧元的支票。用一千欧元终于打发了他。

现在，世界清静了，我打开电脑。

看到您给我发了那么多邮件，心情又变得愉悦起来。读完您的全部信件后，我简直心情好得不得了。

我想象您昏昏沉沉地躺在沙发上，听着不远处柔和的谈笑声，想着终于摆脱了那位“大博士”丈夫的女儿，开心得就像一位船长。想到您这幅吃饱喝足的安详画面，我感到很安慰。我接受您的第四个理由！

看到您被那位萨尔特人揪住不放，我偷偷乐了很久。皮埃尔-马利，这到底是一位什么样的女士？从邮件看，她让您感到恐惧。在您的年纪这合理吗？您要不就彻底摆脱她，要不就勉为其难和她见个面，但别像孩子一样躲躲闪闪。我再次提议您可以将她的地址给我，让我去找她（我会设法弄到一把手枪，您就放心吧）。

好了，过了几天愚蠢的日子，我需要重拾心情。我答应您，一定会尽快回答您的问题。现在我先给您一个拥抱。此刻，阳光洒在院子里，我喝着一杯浓咖啡。洗了澡，身上的牢房臭味被洗得干干净净。是的，生活并非如此丑陋，您说得很对。

艾德琳

又及：听完我的这出灾难后，您还想给我准备一块“艾德琳，出色咨询师”的牌子吗？

2013年4月4日

皮埃尔-马利写给艾德琳

亲爱的违章者：

我本来希望您有能够让我开怀大笑的故事，不过这些临时戏码也没有让人很失望。我对您“多灾多难”的周末深表同情。来吧，告诉我，在最糟糕的那一刻（到底哪件才是最倒霉的？变质鸡蛋造成食物中毒？与朋友的争吵？在拘留所度过一夜？还是给兄弟的那一千欧元支票？），有没有一个令人感到安慰的声音在脑中回响：“如果把这些事情告诉那位年迈的皮埃尔－马利·索图，岂不是很有趣？”

当您有麻烦，会向我打电话求助是吗？坦白说，我读到这段话时几乎感动得热泪盈眶。随着年龄增长，我变得越来越多愁善感。当然，这也有可能源于近两年半来我脆弱的心理状态。现在，开车时听到的一首曲子、电影中并不出彩的台词、小说中看到的一行字都能让我热泪盈眶。我终于理解为什么爷爷在听到《路边女人》这首歌时会突然反应强烈：声音变得颤抖，脱去眼镜频频拭泪。等我老去肯定会和他一样，只是我没有参加过瓦尔登战役，能够触动我的是另一件事，您很清楚我说的是哪件事。

艾德琳，如果您给我打电话，我一定会飞奔前去搭救您！请您不要在意邮件开头我略带嘲讽的语气，那只是个玩笑。事实上，虽然我们从未谋面，但知道您心情低落，我心里也不好受。对于您，我有一种缺乏理性的冲动。要知道我只对极小一部分人保有这股冲劲（不包括我的家人），只要在这些人需要帮助时，我会先奔向他们再考虑后果！顺便提一句，您知道朋友的定义是什么吗？朋友就是您可以在半夜3点给他打电话，告诉他，我干了件蠢事，希望他拿着篷布和锄头来一趟，而他毫不犹豫地答应了。

别担心，我对您的评价没有改变。您可以保留工作室前的那块牌子，只需进行微小的改动，在名字下用括号和小号字体标注一下：艾德琳·派尔蒙拉，出色的咨询师（也喜欢喝点小酒）。这句补充信息会让人物形象更加饱满，您觉得呢？

关于那位萨尔特人，您的建议很有道理。恐惧让我慌了手脚。我会回复她，虽然不知道该写些什么，但我会回复她。写到这里，如果您很想拜访她，请按照自己的心意行事。她的地址：勒芒省，阿贝尔格尔登大街7号。

我写信总是这样没有头绪，现在想和您谈一谈省略号的问题。当需要表达犹豫，或制造悬念时，我完全可以接受这个标点符号。比如说，当您的……兄弟“闪亮登场”时！根据您的描述，他就像聒噪的麻烦制造者，总能为自己寻找各种理由。我很厌恶那些无所事事的人，他们经常把自己的懒惰和无能用各种冠冕堂皇的理由包裹起来。好了，我该停止说教了。索图老师，难道您没有发现已经没有人在听您说话了吗？

皮埃尔-马利

又及：不，我无法在停笔前向您隐瞒内心的困惑。毫无疑问，您的长信让我欣喜、欢笑、动容，但是……（我用省略号来表达内心的犹豫。）我还在等待另一些事情。下次再说吧。

2013年4月4日

皮埃尔-马利写给乔丝

亲爱的乔丝：

下午，我总算打通了麦克斯的电话。他听上去有些疲惫，也许是因为药物的作用。我们聊了半小时，在结束的时候他还强打精神讲了一个笑话。当他说出这句："您知道那个医生她……"我感觉，我们的麦克斯又回来了。事实上我并没有听懂这个笑话，但我还是在他讲完故事后哈哈大笑。可笑完过后，我又发现自己的眼中噙着泪水。不得不承认，到了这个年纪，我变得越来越多愁善感。我终于理解为什么爷爷在听到《路边女人》这首歌时会突然反应强烈：声音变得颤抖，脱去眼镜频频拭泪。等我老去肯定会和他一样。只是我没有参加过瓦尔登战役。

我收到了你朋友莉斯贝思的邮件。她真是很有性格！我告诉她没时间去勒芒，她马上决定来德龙找我！出于对你的情谊，我会尽我所能招待好她，但坦白讲，她的行为让我感到有些害怕。

事实上，我给你写邮件，不是因为麦克斯或者莉斯贝思。

这和我3月15日写给麦克斯的邮件有关，我猜你可能也读过那封邮件（我不怪你，既然是麦克斯同意的）。在那封邮件中，我请求他帮我去核实一些事情。然而在你的回信中没有提到这件事。所以，现在我想开门见山地问你："你到勒可特尔去看过吗？是否有个艾德琳·派尔蒙拉住在马克-布劳什绝巷 1号。"

你去了吗？如果去过，你在那里都看到些什么？她长什么样？是不是一个人住？开什么车？车牌的前三个字母是什么？

我告诉过你们，在艾德琳·派尔蒙拉的邮件中有一些蛛丝马迹，她把“为什么”用成了“因为”。乔丝，我没有发疯。虽然很悲伤，但还算不上抑郁。我头脑很清醒，只是很惊讶这个女人对我有着强大的影响力，我很想知道为什么。

这对我很重要。如果你们不能帮这个忙，我就想想别的办法，或者自己开车过去。也许我一开始就应该这么做。你可以让我免去这一路的舟车劳顿吗?

期待你的回复。

我热切地拥抱你。

皮埃尔-马利

又及：别为伊芙担心，她很坚强。

2013年4月4日

乔丝写给皮埃尔-马利

我亲爱的皮埃尔-马利：

我们认识这么久，所以我也不需要拐弯抹角地告诉你：你烦透了。是的，你那些该死的蛛丝马迹，那些关于薇拉的念想和那些没有逻辑的故事让我烦透了。

我想告诉你的是：如果这个女人出现在你的生命里，并对你产生巨大影响，这就是一件美好的事！为什么要把原本简单的问题想得过于复杂？事实上，你始终活在薇拉出走的阴影中，无法继续正常生活，这才是问题的关键所在。

至于你对艾德琳·派尔蒙拉的担心，或者对莉斯贝思的恐惧，这一切都和我无关。

不管怎样，我是你的朋友，而且乐于助人。所以，我仍旧会完成你交给我的任务：前往勒可特尔，核实信息。我甚至打算拍一些照片，这样你就可以看得很清楚！如果运气不错，兴许我会上前与这位艾德琳搭话，告诉她我来这里的原因，为什么我要窥视她的屋子，给她的车牌拍照。也许当她知道你瞒着她做这些调查时，会感到心花怒放！

希望你能理解这些话的用意。

乔丝

又及：麦克斯很高兴接到你的电话。

2013年4月4日

艾德琳写给皮埃尔-马利

皮埃尔-马利：

您邮件的最后几句话让我陷入莫名的困惑中。我感觉您对我很失望，这是一种可怕的感受。

您在等我向您描述与罗曼度过的那个夜晚。我很乐意讲给您，现在讲也为时不晚。只是现在我失去了叙述的冲动。

当我在聊自己的“闺中秘事”时，您真正想听的却是其他事情，那我的故事还有什么意义？您到底对我有什么期待？“但是”后的省略号让我真切地感到胃在搅动。您似乎对我隐瞒了真正想讲的话，您不再是几周以来我心目中的样子，简单地来说，不再是我的朋友。

说到底，这一切都是我的错。随着邮件往来，我渐渐忘了联系您的初衷。我突然意识到，这才是问题的症结所在。我曾经希望自己可以彻底忘记联系您的理由，说服自己这个理由已经不再重要，想让自己相信其他事情更有意义。但我错了，一切都将从头来过。

我怀疑您向我隐瞒了真实的想法，可事实上，是我从最开始就没有对您坦诚相待。

皮埃尔-马利，这一切终将无法避免：是时候打开我寄给您的那个大包裹了。

写这段话的时候，我心里很难受，因为一旦您打开包裹，就会开始厌恶我。而我也将失去您，这不是我想要的。

然而，当您打开那个该死的包裹时，请不要把所有的事情混为一谈。虽然我向您隐瞒了一些重要的事，但请相信我，每次我都是诚心诚意地给您写信。请记住这一点。

好了，骰子已经掷出。我感到很伤心，但我可以责怪的只有自己。

我们在虚拟空间相遇。对我来说，这场相遇仿佛真实存在，比其他任何相遇都更真实，更有血有肉。

我们关系的突然变化让我不得不完成一件拖延已久的事。我要收拾行李，锁好大门，叫一辆出租车（我的车还被扣在警察局），搭火车前往南方。时间飞逝，既然计划到一个新的地方重新开始生活，为何不早点行动呢？别担心，我不会像另一个歇斯底里的萨尔特人一样对您步步紧逼：我不会到德龙寻找栖身之地。也许会选择图卢兹，或比亚里茨。那里有海，有遥远的地平线。

如果由您来书写我们的故事，我相信您能创造一个完美结局。请原谅我没有像您一样的才华。

我热切地拥抱您，也许是最后一次。

您的艾德琳·派尔蒙拉

又及：永远不要忘记您的读者（不论男女）都比您所想象的更需要您。

又又及：我会在行李中放入电脑，等着您的消息。我已经准备好迎接您的怒火。当然更糟糕的情况是，也许您会就此保持沉默，不再多言。

2013年4月4日

莉斯贝思·皮·德斯蒂瓦尔写给皮埃尔-马利·索图

亲爱的皮埃尔-马利：

虽然没有收到回信（我理解，您平时工作繁忙），但我还是再次冒昧给您写信，告诉您我终于确定了，确定了前往德龙的日期，就是这个周末！我原本没打算这么早就过去，但您的邮件仿佛为我插上翅膀，让我文思泉涌，提前完成了剧本改编！另外，我年迈的父亲最近得了重感冒，很需要家人陪在身边。所以我决定周六傍晚赶到他家，至少住十天左右。

您希望如何安排我们的约会？是现在就定好见面时间，还是等我到达以后再给您打电话？我父亲居住的那个偏远地段信号很不稳定，我先把电话号码留给您：060888518。等您把自己的电话号码告诉我。

我想再一次真诚地感谢您接受我的提议！

一想到很快能见到您，我就欣喜万分。

您忠诚的莉斯贝思

2013年4月4日

皮埃尔-马利写给乔丝

乔丝：

你想到哪儿去了！我并没有要求你去帮我抢银行或杀人。也没让你去拍照，以及和这位艾德琳·派尔蒙拉交谈。我只是请求你帮我个忙：去勒可特尔看一看，然后告诉我情况。

不过，你需要赶紧完成这个任务。因为屋中的小鸟也许将在几天后离巢。此后将很难再找到她的踪迹。

皮埃尔-马利

又及：请原谅，当我看到“你让我烦透了！”这句话时，忍不住偷笑起来。因为你曾经当面和我说过这句话。当时你双手张开，掌心朝上，皱着眉头，一字一顿地对我说道：“你让我烦透了！”乔丝，我太喜欢你了。拜托，你就帮帮我吧。

2013年4月4日

皮埃尔-马利·索图写给莉斯贝思·皮·德斯蒂瓦尔

亲爱的莉斯贝思：

真是一个好消息！您的父亲见到您将会很高兴。我认为您的主意不错：这次见面确实是一箭双雕。

我会在下周一或周二给您打电话。我不能在您刚到的时候就冲向您。您的父亲是优先关切对象，这是人之常情！

亲爱的莉斯贝思，下周见。周六开车请多加小心。

皮埃尔-马利

2013年4月5日

莉斯贝思·皮·德斯蒂瓦尔写给皮埃尔-马利·索图

亲爱的皮埃尔-马利：

如果您能在周一给我打电话就太好了！那时候我安抚好年迈的父亲，并从旅途的疲惫中恢复过来，刚好和您见面。我打印了两份改编剧本，方便我们俩一起朗读。另外，我还给您准备了一个很大的惊喜。嘘，我不能再多说了。

一想到即将和您见面，我就激动得像一只跳蚤！当我向我的“小女人们”宣布这个消息时，她们给我抛来无数问题，希望得到您的解答。我将在见面时一一向您询问。我还答应带一些签名照片回来，希望您不会觉得有失妥当。

祝您周末愉快，周一联系！

您的莉斯贝思

2013年4月5日

乔丝写给皮埃尔-马利

皮埃尔-马利：

首先告诉你一个好消息：麦克斯感觉好多了，今天下午就可以出院。他应该和你说过，抗生素终于对他胯部的感染起作用了。

然后，是的，是的，是的，皮埃尔-马利，我去过勒可特尔了。就在今天早上。现在我可以很肯定地告诉你：马克-布劳什绝巷 1号是真实的存在。

当我到达时，那幢屋子房门紧闭。一楼和二楼的百叶窗都拉着。我踮起脚尖朝大门里望去，看见房子的前面有一个天井和一座小花园，房子背后还有一座更大的花园。信箱上贴着名字。经过多年雨水的冲刷，上面的字迹已经有些模糊，但依稀可见：维维安·派尔蒙拉。

看得出，主人没有精心打理花园，但也没有弃之不顾。窗户下种着一排黄色水仙，院子里放着一双套鞋，旁边是用来浇花的管子。没有车。一切都显得平静、祥和。没有任何古怪、奇特的地方。

我正要离开时，一个先生牵着狗从旁边的房子里走出来。那是一只金色的拉布拉多犬，你知道，就是我和麦克斯养的那种。我在心里暗暗说道："乔丝，现在看你的了。"于是我上前和他打招呼，先聊拉布拉多，让他放下戒心。我们聊了一会儿，但那条狗不停地扯动狗绳。（它迫不及待地想去散步！）那主人不得不叫喊道："够了，罗曼！蹲下，罗曼！安静点，罗曼！"场面很滑稽，他就像对待孩子一样对待他的拉布拉多。

在他责备爱犬的间隙，我找准机会告诉他自己正在找你的笔友，那位叫艾德琳·派尔蒙拉的人。我一边说，一边指了指旁边那幢门窗紧闭的房子。这男人告诉我，房子里确实住着一位棕发、身材高大的女人。他偶尔会在遛狗时碰见她，互相打个招呼。他不知道这位女士的名字。事实上，他自己也只是去度假，待的时间还不到两周。

不过，我还是询问这位女士有没有车。他说有。还说最近经常看见这位邻居把一个一个大箱子放入后备厢。

说完，他的拉布拉多又不安分起来。他只能表示歉意，牵着它离开。

皮埃尔-马利，这就是我收集到的所有内容。

坦白地讲，这是一次奇妙的经历。我感觉自己就像是在一部电影里，你明白我的意思吗？等我回到车上，感到自己浑身微微颤抖，想以最快的速度离开勒可特尔，好像自己干了什么坏事。这种想法很愚蠢，对吧？

不管怎样，你要知道，没有任何游魂光顾这幢房子。相反，里面住着一个活生生的人。我不清楚这些信息能否打消你的疑虑，但请你别再让我造访这幢房子了。

我知道莉斯贝思这周末就会去德龙看望父亲，看来你们很快就要见面。我在她的箱子中放入一打来自我们的亲吻。希望你们可以找回在邦多勒的欢笑。回想起来，那已经是十三年前的事了。十三年！我的老天，时间过得太快，我都有些跟不上了。

如果你马上能见到伊芙的话，告诉她，我们很挂念她和她的孩子们。我知道她是个坚强的女孩！再说，她有你这样的父亲，一定已经对离婚这类事情见怪不怪了。哈哈！皮埃尔-马利，你现在是，将来也是我最喜欢的“麻烦制造者”！

好了，不多说了，我热切地拥抱你。我需要在……我的“宠物”回来前，整理一下房间。你了解麦克斯和他的那些怪癖！

不要在慌乱中迷失了方向。

乔丝

2013年4月5日

奥利维尔·瓦尔德维特写给皮埃尔-马利

你好皮埃尔-马利！

我刚在咖啡厅碰到多姆，一起聊了很多关于你的事情。我想，是时候给你写封邮件了。

亲爱的皮埃尔-马利，不要以为你过起隐居的生活，我们出版社就没有人挂念你！说起这个，你拒绝参加两周前的巴黎书展，让我感到很遗憾。要知道，你错过了我们在维夫尔餐厅的晚宴。那天很愉快，卡瑟琳和塞巴斯蒂安也来了，他俩状态都很好，见到他们你一定会很高兴的。我不得不再次提醒你（虽然这句话也许会冒犯你），不要因为上一部作品是四年前出版的，你就觉得自己不应参加任何签售活动。你很清楚，你有一批忠实的读者（并非所有作家都有这样一批追随者），他们数量庞大，保证你的作品维持着很好的销量。另外，多姆将给你寄送一份圣马洛书展的邀请函。我们很希望能在那里见到你。你还记得我们那次出海的经历吗？当大家为你的获奖举杯庆祝时，那个《书报周刊》的记者吐得昏天暗地。如果你同意前来参加书展，我保证再安排一次出航，这次，我们可以直奔泽西岛！

怎么样？你最近在忙什么？忙着写作吗？我刚才跟多姆说：作为一个编辑，我那“著名的”第六感给了我一些预兆。我猜你现在正坐在电脑前，为我们酝酿一个惊喜。我没的说错吧？

另外有个消息或许能让你高兴：你的豪华英文版（收录了三部作品的那个套装），预计两个月后上市。这套书的装帧一定非常精美。发行部的人很快就会联系你，到时，也许我们能在伦敦见面。

写信告诉我近况吧，我迫不及待地想知道那台美妙的索图写作机是否又重新开始运作了。

献上我最诚挚的情谊。

奥利维尔

又及：我在巴黎书展遇见你的日文版译者。他很遗憾没能见到你，并让我转达对你的问候。

2013年4月7日

皮埃尔-马利写给艾德琳

艾德琳：

我很想责备您。您就像个少年一样喜欢意气用事！不会就是因为那句“我还在等待另一些事情”而情绪失控吧？您大可花些时间冷静思考一下！至少等到去警察局拿回车后再做决定！我的老天，请理智一些！您准备到哪里去？您难道不知道很多人就是因为一时冲动而流落街头吗？

请不要假装忽视我对您的期待。我原本希望您可以打开困扰我两年半的魔咒，帮助我找到一些线索，一条明路。然而，也许您承受不起我赋予您的权利，现在很痛苦，因为辜负了我的期望。我理解这种可怕的感受，也很抱歉成为这种感受的始作俑者。

不管怎样，我们走到了这一步。我没想到这一天来得这么快。我是说，“纯真时代”的终结。

您说得对，不论发生什么事情，我们都不应当否认这几周的通信所带给我们的美好感受。过去这几周，我感到极大的快乐，更确切地说，是一种比快乐更丰富的感情。请不要嘲笑我，这是一种类似于爱情的奇妙体验。就好比您的生活一成不变，身体和心灵都处于麻木状态。突然，有人出现，在您的生活中激起波澜。从那以后，您的内心再也无法平静：您急切地想看到她，想与她通话、写信。满脑子都被这些念头占据。如果对方也给出同样的回应，您每天就像是在狂欢，在燃烧。我有过五次这样的经历。第一次是在15岁，但那时的我被搞得手足无措。之后的三次，分别是和前三任妻子。甚至在与那位“我们可以离开了吗，亲爱的？”相遇时，我的心也猛烈地跳动着，这是真的，并没有自嘲的意思。第五次的体验稍稍有些不同，因为心中的火焰到现在都没有熄灭。

通常情况下，这场身体和心灵的节庆有它的时限，不会永远持续下去。有一天，您会突然发现鲜亮的色彩渐渐淡去，清晰的界限变得模糊。随之而来的是误解、怀疑、怨恨（我差点想在这里使用省略号，好在及时忍住了）。

我感觉和您一起经历了所有这些过程。虽然是在一个虚拟的空间，虽然发展的速度很快，但却体会到以上所有感受。比如现在，我正在给您写邮件，假装一切没有问题，就像那些濒临决裂的夫妻在争吵间隙，会在枕边或其他地方演绎他们爱情终结的桥段（就像《印度之夏》的情节）。再一次，最后一次，四目相对，流下真挚的泪水。

艾德琳，我和您一样，知道那个包裹里藏着终结我们“纯真时代”的内容。尤其今天早上，我更加深刻地体会到这一点。早餐过后，我走进书房，长时间地凝望着那个包裹。坦白讲，那个硕大的包裹让我感到害怕。它就那样安静、一动不动地躺在书橱上，像一只危险的野兽在丛林中沉睡，如果惊动它，就要面临巨大危险。（陈词滥调！贫乏的比喻！索图，索图！你该醒醒了！）然而最后，我还是拿起这个包裹，但没有打开，只是轻轻触摸它。

很显然，包裹中并没有任何书稿。因为里面放的不是普通A4纸，而是一些长信封，大约22cm×11cm大小。虽然您把它们整理在文件夹里，但我还是可以感觉出信封被分成两摞。

我判断里面放的是一些信件。

我不清楚这些信的内容。我只知道，它们预示着我们此刻关系的终结。所以，在打开包裹以前，我想告诉您：我永远对那个和我通信四十三天的艾德琳怀着爱与温柔。我对她的过去、现状、合唱团、花草茶和金融家都深信不疑。没有什么可以改变我的想法。早在“***Minitel***时代”[1]，我有个男性朋友就与一位年轻女子有过热烈的线上交流。偶然的机会让他发现对方其实是一位男性。但这并不影响什么，他至今仍旧认为那是一段美好的回忆。

我想对您说的是：艾德琳，您可以继续虚构现实。我甚至可以原谅您本身不是真实存在。不，这我不能接受。因为这样一来的话，连结我们关系的魔力就会被打破。

这样看来，文学只不过是一种谎言罢了，或者说是虚构的产物。事实上，两者并无本质差别。因为虚构的产物就是提前被承认的谎言，不是吗?

另外，我曾经和您说过，有时我会把自己当成小说里的人物，这种想法可以让我变得有趣，比现实世界的我更能让人接受。我要做的，只是时刻提醒自己不要在这个危险的游戏里陷得太深。再说，我的体重秤也会时刻把我拉回现实：您有看到过 106 公斤重的虚构小说吗?

艾德琳，今天我只能写到这里了。伊芙和她的两个孩子一小时后会到家里来。现在，我要去准备烤鸡配土豆泥和椰子布丁。

今晚，等他们走后，我会打开那个包裹。难道真的有必要给我们的关系举行这样的葬礼吗？难道从此以后，我真的要对您怀

---

1. Minitel 是1982年由法国自行建立的国家网络，建成早于互联网。用户可以通过它收发邮件、查找信息、财务结算、聊天和在线购票等。2012年6月30日，由于运行费用昂贵，技术落后等问题，Minitel 被互联网所取代，退出历史舞台。

着怨恨吗？我感到很难过，也无法相信这一切都是真的。

我也一样，热切地拥抱您。也许是最后一次。

您的朋友（至少现在，我还是您的朋友）

皮埃尔-马利·索图

又及：我很想知道您此时此刻在哪里。

2013年4月7日

皮埃尔-马利写给奥利维尔

亲爱的奥利维尔：

谢谢你的邮件。每次看到你的名字出现在邮箱里，我总是很高兴。好了，让我们直接切入正题吧：我没有在写作。很抱歉，你那著名的“编辑第六感”失灵了。

现在的我，处于一种复杂状态。你记得吗？小的时候我们常常会听到一个有趣的表达：“在自行车旁骑行”。事实上，这正是我现在所做的事：我在自行车旁骑行。我的文学自行车正停在车库里，轮胎没气了，链条也已经生锈，它就像一个空架子那样摆放在那里。而我在一旁默默骑行。我不清楚自己是在虚无中骑行，还是骑着一辆隐形的怪异自行车。我只知道，我在不断骑行。

请原谅我使用这些晦涩的语言。如果能够看清所有，那我一定会更清晰地表达自己的想法。我从不想刻意隐瞒什么，只是现在，我的创作没有方向，如同身处云雾之中。可以肯定的是：一旦有了写作思路，你会是第一个知道的人。现在，只能请你耐心等待，让我安静地思考。对我来说写作之路非常崎岖，我总是在这条路上迷失自我，你又如何让我给他人指明方向，就算是面对像你这样了解我的人（在这里，小小地恭维一下我饿着肚子的编辑）。

至于圣马洛书展，很遗憾我无法参加。因为那个星期我的双胞胎女儿（她们住在挪威的卑尔根）正巧要来法国，我想好好与她们相处几天。请向多姆转达我的歉意，并感谢他的邀请。

至于将在英国举办的新书发布会，我会欣然前往。这套丛书做得很精美，我应当回报他们的努力。对了，请预约那位出色的唐纳德作为我的翻译。有他的帮助，我感觉自己的话用英语表达出来，会显得充满智慧。这真奇妙！

亲爱的奥利维尔，请代我向所有人问好。并再次感谢你在远方对我的关注，我很感动。

皮埃尔-马利·索图（作家-骑手）

2013年4月7日

皮埃尔-马利写给乔丝

亲爱的乔丝：

谢谢！

首先，你要知道这趟勒可特尔之行并非毫无意义。和你想的相反，你对那幢房子的描绘，以及和那位狗主人的对话，让我思路清晰了很多。这些信息没有告诉我真相，但帮助排除了许多错误猜想，这同样很重要。

艾德琳·派尔蒙拉声称她正和一个叫罗曼的人来往。现在因为你，我知道真正叫罗曼的到底是谁：它毛发很多，有四只爪子，还有一只狗鼻子！总而言之，这个人很善于编造故事。但却并不令人反感，只是我希望她在某些方面能够告诉我真相。

艾德琳知道很多事情。如果我逼迫她说真话，也许她会抵抗，或者像只生蚝一样把自己封闭起来，甚至永远消失。所以我必须掌握好说话的分寸。希望不久以后，我能知道更多实情。到时，我会向你一一道来，你有权利知道。

莉斯贝思也许已经在她父亲的家中。按照约定，明天我要给她打电话，我猜她在通话后的15分钟内就会赶到我家。顺便问一句，作为朋友，你和她的相处方式是怎样的？你不觉得她个性很奇特吗？

再次感谢你前往勒可特尔，帮助我“获取情报”，你真伟大。

替我拥抱麦克斯。（你们家收得到卡纳尔电视台的节目吗？如果能的话，他完全可以收看一些足球赛，而不是研读克尔凯郭尔[1]的著作。）

皮埃尔-马利

2013年4月8日

乔丝写给皮埃尔-马利

皮埃尔-马利：

在送麦克斯前往医疗康复中心以前（是的，他终于要开始康复训练了），我想简短地给你写几句话。

是的，莉斯贝思确实个性奇特！关于她，众人的评价也很极端：有人为她的魅力所倾倒（你应该还记得，她长得非常漂亮），有人却对她嗤之以鼻。毫无疑问，我属于第一类人，我衷心希望你也加入我们的行列！

我和她相识于三十多年前。那时，麦克斯和我被安排在大巴黎地区上班。就这样，我们成了某中学的同事。但真正拉近我们距离的是工会活动和1986年的那些罢工。（德瓦盖下台！德瓦盖下台[2]！你还记得吗？）我们一起写横幅，创作歌曲；肩并肩，手拉手上街游行。

---

1. 克尔凯郭尔（丹麦语：Kierkegaard，1813－1855），丹麦哲学家、神学家及作家，一般被视为存在主义之父。代表作有：《非此则彼》《两个启发性谈话》等。

2. 1986年5月18日，当时任教育部长的德瓦盖(Alain Devaquet)提出高等教育改革方案，推进大学招生自主性，于11月交由国民议院讨论。该法案改变以往凭高中会考结果申请入学的方式，法国学生认为这项法案将造成文凭的差别及教育阶级化，因此在11月至12月爆发了大规模的学生抗议。

莉斯贝思总是充满斗争精神，这也是为什么她和那些“小女人们”组织了那么多公益活动。我知道你并不热衷于政治（只要稍微和你聊两句，就能发现你这个特质！），但我相信你们还有许多话题可以讨论。要知道，莉斯贝思对所有的事物都充满兴趣。

这是一个诚实、坦率、纯粹、阳光的女人。

看得出，你对那个“喜欢说谎”的艾德琳很上心。我原本希望我的“调查”能让你摆脱那些执念。可惜事实好像恰恰相反。皮埃尔-马利，你喜欢把生活复杂化，对此我感到很失望。我一直认为艺术家都有些疯癫。自此认识你以后，我更加坚定了自己的想法！

就这样，我要出门了。

麦克斯热切地拥抱你！

我也一样。不要忘了，在书籍之外还有一个世界，知道吗？一个真实的世界，里面有很多真实的人。

乔丝

2013年4月8日

奥利维尔写给皮埃尔-马利

我亲爱的皮埃尔-马利：

今早收到你的邮件。现在，我想以一个朋友的身份回复你。

把我编辑的角色放到一边，忘记圣马洛的邀请，随后坦诚地告诉我那个骑行者的比喻到底意味着什么：你遇到什么事了，有什么不对劲的吗？

我直说吧：你有薇拉的消息了？

你知道吗，自从发生了这件不幸的事，从我开始，出版社所有人都很担心你。我这么说，不是因为你是我们出版社的重要作者，希望你别把这句话当成玩笑。

你希望不被打扰，安心写作。如果这是你愿意的，我也就不再坚持。但请记得，作为你的兄弟，我时常挂念着你。

答应我别干傻事，好吗？

你圣日耳曼街区的朋友，

奥利维尔

2013年4月8日

皮埃尔-马利写给乔丝

乔丝：

我想给你出道数学题，更确切地说，是一道概率题。请听好。

有人写了些邮件给另一个人，大约有二十来封，都很长。在邮件中，这位寄信人写了一个词，也只有这一个词是用大写字母拼写，并且这个词出现过两三次。

有第二个人，名叫乔丝。她并不认识第一个写信人。乔丝去过第一个人的住所，但没有见到对方。回来以后，她写了一封邮件，信中写下一个词，一个用大写字母拼写的词。你也许已经猜到了，这和第一个人写下的是同一个词[1]。

告诉我，在我们美丽的法语中共有多少个词。在两人互不相识的情况下，不约而同地用大写字母强调同一个词的概率有多大？我让你思考一会儿，叮……叮……我用叉子敲击玻璃杯的边缘计时……叮。

你还没有算出来吗？好吧，那我告诉你，这件事发生的概率是二十万分之一。不过，它确实发生了。艾德琳·派尔蒙拉在写给我的邮件中，用大写字母拼了两次“活生生”这个词。而你从她的住所回来之后，也用大写字母标了同样的词。另外你还说，在回到自己车里时，你浑身微微颤抖，想以最快的速度离开勒可特尔。你是这样说的，对吗？

请原谅我这么逼问你，不过你质问起我来也毫不留情。现在，我们扯平了。真实的生活？确实，我们需要生活在一个真实的空间里。然而，那些隐秘的事实，那些无法理解的事物，也是真实生活的一部分。

亲爱的乔丝，我说这么多只是想告诉你：我有发疯。在结束这个话题前，请允许我说一句：你搞错了，艺术家无法承受疯癫带来的后果，就像外科医生或飞行员无法承受疯癫带来的后果。

我没有给莉斯贝思打电话，我办不到。我害怕一旦拨通电话，

---

1. 在艾德琳·派尔蒙拉之前的邮件中，用大写字母写了“VIVANTE”，可译为：充满生命力、鲜活。在乔丝的邮件中也出现了这个词。

就等于敞开房门迎接龙卷风。所有的东西都会被卷走、吹散、连根拔起：家具、画、墙纸和我自己。我毫不怀疑她拥有你说的那些闪光点，但你这位朋友让我害怕。“阳光的人”总让我感到不安。我担心她的健康，她的好心情，她的崇拜会将我淹没。我害怕……她会把我吃掉。是的，我确实害怕，担心她把我吃掉。你知道吗，就连我家的猫都猜得到，这几天它行为怪异，总是不停地原地转圈，想找地方把自己藏起来。你相信动物可以精准地预感到危险的降临吗？

另一方面，就算我不给她打电话，她也有可能毫无预兆地突然出现。这一带的居民都认识我，找到我家并不是什么难事。乔丝，在这一刻，我想变成一个渺小、默默无名、毫不起眼的人。

明天是周二。我明天给她打电话。就这样，明天打。

嗨，麦克斯。

皮埃尔-马利

2013年4月8日

皮埃尔-马利写给奥利维尔

亲爱的奥利维尔：

你的来信让我很感动。对我来说，你早就不只是个编辑了，这点你应该很清楚吧？当你退休，而我成为没人记得的作家时，我们一定还会经常见面。

当我读到“作为你的兄弟”时，不由得有些哽咽。也许是年纪大了，我变得越来越多愁善感。我终于理解为什么爷爷在听到《路边女人》这首歌时，会突然反应强烈：声音变得颤抖，脱去眼镜频频拭泪。等我老去，肯定也会这样。只是我没有参加过瓦尔登战役。

不，我没有任何薇拉的消息。但我想透露一件事：最近有一条线索。自从2010年10月28日薇拉失踪以来，最为可靠的一条线索。现在处于信息收集阶段：我和一个知情人正在通信；今晚，我将给另一个知情人写信；更重要的是，我手头有一份资料，但我没有勇气研究它。

这是一条脆弱而痛苦的线索。你明白了吗，这条线索也就是我的“骑行”。迷雾重重。

请原谅我言辞含糊，但暂时无法透露更多。也许有一天，当我们在一条污染不怎么严重的河边谈笑时，我会告诉你更多细节。

我不会干傻事的，你安心睡觉吧。

作为你的兄弟，我热切地拥抱你。

皮埃尔-马利

2013年4月8日

艾德琳写给皮埃尔-马利

皮埃尔-马利：

巴黎。

事实是：我现在在巴黎。

在给您写这封信的时候，也许您已经打开过那个包裹，也许没有，我不清楚。

就算还没有打开，您的手已经触摸过它，也大致猜到了里面的内容。

如果您在收到包裹的那一天，就将它撕毁，那一切会变得不同。可出乎我的意料，您那时没有打开。于是我开始想：怎么样才能吸引您的注意？我听从您的写作建议，为了激发您的兴趣，开始渐渐与现实偏离。

就从那时起，这个疯狂的游戏超出了我的控制范围。我曾幻想过您是什么样的人，随后，真实的您出现了：多么美好的存在！皮埃尔-马利，我也是，当看到您的名字夹在两封无关紧要的邮件中时，我的心总会小小地跳一下。

像您那样，我也感受着这美妙的迫不及待。有时甚至会忘记事情的根本：早晚有一天，我会辜负您的信任。如果我要从我们的故事里吸取一些教训的话，那就是：我们永远无法掌控任何事情，也永远无法控制他人。我们不是上帝。您不是，我也不是（不管我给自己取什么名字）。

您说我可以帮助您。是的，也许通过某种方式，我确实帮助了您。这是我的心愿，将来也一直都是。

我将保持沉默，羞愧地等待可能会到来的宽恕。

在停笔之前，希望您知道：这封邮件的落款人在写信时，心跳得很厉害。

艾德琳

2013年4月8日

皮埃尔-马利写给艾德琳

艾德琳：

不，我没有打开包裹。

虽然我差点就要这么做了。晚上10点，伊芙和孩子们已经离开。我洗好碗，将餐桌整理干净。然后上楼走进书房，把书桌上所有的杂物（空杯子、CD、废纸）都移开，最后将包裹摆在书桌上。

我花了半个多小时凝视它，但始终没有勇气揭开封口。封口其实已经有点脱胶，我只需要揭开一个角，都不用整个打开，就能瞥见里面的东西。我很确定，就算只是瞟一眼，我也能看到第一个白色信封上的地址，如果必须，还可以认出写信人的笔迹。打开包裹这件事，被我描绘得就像要脱下女人的衣服一样艰难。不同的是，脱下衣服的过程意味着快乐，而打开包裹却……

我很想知道事情的真相，但又担心真相会将我杀死。也许下一次，我应当不假思索、果断地把包裹打开。

现在，我打算采取另一种更为温和的方式。我相信另一个人也知道真相，她也许会以一种更能让人接受的方式告诉我实情。

看到吗，我们还有时间喘口气。

皮埃尔-马利

又及：您说得很对，我们都不是上帝。

2013年4月8日

麦克斯写给皮埃尔-马利

我的老朋友：

周一晚上，乔丝一般都不在家，她会出去和朋友们打桥牌。今天她看到我已经可以照顾自己，就出门打牌去了。所以我才能给你写邮件。不管怎样，前往勒可特尔的任务，你是委托给我的，不是吗？不过，乔丝和我共用一个邮箱（老夫老妻间的需要），她和我是可以互相替代的。

不过，这也要看是什么事情。得承认，我倒是很希望她能替代我，两周后接受另一侧胯骨的手术。

另外，乔丝和我还有一个巨大的差别，她是女人。我的老天，一个真正的女人！所以她不明白男人间的兄弟义气。当乔丝告诉我，她把另一个魔头介绍给你的时候，我的血液都要凝固了。这就是今晚我给你写信的原因。对于这次的邮件你必须保密。等我发送后，就会在邮箱中把这封邮件删除。一旦乔丝发现，亲爱的朋友，我就完蛋了。答应我，在回信中不要做任何暗示！她会和我吵上一个世纪的。

我知道你会信守诺言。如果实在不行的话，你可以在某个周一晚上打我的手机。

在这封绝密的邮件中，我要告诉你两件事。

第一，当莉斯贝思·皮·德斯蒂瓦尔在你附近打转时，你感到很危险，这种预感是准确的。我可以负责任地告诉你，她就是个疯子。乔丝说她“阳光”？也许吧！不过在我看来，这是对她狂热性格的委婉描述。我可怜的老兄，自从她成为寡妇，全勒芒的退休男子都吓得发抖。连我这么不正经的人，在她面前都很注意说话的分寸。现在要阻挡她为时已晚，我真为你感到担忧。当年在挖游泳池的时候，你有没有在花园中顺便挖了一个能抗住原子弹的防空洞？如果有，说明你很有远见。如果没有，我劝你今晚就拿把铲子开始动工。或者，你那参加过瓦尔登战役的祖父有没有留下一支老式步枪？现在是把它从仓库中拿出来的绝佳时机。你明白我的意思吗？无论如何都要找到躲避这个疯子的办法，否则你就会像菲力克斯·福尔[1]那样死去。

我想说的另一件事，和那个勒可特尔女孩有关。

乔丝深信你已经彻底失去理智。我想，这也是她没有告诉你

1. 菲力克斯·福尔（Félix Faure，1841.1—1899.2），曾经是法国总统。1899 年 2 月，他在办公室和情人幽会时，突发中风死亡。

所有事情的理由。就我看来，她的“调查汇报”遗漏了一个细节。我不清楚它是否重要，你自己判断。

她告诉你信箱上的名字，却没有告诉你信箱里放着一封信。那是一个大信封，从信箱里凸了出来。当乔丝发现屋里没人时，她拉出这个信封，想看看上面写了什么。女人的好奇心有时候是有道理的！你知道吗，这封信竟然发自巴黎九区的警察局。

你大可按照自己的心意行事，我只希望你不要给自己惹麻烦。（尤其不要招惹莉斯贝思！）我的老天，乔丝就快回来了，我必须马上删除这封邮件。千万不要忘记：这是我们的秘密！可别说漏嘴了！

希望你鼓起勇气面对这一切。

一旦我——（妈的，我听到车的声音了！）

我热切地拥抱你！

麦克斯

2013年4月13日

皮埃尔-马利写给格洛丽娅

亲爱的、美丽的格洛丽娅！

我在布拉格给你写信（访问当地的法语高中），明天离开。

我不准你在没有爱人陪伴的情况下就来这座城市。如果你现在还没有爱人，那就等你有了之后再来。不然的话，将是对这片美景莫大的浪费。威尼斯也一样。答应我好吗？

收到我的邮件，一定会让你感到很惊讶，因为我不常给你写信。然而，等你读完这封信，也许会更加惊讶。不，请不要跳到信末，直接阅读结尾！你知道作家都很讨厌读者这么做。有一次，我亲眼看到有人在火车上这么做：一个年轻女子正在读我的小说，那本我很钟爱的《巴特的生与死》。读了一会儿之后，她竟然翻到最后一页，先看了故事的结局。我差点没走上前去责备她。

所以，我请求你耐心点，逐字读完这封信，好吗？

复活节那天，所有的家庭成员都去了尼古拉家中聚会，唯独少了你，但我不想责怪你。自此薇拉离开以后，你几乎不再参加任何家庭活动。我理解你。可能你认为，大家都很想念薇拉，她出走的阴影会一直笼罩着我们，就像过去她的存在一直眷顾着我们。大家只能假装很快乐。然而，事实不是这样。我们确实常常想她，可同时也在渐渐遗忘她。生命持续运转。就像葬礼，之后人们总要回归平静生活。

那天，每人带了些食物。所有人都大声欢笑，场面嘈杂、有趣，又温馨。下次你也来吧，你一定会感到很惊喜。

我原本可以打电话向你询问，但最后还是选择写邮件。这样我可以恣意“雕刻”文字，揣摩文字的分量。至于你，也可以有时间消化信的内容，不需要立刻做出反应。也许是更为舒适的方式。我不想催促或逼迫你，更不打算欺骗你。

我想和你谈论的是五年前的事。2008年10月的一天，是个周五，我去里昂接你回家。当时你21岁，已经进舞蹈学院了。我过去接你，是因为那天铁路工人罢工，你还记得吗？薇拉没有空，她在南部某地和其他几位译者一起工作。临近午夜我才去到你的住所，你在楼下等我。再次上路时，我们稍微迷了下路，误打误撞开进一条小道。在附件中有一张照片，也许你能从照片上认出它。

不，拍下这张照片的人不是我。最近，有人把这张照片寄给我，问我是否对它有印象。这看上去有些像敲诈，我也不想陷入无谓的纷争中，所以我回答对方这张照片并未让我想起任何事情。后来，我却和这位询问人继续保持联系。至于她一开始寄给我的手稿，反倒没有必要读了！

但是，格洛丽娅，有两件事：

首先，她寄给我的不是书稿，而是一些信件。我没有打开包裹，粗略估算里面大约有四十几封信。事实上，我想我永远不会打开那个包裹，包裹里的东西让我害怕。

第二，那张照片让我陷入沉思。因为我一眼就认出了那条路，就是我们在2008年10月碰巧路过的里昂街道。我还记得那天晚上发生了一件令人惊讶并难忘的事。

我当时开得很慢。一边开车，一边看着路边的有轨电车、铁路、路灯、停在人行道上的汽车、夜行的骑手，还有远处的行人，看样子似乎刚刚看完演出，或从餐厅出来。我还记得我们在车里愉快地谈笑，和你聊天一直都是一件快乐的事。

就在这时，格洛丽娅，你看到了什么。

因为你突然变得惊慌失措，抓住我的手臂喊叫道：“向左转！

朝那里走！朝那里走！快转！快转！”那是一个毫无理由，不容分说的请求。事实上，你完全指错了方向，让我们彻底迷路了。

事后我才明白，当时你不是要让我左转。你想做的是：不惜任何代价，也不能让我开进照片上的那条路。

在接下来的路上，你就像个心虚的孩子。找不到更确切地词来形容你当时的状态，我的意思是，你变得有些不对劲。我从没看到过你那种状态，在一旁感到很不自在。好像是发生了什么事，让你非常困扰，而我却对发生的事情一无所知。

然而，要让你阵脚大乱可不是一件简单的事。我们第一次在图卢兹见面时，我就很欣赏你的沉稳。那时你只有15岁，对于我“大作家”的身份不为所动。反倒是我对你印象深刻。所以，当某一天薇拉在我耳边（瓦朗斯的一家电影院门前，当时我们在排队买票。你看，我把细节记得清清楚楚，真是愚蠢）低声说“格洛丽娅很喜欢你”时，我感到这比我获得的任何文学奖项都要光荣！简而言之，对我来说，你的话很有分量。你很清楚这一点，对吗？

那天晚上在回家路上，我好几次感觉你有话要说，像是有什么可怕的念头在折磨你。我看到你几乎已经准备开口，最终又什么都没有说。你问我可不可以抽烟，我不知道你已经开始抽烟了。回到家以后，你径直回到自己的房间，我隐约听到哭泣声。我当时应该敲开门，问问你发生了什么。但男性并不习惯做这样的事。如果是自己的女儿，也许我能鼓起勇气。但对你，我想的是：薇拉明天就回来了，她一定更懂得该如何安慰你。没想到第二天早上你的心情已经平复，行为一如往常。当我和薇拉说起这事的时候，她只是告诉我，你应该是太累了。

格洛丽娅，我想，我已经知道你那天在里昂看见了什么。

你看见了我没有看见的东西，因为你的视力显然要比我好。你看见两个人手拉手，或搂着对方的脖子，或正在接吻，或正推开某幢建筑物的大门。也许是酒店大门？你通过衣服、身材或发型认出其中一个就是薇拉。而她身旁的男人却不是我。正常情况下，如果世界的正常运作，那个拉着薇拉的手，搭着她的肩，亲吻她，和她一起推开大楼或酒店大门，爱她，并被她所爱的人应该是我。

（我要稍稍停顿一下。写下上面这段文字实在太痛苦了。）

你下意识地想要保护我，不让我看到那令人震惊的场面。就像在看剧时，一旦出现某些惨厉的画面，比如，一个摩托车手失去了一条腿等类似场景（我最近就看到过这样的画面），家长会捂住孩子的眼睛一样。

也有可能你原本就认识那个男人，并知道他们的秘密。母亲和女儿，薇拉和格洛丽娅，她们几乎密不可分。有多少次，在深夜时分，当其他人已经疲惫不堪，回房睡觉时（以我为首），你和薇拉还在厨房逗留？薇拉和格洛丽娅坐在厨房里窃窃私语，放声大笑，向对方吐露心中的秘密。在半夜3点，当其他人都已安然入睡，薇拉和格洛丽娅在厨房里都聊些什么呢？

有多少次，在花园、客厅或台阶上，我试图加入你们的谈话。可你们总是笑着赶我走，嘴里说道："先生，请让一让！我们并没有叫你！可以让我们安安静静说会儿话吗？"我从来没有对此感到不高兴，反而觉得你们的女生情谊颇为可爱。

我很喜欢秘密花园。不论是我自己，还是他人的隐秘花园。你们的花园只属于你们自己，这很好。只是，突然发生了一些状况：薇拉违反游戏规则，这使得你无法忍受。因为……“你很喜欢我”，并且对背叛深恶痛绝。

薇拉也很喜欢我，甚至比喜欢要更为深刻。但她对人生的胃口太大了。我还记得和她在布里夫第一次相遇的场景，记得她追求幸福的决心和方式，就像一股旋风，带着扫平一切的气势。孩子们？她可以带过来。丈夫？她会想办法解决的，再说，他们之间的感情已经结束。在她眼中，“感情结束”意味着两人不再像第一天那样相爱。在薇拉看来，只要爱得不够炽热，就是不爱。

我在想，如果她可以在我们“布里夫邂逅”后的三周内处理完一切事情，为什么不能在我们共同生活八年之后，和另一个人重新开始。这个想法很有逻辑，不是吗？在那段时间里，火焰也许已经悄悄燃烧，她一直等待着。

在她出走后的那段时间里，我感觉到你对我隐瞒了什么，隐瞒了一些无法言说的内容。我们所有人都在努力寻找她的踪迹。只有你不是，就好像你早已知道真相，你需要了解的，只是事态的进展而已。你甚至都不屑伪装自己：我们很慌乱，你却很愤怒。你整天怒气冲冲，我甚至可以从你紧绷的下颚和眼神中感受到这份怒火。

有好几次，我想推心置腹地和你谈一谈。可却始终不敢迈出那一步，因为在内心深处，我害怕知道事情的真相。

现在，我也许有机会提前知道秘密：只要打开那个可怕的包裹。但我希望不这么做。因为我不想再次揭开伤疤，折磨自己。我想把这该死的包裹烧毁。

我也无法直白地质问那个与我通信的人。因为担心这样做会摧毁我与她之间建立的某种联系，下一次，我再向你好好解释。

总之，格洛丽娅，我希望能从你这里了解事情的真相。因为源于你的真相，会好接受一些。

你的母亲在哪里？薇拉在哪里？

请告诉我，求你了。

皮埃尔-马利

又及：我收到了你从安达卢西亚寄来的圣诞贺卡。谢谢。这张明信片很美，我把它钉在书桌前的墙面上。

2013年4月15日

皮埃尔-马利写给麦克斯和乔丝

亲爱的麦克斯，亲爱的乔丝：

我知道写给你们当中任何一个人的邮件，迟早会被另一个人看见。所以我决定直接写一封给你们两个人。

我刚从布拉格回来，很美的城市！别担心，我不会滔滔不绝地向你们描述犹太公墓、哈拉卡尼城堡、查尔斯大桥或卡夫卡故居，因为我知道，今天你们唯一关注的事情是上周二我与莉斯贝思·皮·德斯蒂瓦尔会面的情况。

我不知道该以何种立场向你们描述，因为你们对此事的关注点略有不同。我会试着让你们都读到满意的内容，你们只要读与自己相关的部分即可。

致乔丝：周二上午，我给莉斯贝思打了个电话，提议她下午到我家坐一会儿。可莉斯贝思却成功说服我请她到家里来午餐，并表示她会做好一切准备。

致麦克斯：那个疯子在12点50分准时来到我家，那时，尼古拉·斯图福尔[1]正向观众抛出一个关键问题。我打开门，看到她提着一个篮子，里面放着可供七人吃一个礼拜的食物，还有三瓶普罗旺斯粉红酒！

致乔丝：虽然天气冷飕飕的，但她穿着春季的衣着。你说得对，她的确是一个漂亮的女人。

致麦克斯：短裙被她绷得紧紧的，坐下后，她开始不停地把裙子往膝盖拉。令人想问：为什么当初不穿一条长一些的裙子呢？对了，忘记和你说，其实她长得很标致。

致乔丝：我们在厨房里吃午餐。她聊了许多在克尔斯特的童年往事，还说起在蒙特利玛中学里度过的少年时光、与丈夫的相遇、三次流产和丈夫的葬礼。你的朋友语速惊人，滔滔不绝。她对我独居的状态表示很同情。

致麦克斯：我们在厨房里，一边吃着她做的橄榄蛋糕，一边喝着第一瓶粉红酒。她对我的独居生活很感兴趣。我明确告诉她，自己过得很不错，可她完全不相信，总是不停地问我："您的家中连一只动物也没有吗？""有，我有一只猫。"她环顾四周，想寻找猫的踪迹。你也猜到了，这只可怜的小动物早就躲到了角落里。

1. 尼古拉·斯图福尔（Nicolas Stouffet），法国演员、电视节目主持人。

致乔丝：下午4点左右，我们在客厅里开始工作。两人都有些微醺。她的改编剧本让我感到很惊讶。因为她试图给书中所有的对话“注入新的活力”，成果让人很吃惊。

致麦克斯：我们在临近黄昏的时候开始工作，两人都喝得很醉。你能想象她穿着短裙，坐在我的单人扶手椅上的模样吗？她的改编剧本糟糕透了。我以为自己已经看过所有类型的改编剧本，可像那样的作品，我还是头一次读到！

致乔丝：工作到一半的时候，她手里的剧本掉到地上。我上前帮她捡起地上的纸页。乔丝，我很想把后来发生的事告诉你，但你知道，我对于“这方面”一直比较害羞。你还记的1968年性革命前的那些电影吗？每当电影中有情侣开始亲吻，画面就会切换到金鱼缸或一株绿色植物上。我想，这些话也许能让你明白我的意思。

致麦克斯：我不清楚她是如何做到的，非常有成效。她手中的纸张散落一地，我上前捡起。等再次抬头，我发现自己的脖子夹在她的膝盖里。老兄，至于之后发生的事情，你可以尽情发挥想象。一个小时以后，我在《野兽回归》上为她签名题字。我想告诉你的是，此前发生的插曲完美地诠释了这个书名。

我热切地拥抱你们。

皮埃尔-马利

2013年4月16日19点08分

乔丝写给皮埃尔-马利

皮埃尔-马利：

你是不是觉得这样自由切换立场很有趣？我想诚实地告诉你：在你们“工作会面”的第二天，莉斯贝思就给我打了电话。所以，当我读到你的邮件时，差点想掐死自己。

是的，我同意。我的朋友没有你的才华和想象力。我只知道，她为了改编《野兽回归》花费了很多心血，结果如何，我没法妄加评判。至于其他问题，我更愿意选择相信她。

像你这样层次、年龄、学养的人，仍然根据裙子的长度来评判一个女性，真令人大跌眼镜。这些观点和你提到的那些爱情电影场景一样，依然停留在60年代！当时人们认为：太长的裙子等于保守无趣；太短的裙子等于暗藏危机。

是的，是她主动施展魅力，让人招架不住！是的，你是被迫滚进她的裙子里的！

在写下“致麦克斯”那一部分时，你表现得极其虚伪。我可怜的朋友，说得好像你后背抵着一把枪！

难道承认莉斯贝思魅力难挡是一件很困难的事吗？

为什么你就不能承认对她确实有欲望？为什么你就不能简单明了地写封邮件感谢我为你介绍了一个真正的女人[1]？

是的，我刚刚用大写字母写下这几个字！

---

1. 原文中“真正的女人”（VRAIE FEMME）用大写字母标出。

是的，我气得就像一个钟摆[1]一样来回晃动！

是的，我会继续做那个说话难听、令人生厌的女人[2]，就像以前一样！

顺便说一句，我之所以没有回复你那封关于概率和大写字母的疯癫邮件，是因为我完全没有读懂里面的内容。

我原本希望莉斯贝思的到访可以让你回到现实，希望她真实的存在可以让你忘记过往，向前看。可你来信中充满嘲讽的语调告诉我，我想错了。你更喜欢蜷缩在假设、猜想和秘密里，而不是同一个可爱的女人躺在床上，我真为你感到可惜。

我想告诉你的是，莉斯贝思没有半点虚情假意。她认为和你度过了一段美妙的时光。她告诉我你们聊了很多，笑了很久。她觉得你温柔、敏感。甚至说你在她的怀抱里哭泣，在她临走前，还到花园里摘了一些鲜花送给她。你难道不知道，对于女人来说，男人在她面前哭泣，并在做爱后送她鲜花，这就象征着一段恋爱关系的开启。难道我要向你传授恋爱法则？你是不是已经将最基本的规则都忘记了？

皮埃尔-马利，我希望你在对待我的朋友时，不要表现得像一个下流的家伙。对于你在见面后就前往布拉格，她已经很失望了。但她仍然期待再次和你见面，她在等着你！

如果你没有对她怀着相同的感情，请你赶快找个合理的说法，写邮件告诉她自己的真实感受。

最后一件事：麦克斯和我因为这件事“结结实实”地吵了

1. 原文中“钟摆”（PENDULE）用大写字母标出。

2. 原文中“令人生厌的女人”（l’EMMERDEUSE）用大写字母标出。

一架。感谢你的推波助澜。

我仍旧热切地拥抱你。

乔丝

2013年4月16日20点53分

麦克斯写给皮埃尔-马利

我愚蠢的猪哥：

我记得有一天晚上，我们去你家做客。你读了些文学评论家写的烂文章，一边读，一边嘲笑。在所有空洞乏味的语句中，最让你震惊的是类似这种的话：“这本书会在你的心中留下痕迹。”我的老朋友，你的邮件也在我们家中“留下痕迹”！甚至可以说，你在勒芒制造了一场风暴！多么奇特的才华和文笔！然而，正如那些评论家所言：“各方的观点分歧很大。”一方是乔丝的怒火，另一方则是麦克斯的开怀大笑。这不就是经典作品吗？

我的老天！自从胯骨出问题以来，我已经很久没有这样大笑了。只要一想到你趴在地上，鼻子夹在那个疯狂的莉斯贝思两腿中间，我所有的疼痛立刻消散！我笑得越大声，乔丝低声咒骂的频率就越高。每次我拍着大腿发出爆笑，乔丝就对我怒目而视。没过多久，她就和我大吵了一架！我们就像回到四十年前女性解放运动时代：你这番关于裙子的论调把乔丝弄得歇斯底里。

就这样，乔丝把气都撒在了我身上，好像和她朋友上床的人是我一样。从早到晚数落男人的缺点：怯懦、无赖、大男子主义、挑剔、无趣、幼稚，我就不向你一一重复了。别担心！我很了解她，等她冷静下来，我们就会和解。亲爱的朋友，如果我因此和乔丝“床头吵架床尾和”的话，那你可算帮了我大忙！我可不是随口瞎编，这种情况很有可能发生！

说了这么多，但我没有忘记你正身处困境。从你的布拉格之行就可以看出，你对莉斯贝思没有好感。可从乔丝和你的玛塔·哈里[1]几次通话来看，她已经疯狂地迷恋上你，甚至认为可以替代薇拉在你心目中的位置。

如果我的健康允许，一定会建议你和我逃亡到某个热带地区避避风头。可我还要被困在家里一段时间，哪儿也去不了。你打算怎么办？

好了，就写到这里。我听到乔丝正向这边走来！我要立刻删了这封邮件！真有趣，我感觉自己有个叫皮埃尔-马利·索图的秘密情人！

加油，快躲藏起来！

麦克斯

1. 玛塔·哈里（Mata Hari），电影《玛塔·哈里》中的主要人物。在剧中她是一战时期的著名女间谍，被称为“谍报女王”，擅于跳艳舞。

2013年4月17日

艾德琳写给皮埃尔-马利

皮埃尔-马利：

鼓起勇气给您写信，虽然我放在键盘上的双手微微颤抖。

自从收到您上一封邮件，我感觉时间就像停滞了一般。我变得迟钝、僵硬、呼吸缓慢。就像孩子们玩的游戏：1，2，3……木头人！只要我在你的眼皮下动一动，我就输了，会被淘汰出局！

事实上，我仍旧热切地希望和您通信，继续保持联系。我整个身体都在抗拒你我关系终结的事实。在您最后那封信的字里行间，我可以感受到您也不希望一切就此结束。最后，您打开那个包裹了吗？您和那个人交谈过了吗？那个“会以一种更温和的方式向您道出实情”的人。

自从我们停止通信以来，您知道我都梦见过什么吗？我梦见一切重新开始。在我的“新剧本”中，没有寄去的包裹、没有照片、没有信件、没有任何东西。只有一个女人写信告诉您，她很爱读您的小说。您给她写了回信，随后，便自然地开始互写邮件。那是一种真诚的交流，一种除去神秘重负、隐言和秘密的交流。在我的梦境中，我们展现的都是最真实的自我。在文学中，虚构的桥段数不胜数。这些桥段不会影响现实生活、混淆视听，不会捉弄我们。

后来，我从梦中醒来。

现在，我在巴黎，独自居住在一间狭窄的公寓里。公寓位于巴黎九区一幢高档楼房的第七层。事实上，我已经不想再住下去了。我打开电脑，查看邮件，一阵巨大的空虚感袭来，因为邮箱中没有您的来信。

我慢慢走进厨房，泡了杯咖啡，随后望向窗外。春天，天气很好。然而我却很怀念那些潮湿、阴冷的日子。在那段日子里，雨水总是打在勒可特尔花园里的黄水仙上。如今回忆起来，那段时光温柔甜蜜，因为有您的“陪伴”。

皮埃尔-马利，您现在在哪里?

您过得好吗?

还有您的猫、女儿和迷路的小鸡，他们都好吗？您失眠的情况是否得到缓解?

我的手依旧在键盘上颤抖。我感觉带着您一同坠入陷阱，请您原谅我。

在我的心底积压了许多话，却无法向您启齿。

我情愿您辱骂我，这会让我的心里好受些。

被吓坏了的骗子，

艾德琳

2013年4月17日

莉斯贝思写给皮埃尔-马利

我的老虎：

听乔丝说你已经回国了，但你没有告诉我，这让人有些不高兴（事实上，是非常不高兴）。我以为我们之间是有默契的，你一回来就会告诉我。我一直等着你的消息，到底发生了什么？白天我给你打过几个电话，都直接转入语音信箱，就像一直没有开机。所以我只好跑到克尔斯特的工会给你写邮件，这一带要找个可以连接无线网络的地方可不是那么容易。

你手机电池有问题？还是身体不舒服？我希望这一切都只是猜测，但我更希望今晚你能给我打个电话。我父亲的身体好多了，我越来越觉得自己的存在对他来说，是一种负担而不是安慰，即使我不在屋中发出任何响动。毕竟他已经习惯了独居生活。我打算明天离开，在回勒芒前，我想再到你家去坐坐。除非你提出别的建议，否则我一定会去的。和上周一样，我在临近中午的时候过来，怎么样？我将带来野餐的食物（嘿嘿，是的，希望我们可以野餐！）。如果你不希望我马上离开，那你要我待几天，我就待几天。好了，该说的我都说了。希望你的沉默不是什么不详的讯号。上周二，我们度过了一段如此美好的时光，让我终身难忘。

迫不及待地想听到你的声音。

迫不及待地想看到你。

迫不及待地想拥抱你。

你的小老虎，

莉斯贝思

2013年4月17日

奥利维尔写给皮埃尔-马利

我的好兄弟皮埃尔-马利：

有时，机会来得很突然：我明天要到瓦朗斯和东南地区的编辑代表们开会。本来应该是多姆去。但可怜的多姆昨天早上骑自行车时，结结实实地摔了一跤。好在没什么大事，不过还是磕掉了两颗牙，右脸颊摔出一大块乌青。悄悄告诉你，现在同事们在走廊看到他，都管他叫拳王泰森。

总之，我将代替他出差。今晚就坐火车过去。会议持续一整天，傍晚6点结束，之后我就可以自由支配时间了。到时候，我们可以一起喝杯开胃酒，再共进“情人”晚餐，你觉得怎么样？如果你知道哪里可以开怀畅饮，我一定奉陪。

如果你说好，我会很高兴的。

希望明天能够与你相见！

奥利维尔

又及：我给你打过电话，可总听见令人失望的语音信箱提示音。

2013年4月17日

皮埃尔-马利写给奥利维尔

奥利维尔：

你肯定想不到，你简直挽救了我的生命！是的，我百分之百同意你关于明天的安排！但请你在11点前一定再给我写一封邮件。在这封新的邮件中，你因为工作上的事，必须要和我一起午餐。随你怎么组织语句，但请用职业口吻，并强调我必须赴约。求你帮我这个忙，过后我会解释。为了表示感谢，明晚6点我开车送你到瓦朗斯任何你想去的地方，然后带你去一家顶级餐厅用餐。

哦，我的老天，非常感谢[1]！

皮埃尔-马利

又及：信里请对我以“您”相称！

1. 原文中“非常感谢”（MERCI）用大写字母标出。

2013年4月17日

皮埃尔-马利写给艾德琳

艾德琳：

我在这里。一直都在这里。

您的邮件让我心神不宁，甚至感到有些晕眩。

我也一样，这沉默的一周似乎也永远不会结束，这期间发生了很多事。我与另一个“萨尔特人”见面了（您有您的银行家，我有我的哈耳庇厄[1]。也许有一天，我会告诉您这次见面的情况。看，又多了一个有趣的话题）。随后，我去了布拉格，在那里待了四天。然而这一切，不论是伏尔塔瓦河里静静的河水还是与萨尔特人的相遇，都没能让我将您遗忘。也许有那么一两个小时，我确实把您从脑海中抛出。但没过多久，我又会自动地、机械地、无法抗拒地想起您，就像水流总是顺势而下（哎，我作比喻的水平没有任何长进！还用了那么多奇怪的副词。醒醒吧，索图！）。

所以，当我在邮箱中看到您的名字时，心跳骤然加剧。感谢您为我们的“重逢”迈出第一步。就我而言，时间越久，我反而会变得越怯懦。您看，这又是一个“生活美好”的理由：重新找回我们以为自己已经失去了的东西。

您在4月8日的邮件中写过“不管我给自己取什么名字”。这句话令我很不安心。我认识的是一个叫艾德琳·派尔蒙拉的人，我牵挂的也是她。而不是您，一个我不知道真实身份，一个打搅了我和艾德琳，并让我感到害怕的人。

---

1. 哈耳庇厄：希腊神话中的鹰身女妖。——编者注

此刻，我写信的对象，仍旧是我认识的艾德琳。

也许连结我们的绳索还没有完全断裂。它纤细但没有断裂，只要我们小心翼翼，用最轻柔的力量，它就不会断裂。

不，我还没有打开那个包裹。那位知情人也还没有回信。所以我们的关系并未终结。

我女儿的近况？您说的是伊芙吧。她就像战场里的一只猎豹，骁勇善战。旁边还站着两个迷你士兵，总是不停地问她：“为什么爸爸老是生气？”

我家的猫？它没有任何情感。就算是在我的尸体旁，它也会安然无恙地吃猫食。然而出于习惯，我还是照顾着它。这是薇拉的猫，我和您说过吗？

我失眠的情况？通过收听广播节目得到了缓解。那些素不相识的人打破宁静，轻柔地在我耳边低语。

既然金融家、合唱团、烈酒并不真实存在，那就和我说说巴黎吧，说说您都在那里做些什么。也许会发生奇迹，我仍旧相信您说的话，谁知道呢？

皮埃尔-马利

2013年4月17日

奥利维尔·瓦尔德维特写给皮埃尔-马利·索图

亲爱的皮埃尔-马利·索图：

在和推广部商讨之后，我们决定于4月18日在瓦朗斯与您会面洽谈。会议很重要，请务必出席。梦想出版社所有的工作人员、书商和法国东南区的出版代表，都将参加此次年度研讨会。活动将于上午10点在会议中心举行（具体地址见附件）。代表陈述结束后，12点30分开始午餐。关于您作品的圆桌讨论将于14点30分开始。我很荣幸，将主持这场讨论。讨论结束后，将在莫蒂芙书店为您举办一场签售会。

我很高兴能与您在瓦朗斯相见。请您——亲爱的作者，接受我最诚挚的问候。

奥利维尔·瓦尔德维特

出版部负责人/梦想出版社

又及：我已经尽力了，希望我的邮件能让你满意，你这个故弄玄虚的人！到时你可要向我解释清楚，好吗？下午6点，我会在这个会议中心的出口等你（具体地址见附件）。今晚见！

2013年4月18日

皮埃尔-马利写给莉斯贝思

莉斯贝思：

最近很多倒霉事！

听我慢慢解释。我从布拉格回来就想给你打电话。可天气那么好，我又突发奇想，打算让我的泳池重新开始工作。那天弯腰旋开泳池边上的螺丝时，放在衬衫口袋里的手机不小心掉进水里，手机当场“壮烈牺牲”！

当我正要前往迪约勒菲去买新手机时，几乎同时收到你和编辑的邮件（参见附件）。他是个很不错的人，但行事古板，总是和作者保持一定距离，最讨厌懒散和懈怠的人。总之，我别无选择，只得暗自祷告，然后乖乖前往瓦朗斯参加会议。

非常可惜，不能和你一起野餐了，也无法享受其他乐事。下次有机会再见面吧。

得知你父亲逐渐康复，我感到很高兴。一定是因为你在身边，他才能迅速恢复健康。他希望你赶紧离开？很显然，这句话并非有意针对您。要知道，老年人大多习惯了自己平静的生活，任何细微的改变都会让他们感到不适。

祝你平安回到勒芒。751公里，可不是闹着玩的！

皮埃尔-马利

2013年4月18日

皮埃尔-马利写给奥利维尔

亲爱的奥利维尔：

你的邮件写得太棒了！可信并且具有说服力。我差点要按照邮件的指示去参加会议了！再次感谢你。

该死，我差点将附言部分也一同寄出！鼠标已经放在“发送键”上，把我惊出一身冷汗。

今晚见。你不知道，我要大吃一顿，好好喝几杯。我会把事情原原本本地告诉你。我好像已经听到你的笑声。

皮埃尔-马利

2013年4月19日

皮埃尔-马利写给乔丝

乔丝：

我写下“乔丝”，然而真正读到这封邮件的人也许是麦克斯。我完全搞不懂你们的邮箱是如何运作的。我感觉你们会坐在床上，肩并肩一起读邮件。现在，我已经无法悄悄和你们中的一个人说几句话，因为一定会被另一个人看到。我不喜欢这样。注意，乔丝，有时麦克斯会给我寄些秘密邮件，随后马上删除。这就是你想看到的吗？如果你们继续使用同一个邮箱，此类事情就会经常发生。我从没见过两只狗在同一个碗里吃饭。即使有，结果一定也很不幸。

不管怎样，现在我想和乔丝说些话。

你认为，生活中施暴者和受害者的角色是固定不变的吗？难道有些人天生就有权利暴跳如雷，而有些人却只能低头不语？

我的老天，我简直不敢相信自己的眼睛！你就像一个道德卫士，告诉我什么该做，什么不该做。写一封邮件向莉斯贝思解释！更确切地说，是一封道歉信。我因为什么事需要向她道歉？因为我“几乎被强奸”的事实向她道歉吗？你知道吗，这是事实！她先把我灌醉，随后让我落入圈套（纸张散落在地上），接着扑向我，对我进行各种性暗示，我自然无法招架。最后，我们是在客厅的地毯上“完事”的。在那个时候，任何人都有可能路过我家：快递员或邻居。等快乐的感觉一消散（是的，我并不否认过程很快乐），我就为自己的愚蠢行为感到愤怒。另外，我认为一个有教养的男人不能在“完事”后，说一句“再见，谢谢”就消失不见。这就使得原本简单的事情变得复杂起来！也许我需要准备一些礼物，用温柔的语言，许下“下次再见”的承诺。你知道吗，她叫我“老虎”，自称为“你的小老虎”，读到这样的称谓，出于求生意志的机械反应，我差点订下一张飞往坦桑尼亚的单程机票。你知道爱情和谋杀的区别吗？事实上，两者并无本质区别。在爱情和谋杀中，人们常常会问自己同一个问题：“该如何处置身边这具躯体？”我知道，这样说显得很邪恶，但在当时的处境下，确实就是这么回事！

我在她的怀中哭泣？我？我没有在做梦吧。这已经不是单纯的谎言，而已经上升到精神病理学层面了。

她的改编剧本？你说她为了创作剧本，花费了很多心力？这让我害怕，如果她没有认真修改剧本的话，结局又会怎样。当她试图为我的小说“注入活力”时（这是她的顽念），会这样修改句子。原文：您睡着了吗，第奈先生？改编后：老爷子，看看您呼呼大睡的样子。全篇都充斥着这样的语句，我看得目瞪口呆。

好了，乔丝，我想说的就这么多。马上我就会给莉斯贝思写信。我不算粗野之人，会用恰当的语言告诉她我的真实感受。如果她能读出语句背后的含义，就一定能明白我的意愿。很简单，就是希望她别再纠缠我！

如果你有机会和她聊起此事，请你站在我的立场上，顺着我的意思开导她几句。

好了，乔丝，麦克斯，我迫不及待地想将所有这些事放到一边。希望我们可以重拾友谊，回到艾德琳·派尔蒙拉和莉斯贝思出现前的状态。

我热切地拥抱你们。

皮埃尔-马利

2013年4月20日

莉斯贝思写给皮埃尔-马利

够了，皮埃尔-马利，我已经明白你的意思了。你不需要再写信欺骗我。乔丝把你写给她的邮件发给我看了，涉及我的那部分。真正的朋友就这样：毫不遮掩，坦诚相待。是的，我不会再来纠缠你！我自己会走！你也不用再给我写信。我心太好，又太愚蠢，咎由自取。现在，我终于明白作家和普通人一样，并没有比他们好多少。

我想叫你去吃……可是我这个人太有教养。

莉斯贝思

又及：你知道那封放在附件里，所谓“编辑的正式来信”让我想到什么吗？这封信让我想到自己教的初中生，为没有完成作业向我道歉时说的话。当然，我认为他们的话更有人情味。

又又及：希望你足够好运，能够修复你和乔丝的友谊。

2013年4月21日

莉斯贝思 · 皮 · 德斯蒂瓦尔写给皮埃尔-马利 · 索图

我收回昨天的话：我不会放过你。现在，我有两三件事想和你说清楚。

第一，那天我们在你家地毯上翻滚时，你在我的左耳边说了很多污秽的话。我决定根据首字母排序，把这些词句都收集到我电脑的某个文件夹。给这个文件夹取名为：《皮埃尔-马利·索图的口头表达是否和书面表达一样出色？》副标题为：《龚古尔奖的私密空间》。收录在文件夹中的第一句话是："快脱光衣服来咬我。"收录的第二句话也充满韵律："快，快，快来。"我们可以注意到，这些语句风格贫乏。整个文件夹供你一人使用。

第二，你要求我脱下的那条白色内裤（参见以R开头的"词库"："快帮我扯掉这玩意儿，我快不行了。"），也许可以在"60年代复古网"上卖个好价钱。就算你写不出畅销书，也可以通过兜售这条内裤赚钱，这些钱可以用来维护你的泳池。

第三，最近，我又细读了一遍《野兽回归》。在了解你的真实为人后，我认为这是一本鄙视女性的作品，由一个心胸狭隘，惧怕女性的男人写成。这真令人遗憾。我在作者身上看不到任何野性的冲动和不羁的气质。这样看来，书名只不过是一句苍白软弱的承诺。

第四，我没有强迫任何人。在纸张散落以前[1]，你已经"进入战斗状态"。我也不是没有经验，我知道裤子突起是什么意思。

今天就写到这里。

你"忠诚的"莉斯贝思

1. 原文中"以前"（AVANT）用大写字母标出。

2013年4月22日

麦克斯写给皮埃尔-马利

我可怜的老朋友：

你的生活向来丰富多彩，也就无法理解老夫老妻到底意味着什么。在这里，我想说的是那种二十岁就结婚，然后共度了四十年光阴的夫妻，就像我和乔丝一样。你无法理解和同一个人度过青年、中年，再一起进入初老时期。不知道像我们这样的夫妻，最后会自然地合二为一，不但共享一张床，还共享一个邮箱。

两只狗在同一个碗里吃饭，感谢你精彩的比喻。然而，现实情况比这更糟糕！平时我们就好像共用一个大脑！好像不再有独立的生活！真奇怪，直到现在我才突然意识到这一点。

坦白讲，每周，我都迫不及待地等待周一的到来。因为那天晚上，乔丝会出门打桥牌，我可以安安心心地给你写信，不用担心她突然出现在背后，阅读我的邮件。

你说得完全正确，现实确实如此！只要我一打开电脑，她就会跑过来问我："你在干什么？你给谁写信？"我可怜的老朋友，从70年代以来，我就再也没有隐私可言，一想到这个我就很难过。我们到底怎么了？自从我胯骨受伤，感觉所有的事情都发生了变化。

今天早上醒来，我眼中含着泪水，愚蠢的脑瓜里反复转着同一句话。你想知道是哪句话吗？这句话是：我走不动了，我无法继续行走，我要停下来。

你一定会问我：停下什么？

此时此刻，我也不是很清楚。我只知道，我和乔丝之间存在着沉重的东西，压得我喘不过气，让人身心疲惫。

皮埃尔-马利，莉斯贝思的事情揭示了一个丑陋的现实。自从你用双重口吻给我和乔丝写信以后，她和我之间就出现了一条裂缝。直到现在，这条裂缝还没有修复。乔丝已经不再对我（或者你）怀着怒火。最近她开始和莉斯贝思，每天聊几个小时的电话，我预感两人正在密谋什么。每当这时，我只能坐在轮椅上，看着她窃窃私语的样子，却迈不开步伐。我现在没有完全恢复，还不能跳上自行车或跳进车里逃离此地。我就像一个囚犯，被困在牢笼里。只能等待周一晚上，可以自由呼吸一会儿。

事实上，不知道为什么，我很羡慕你。羡慕你的自由，羡慕你有勇气离开几位妻子，还羡慕自从薇拉出走以后发生在你身上的事情。我知道，这种想法很愚蠢。

人们怎么会羡慕他人不幸的经历呢？可我真的羡慕你那些心碎的感受。我甚至羡慕你和那么歇斯底里的女人上床！

我羡慕所有事情，除了现在这种麻木不仁的状态。

二十年前，我就该离开乔丝了。但你很了解我，我只会夸夸其谈，敢说不敢做，虚张声势而已。事实上，我曾经爱过另一个女人。她年轻美貌，我们相识于一次周末的培训课。她也是体育老师，只不过是在科尔马附近的一所中学教书，所以我们平时见面并不方便。那时，我会借着遛狗出门散步，随后偷偷溜进公用电话亭，给她打电话。有时，我也会给她写信。而她，时常把回信装在银行用的信封中。乔丝根本没想过打开这些信封。你知道吗，我和她私底下只见过四五次，可每当想起这些往事，我的朋友，我兴奋得几乎要勃起。

所有这一切，现在想来都如此遥远！早已丢失、消逝、终结。

这就是残酷的事实：我生活得很痛苦。这不完全是乔丝的错，也不完全是我的错。事实就是这样。直到现在，我都不敢向自己承认这一点。因为我一旦承认，一切都会改变，失去意义。但我还是想告诉你：我意识到自己被无趣的生活折磨着。

我不清楚自己会怎么做。也许我会先做另一次胯部手术（手术延期至5月16日）。至于之后的事情，谁又知道呢？如果我没有在手术台上死去，可能我会鼓起勇气，重新开始生活。

从乔丝这两天的状态来看，我猜，如果我不在她身边，她大概会感到如释重负，你觉得呢？你认为我应该离开她重新开始生活吗？

皮埃尔-马利，请原谅我这封信中哀怨的语气。我允许你尽情地嘲笑我！现在，我就像一个遇难的海员……内心充满恐惧。不论你之前对乔丝说过什么，我都感谢你给我制造了这么多麻烦。

我想在你背后打一记响指。你知道，我打的响指足以唤醒死去的人！

你双腿残缺的朋友，麦克斯

又及：毫无疑问，我会删除这份邮件。除非是我忘了……这将是一个“美丽的错误”，不是吗？

2013年4月22日

麦克斯写给皮埃尔-马利

同一个晚上，10分钟以后。

好了，皮埃尔-马利，我刚刚办完第一个“叛逃”手续：我创建了属于“自己”[1]邮箱。我的老天，这个邮箱就像一口新鲜空气，让我感到很畅快！当然，第一封邮件一定是写给你。

从现在开始，我的私人邮箱是：***max.tout.seul@netline.fr***[2]。你可以给我写黄色笑话，甚至各种大男子主义的想法。再也不用担心和我住在一起的女人会对你怒目而视。希望你能明白我的用意！

2013年4月23日

皮埃尔-马利写给麦克斯

亲爱的“独自一人的麦克斯”：

我是第一个收到你新邮箱邮件的人。这是何等的荣幸！你的邮箱密码是什么？“卡迪兹号”邮轮[3]？别列津纳河战役？还是

---

1. 原文中“自己”（MA）用大写字母标出。

1. 在法语中，max tout seul 意为：“独自一人的麦克斯”。

2. 卡迪兹号邮轮（Amoco Cadiz），1978 年 3 月 16 日，由于操纵装置失灵，在距布列塔尼半岛 3 英里处的暗礁上搁浅。当时该船正由阿拉伯海湾开往法国，载有 1619048 桶原油，均泄漏入海，形成了长 80 英里、宽 18 英里的浮油带。

滑铁卢战役?

对不起，我总忍不住和你开玩笑。事实上，你上一封邮件让我非常担忧。我的上帝，我都做了些什么，天哪，我都做了些什么！幸好你并未怪罪我，不然的话，我一定会把头埋进煤气灶里。

那封以双重口吻写的邮件，只是为了博你们一笑！是的，那只是一个玩笑！我的本意是想让你们乐一乐，并没有引发家庭风暴的企图。如果你有时间重读年少时的读物，比如米兰·昆德拉的《玩笑》，或娜塔丽·萨洛特的《是，或非》，就会发现：有时，几个字或一个声调就有可能让命运发生翻天覆地的变化。这个话题就不深聊了。

你问了我两个问题："你认为我应该离开她重新开始生活吗?"（这个问题差点让我泪流满面，我感觉一个小男孩才会提出类似问题。）还有"如果我不在她身边，她或许会感到如释重负？"

我不想隐瞒自己的真实观点。

从小学五年级到现在，我们已经认识四十八年了。我们的友情从未改变。这份情谊如此自然，不需要再多说什么。在我的记忆里，我们还没有问过对方这样的问题："告诉我，我该怎么办？"没想到在半个世纪以后，你却向我抛出这样的问题。这让我非常感动。也让我深切感受到你的焦虑。所以，我不会隐瞒自己的真实观点。

如果你不在乔丝身边，她会感到如释重负？不，我不这么认为。

你是不是应该离开她重新开始生活？不，我不这么认为。

我认为你们是天生的一对，你找不到比乔丝更适合的伴侣。我认为你们还能再共同生活二十年或三十年。最后去世的时间相隔不会超过三周（因为留在世界上的那个人无法忍受失去伴侣的痛苦）。你们的墓碑前会摆上各类物品（如果我还在人世的话，也会去放一些）：碑牌、纪念章、用大理石雕刻的书籍（扉页上写着：麦克斯和乔丝）。这就是我的真实想法，或者说是我看到的现实。虽然理据并不充分，但事实确实如此。

二十年前，当你遇见那个女人时，我也会对你说同样的话（在你征询我意见的前提下）。这不是一个关乎年龄的问题。

不过你们或许可以改变一下现在的生活状态。给彼此留足空间，再买一只碗嘛！你们可以亲密无间，但不要黏成一团！等你的胯部痊愈后，我建议你跳进一辆火车（我是说，慢慢登上一班列车），独自一人来看望我。这样，你可以暂时躲避家中的风暴。现在我的房子里有六个空闲房间，你可以随意选一间住。乔丝一定会对你的行为大为光火，尤其是她还在和我们怄气的时候。但管不了那么多，你的独立生活更重要！

麦克斯，你的问题不在乔丝。你自己也说得很清楚：你的问题在于无聊的生活状态。别把事情混淆在一起。我的建议是：在你的身体还未痊愈以前，不要妄下决定。在消炎药的作用下，人们往往无法正常思考。

另外，我出于负责的态度回答了你的问题。然而，就像大家说的：你才是自己生命的主人，要按照自己的意愿行事。

我还想告诉你的是：不管发生什么，我会永远站在你这边。

好了，5月16日那天，我会记挂着你的。

我热切地拥抱你。

皮埃尔-马利

又及：我担心，要想乔丝原谅我恐怕还要很长时间。所以现在，我想让她先冷静冷静。

又又及：忘记我之前和你说的瓦尔登战役和《路边女人》这首歌。实话告诉你：我的祖父从没参加过瓦尔登战役。他确实打过仗，但没参加过这场战役。事实上，这段轶事发生在我朋友的祖父身上，当他和我说起这段往事时，我觉得很有趣，便“原封不动”地将他祖父的故事照搬在自己祖父身上。有时想想，简直感到有些后怕。

2013年4月23日

麦克斯写给皮埃尔-马利

我亲爱的老朋友：

你知道吗，提前将自己的朋友埋葬是一件很缺德的事。一想到我和乔丝共享的那块阴冷墓碑，就让我感到异常沮丧……你的幽默让我心情低落，你的坦诚又让我无法承受。我本想告诉你，我并不仅仅属于一个女人，我仍然充满激情！不过你说得对，我不应该过于鲁莽。我怎么可能靠一条腿和一个装满消炎药的胃重新征服世界？

我决定将痛苦隐藏起来，等到5月17日找个医院的护士，私奔出逃。

另外，请你行行好，不要再给我推荐任何书籍，这让我感到很恐慌。在我心目中，整个地球只有一个像样的作家，那就是你。所以，在你没有出新书以前，我更愿意守在电视机前观赏节目。

至于乔丝，你选择的策略很正确：让她自己先降降温。她和莉斯贝思的友谊变得令人有些不适。你知道吗，最近她们正在谋划一场“费曼[1]”运动。你可以想象吗，这两个人袒露着乳房，走在勒芒老城的街道上。

15分钟后就要开饭了，就先写到这里。

我会好好活下去！[2]

来自九泉之下的吻。

你的麦克斯

2013年4月24日

莉斯贝思写给皮埃尔-马利

“伟大的作家”皮埃尔-马利·索图·床伴：

我在想，那天你那条印有袋鼠图案的内裤包着的两个圆形物体，到底有什么用？想不到，你都没有勇气回复一位被羞辱的女性。

---

1. “费曼”（FEMEN）是乌克兰著名女权团体。该团体成员的抗议方式多种多样：比如派出美女代表和警察当街对抗，或穿着极少的衣服以示不满。

2. 原文中“我会好好活下去”（I will survive）来自一首英文歌曲。

既然你没有向我道歉，我不排除将文件夹寄给那些媒体记者的可能。我敢肯定，他们对这些风流韵事一定充满兴趣。我连新闻的标题都已经想好了：《皮埃尔-马利·索图的床上功夫很不错？》。

如果你还想领略自己当天风采的话，我还可以给你举个例子。这个例子来自以“O”开头的词库：“哦，是的，快把你的屁股交出来。”毋庸置疑，这称得上是真正的文学。

我急切地等待你的回信。

“其他乐事”的筹划者，

莉斯贝思

2013年4月24日

皮埃尔-马利写给莉斯贝思

莉斯贝思：

我不知道你准备把事情闹成什么样，但请你注意自己的行为，不要涉及诽谤和侵犯隐私，不然的话，我保证你会有“意想不到的惊喜”。这两个行为都涉嫌触犯法国法律。作为一个退休教师，你的退休金不足以支付律师的辩护费，以及诉讼结束后你需要向我支付的赔偿金。

所以，请你停止这个游戏。大家都是成年人，不是吗？

事实上，我不该同意阅读你的改编作品。是在乔丝的一再要求下，我勉强同意的。我的错误在于立场不够坚定。最后只得陷入自己编织的谎言里，无法逃脱。

不管怎样，你不断影射龚古尔文学奖和嘲讽我为“伟大作家”的做法有些过分。我在你面前吹嘘过自己哪怕一次吗？

至于你改写我的名字，关注我的内裤和某些器官，我就不多做评论了。你可以重读一下邮件，然后自行判断。

说了那么多，我还是希望我们之间能做个了断。你希望我向你道歉？我可以满足你的要求：莉斯贝思，我向你道歉，希望你可以原谅我。这样可以了吗？

皮埃尔-马利

2013年4月26日

皮埃尔-马利写给奥利维尔

亲爱的奥利维尔：

怎么样？我们在“满嘴食物”餐馆吃得好吗？我没有骗你吧？这些精美的小饭馆让我感到很安慰。他们的大厨认真做菜，不吹嘘自己，也乐于迎合顾客各自的口味。不过那天晚上最让我开心的不是盘子里的食物，而是与你一起欢笑的瞬间。你不知道，在我人生的现阶段，开怀大笑对我来说就像是一份珍贵的礼物，比在内尔温泉住三周更有好处。所以，谢谢你！

和你相处如此愉快，因为你总让我觉得自己很幽默。那天你笑得打嗝，还发出低沉的叫声。虽然你用餐巾捂住自己的嘴巴，可还是忍不住爆发出阵阵笑声。餐馆中有一半人受到你的感染，跟着笑个不停，你察觉到没？

我很高兴你理解那个“女性求偶狂”的故事。然而，我现在成了落入圈套的牺牲品。介绍我们认识的中间人（这个说法很确切）背叛了我，所以那个疯狂的女人现在已经知道你给我写了一张假的会议邀请函。她为此怒不可遏。

所以我想提醒你留个心眼。如果有一天，一个叫莉斯贝思·皮·德斯蒂瓦尔的人去梦想出版社要求见你，千万不要答应。这个女人非常执拗。她完全可能在核实你的身份后，找到你，对你怒目而视，随后又一言不发地离开，留下不知所措的你。

除此之外，我最近没有写什么新东西。要是灵感降临，我会第一时间告诉你。

我热切地拥抱你。

皮埃尔-马利

2013年4月26日

奥利维尔写给皮埃尔-马利

我亲爱的朋友兼兄弟：

你知道我有多喜欢美食，我也很乐意与你在瓦朗斯、巴黎、通布图或世界的任何角落再次举办类似的小聚会！是的，笑死我了！我和你一样，并不是每天都有机会放声大笑。要知道，大多数作家只会和我谈论版权问题，从来不说他们的床笫之事，真是可惜。

我会认真记下莉斯贝思这个名字，随后把她加入出版社的黑名单。谢谢你的建议。至于你，我希望你别太紧张，坦然面对……我当然不愿意看到你深陷任何纷争。虽然我知道这一类的社会新闻会让销量迅速上升！你可以想象吗？《法语女教师状告2005年龚古尔奖获得者！》，只要一想到这个标题，我仿佛就能看到你作品又大卖的那一天！

好了，玩笑结束。在喝餐后酒的时候，你和我谈起薇拉和那位神秘的通信者，我感觉你状态不错。（“哪方面状态不错？”当我去养老院探望我的祖父时，他会这么反问。）是的，我的老朋友，你比去年的状态好，这真让人欣喜。坦白地讲，当你说起那段颇具戏剧色彩的通信经历时，眼里闪着光芒。她从哪儿来？她究竟和你聊了些什么，让你重新燃起火苗？

我就写到这里，留下两个问题让你思考，希望很快能听到你的好消息。

奉上我真挚、文学化的友谊。

奥利维尔

2013年4月26日

莉斯贝思写给皮埃尔-马利

皮埃尔-马利：

第一，好的，我接受你的歉意。虽然这份歉意并非出于你的本意，但这不要紧。

第二，也许在我那位可怜的丈夫去世以后，我确实干过很多蠢事，但我还没有完全失去理智。如果我在你面前挥舞红色手绢，只是想让你有所回应。事实证明，我成功了。请放心，我不会让自己陷入法律纠纷中，因为我没有钱支付这笔高昂的费用。（每月税前2674欧元的工资，在你几百万销量所得面前显得微不足道，谢谢你提醒我。）

第三，伤痛如此强烈，但你不用为我担心，我会重新振作起来。（看到吗，我竟然相信你会担心我。）

最后，乔丝早就该知道，我并不是你喜欢的类型。现在，我只需向她解释清楚，这件没头没尾的事情也该画上句号了。

莉斯贝思

2013年4月27日

皮埃尔-马利写给格洛丽娅

亲爱的格洛丽娅：

两个星期以前，你就收到了我的邮件，却到现在都没有回复我。

前几天我给你弟弟马特奥打了电话，他说你正在为一个重要的演出排练，我担心自己这封信写的不是时候。如果事实果真如此，我很抱歉，希望你能够原谅我。先前我也并不知道你在忙。

你只需告诉我你现在的生活状态就好。我理解你现在不愿意为往事分心，我愿意耐心等待。

今天我只是想告诉你，我打开了那个包裹，已经知道事情的真相。

我是昨天晚上打开的。昨晚雨下得很大。凌晨3点，猫躲进我的房间。它跳上床，在床上翻滚了一会儿，试图找到自己的位置。我从睡梦中醒来，摸了摸它，随后起身穿上睡袍，走进书房。我不能再思考，只能行动，现在是最好的时候。我从书架底部拿起那个棕色、硕大的包裹，那个我两个月前就应该打开的包裹。

包裹里放着一个蓝色文件夹，文件夹里放着两摞22cm×11cm规格的白色长信封。在所有的信封上，是同一个人的字迹，薇拉的字迹，她优雅、轻盈的字迹。从前，她几乎每天都要在屋子的各个角落留下各种便条："我买了面包""把洗衣机里的衣服放进烘干机""不要吃桌上的梨，明天我要拿它们做酥饼"。包裹上的字迹和便条上的一模一样。在所有的信封上，都贴着同样的平邮邮票，写着同样的地址（马赛）和同一个收件人：文森特·贝勒特尔。所有的信封都已经打开，所有的信都被读过。

信件几乎都是从迪约勒菲邮局寄出，我把它们按照日期整理好。第一封信写于2008年9月4日，周四。最后一封信写于2010年10月20日，周三，也就是薇拉出走的前一周。我把它们堆成四摞，每摞十封信，最后还剩七封。所以，在两年多的时间里，她一共写了四十七封信。也就是每个月平均给文森特·贝勒特尔写两封。

我细致、有条理地整理着这些信件，就像一个在停尸间的家长试图辨认自己已经面目全非的孩子：是的，这是他的手表；是的，这是他的牙套。当然，我可能在黑夜中哀号过，我也不清楚。

我随机选了一封。在读信时，我的手抖得很厉害，就像在挥动信纸，可我没有想过放下。那封信有四页，字迹密集，薇拉称呼对方为“我的爱人”。在第一页信纸的末端，我看到自己的名字和这样一句话：“皮埃尔-马利是个天使，可是……”

除了这几个字，我没有再读任何内容。我一定无力承受。

我把信重新放回信封里。随后，把所有的信件带到客厅，把它们和那个硕大的棕色包裹一起扔进壁炉，点上火，看着它们在眼前化为灰烬。

我的格洛丽娅，这就是事情的全部经过。

现在，我知道的真相和你差不多。所以你不用背叛自己的母亲，或是向我隐瞒实情。可以想象，这两年来你肩上的负担有多么沉重。我钦佩你的忍耐力。不管怎样，你可以选择是否告诉我更多的细节。但请你保留也许会伤害到我的部分，我想，没理由要我去承受如此多的痛苦。

也许现在，我们可以试着重新开始交谈，就像从前一样。我不想失去你。

热切地拥抱你。

皮埃尔-马利

又及：我还是想问你一个问题。虽然薇拉的离去让我陷入巨大的痛苦，可我已经能够慢慢理解她的选择。我不明白的是：她甚至抛下了你们（你和你的两个弟弟）独自离去？还是她与你们仍然保持着联系？

2013年4月28日

格洛丽娅写给皮埃尔-马利

皮埃尔-马利：

你还记得我在里昂艺术学院的舞蹈老师萨丽玛吗？每次放假回家，我总会说起她。她的教学方法很独特，我很喜欢。通常，在每次上课之前她都会先用阿拉伯语说一句谚语，随后再翻译为法语。有一句谚语让我至今难忘："你在花园里埋下的，必在你儿子身上重现。"我一听到这句话就开始哭泣，整节课都在哭，一边跳舞一边哭。萨丽玛看着我失态的样子，一言不发。

课后，她单独把我留下。不过什么也没说，只是紧紧把我拥入怀中，仅此而已。

为什么我要和你谈起这段往事？

因为我就是妈妈埋下秘密的花园。

你在27日写信给我，我在28日回复了你。巧的是，就在两年半前的今天，妈妈出走，从此杳无音讯。我对“征兆”一向很敏感，这也许源于我的意大利血统。所以，你认为今天就是“命中注定的那一天”吗？

我想提醒你的是：真相比你想象的更为悲伤、残酷。你确定你想知道？如果你真的想，就应该在烧毁信件前，把它们都读一遍，不是吗？

特别是，你要求我选择真相的内容，对此我无能为力。因为我一旦开始讲述，就一定会和盘托出。无法选择，无法取舍，无法隐瞒。事情会像一个决堤的水坝，你明白吗？

所以，也许你所知道的这些内容对你来说已经足够了，不是吗？

再说，马特奥也告诉你了，我拿到一部音乐剧中的小角色，正忙于排练。（是《名扬四海》[1]中的一个角色，我兴奋极了。）不过在周五正式恢复排练前，我有几天时间可以休息。你好好想一想，然后告诉我你的决定。

格洛丽娅

1.《名扬四海》是1980年艾伦·帕克导演的一部经典歌舞片。

2013年4月29日

皮埃尔-马利写给格洛丽娅

亲爱的格洛丽娅：

周末的时候，伊芙和她的两个孩子到家里来了。昨天下午，我把佐埃放在肩头玩耍，她骑在我的背上，问："外公，你比骆驼还要强壮吗？"我很喜欢这个问题。我的体重是她的五倍，她一定认为我拥有异乎寻常的力量。

我之所以烧毁薇拉的信，是为了阻止自己阅读。如果保留这些信，我一定会在好奇心的驱使下打开它们。我会在纸页间，逐字逐句寻找那些将腐蚀掉我生活的毒液。我不相信由你来告诉我，会比我自己拆阅这些信件更加折磨人。当然，你的话"真相比你想象的更为悲伤、残酷"，让我感到有些恐惧，但我仍然希望从你口中知道真相。

我在信中瞥见的那几个字对我来说已经足够了。在读到这几个字时，我仿佛听到了薇拉的声音，她音调的口音和变化。我能够接受她爱上另一个人，也能够接受她为了别人离我而去，但我无法接受她的欺骗，你明白吗？

毋庸置疑，我让你陷入难堪的境地。不过，既然提出要求的是我，你也不必太顾虑。在这么多年的隐忍沉默后，说出来也许更好。我很愿意和你一起翻动花园中的泥土。两人一起面对，所遭受的痛苦可能会小一些。

当你和薇拉笑着赶我走，随后走到樱桃树下、泳池边、阳台上窃窃私语。或当你们在厨房里聊到深夜时，我以为，你们聊天的主题在你身上：你18岁、19岁、20岁的各种心情和故事，尤其是你的爱情。我很确信，你就是你们私人电视剧的主角。然而，现在当我回想起当年的情景时，不由想到："为什么她们的表情如此严肃？脸上的笑容也消失了？"事实上，我几乎从未看到你们一起放声大笑过。

告诉我你想说的，或是你能说的。

我热切地拥抱你。

皮埃尔-马利

又及：我刚看了《名扬四海》1980年版本的预告片。真是一部激昂的作品！即便你获得的只是一个小角色，也需要全身心投入到排练中。你有台词或需要唱歌吗？还是只跳舞？

2013年4月29日

格洛丽娅写给皮埃尔-马利

皮埃尔-马利：

今天，巴黎雨下得很大。从我房间的小窗口望出去，天色灰暗，像11月的天空。两位室友都出门工作了，公寓里只有我一个人。背脊疼痛得就像患了风湿。我今年才26岁，老天！由于病痛反复发作，一个月前我咨询了一位骨科医生。这是我第一次与这位医生见面。可不知何故，当他把手放在我的背上时，竟然开始谈起我的母亲。“您是不是在生她的气？”你可以想象吗？听到这个问题，我仍旧一动不动地坐在椅子上，一言不发。他又说，感觉我的疼痛部位像是压着沉重的负担，需要尽早甩掉。我迅速离开医院。几天后，收到你第一封邮件。

我和佐埃的想法恰恰相反，虽然你比我高大很多，但我知道你不像骆驼那样强壮。让你和我一起分担重量，也许我背部的疼痛能得到缓解？你相信这一类事情吗？

我不太清楚该从何讲起。我有些害怕，担心自己一写出文森特的名字，妈妈就会突然出现在身后，看到我正在向你泄密。

（我刚刚在公寓里绕了一圈，听了听楼道里是否有声响。好在一切正常。）

我需要尽快平静下来。

妈妈第一次在我面前说起那个人的名字是在我高三那年。也就是2006年。

你还记得那个叫阿尔万的男孩吗？他是我的同班同学，经常来我们家里，然后……我爱上了他。那是我第一次陷入爱情，头脑混乱，所以找妈妈聊天。如果我需要聊聊心事，第一个想到的人总是她。我希望她给我建议，安慰我，引我发笑，给我拥抱。事实上，这正是她所做的事。

于是，她向我讲起自己的初恋。她 19 岁那年只身来到巴黎，遇见一个男孩。妈妈讲得很动人，在她的口中，那是一个英俊、稳重、很聪明很幽默的男孩。当时是建筑系的学生。她给我看过一张照片。照片上他显得很高大，看上去不比你矮。她也和我说过，这个男孩既是她的“星辰”，又是她经历过的……“浩劫”。我认为这个说法充满诗意。

我们经常聊到这个话题。每当我提到阿尔万，她就会谈起文森特，我甚至感觉她一直在等待着这个话题。渐渐地，我意识到自己低估了"浩劫"的杀伤力，意识到她仍旧对这个男人念念不忘，仍旧为失去他而感到悲伤。他不仅是她年少时的爱人，更是她一生的爱人。从那以后，我感觉很糟糕：为自己的父亲和你感到难过。

有一天，她突然告诉我她和文森特重逢了：在马赛的大街上，她与他撞了个满怀。

那之后不到一个月，两人相约共度周末。

我问她皮埃尔-马利知道这件事吗，他介不介意。妈妈伸出手指放在嘴唇上，另一只手堵住我的嘴，解释说自己谎称和另一个意大利人外出谈工作。

我对这一切深恶痛绝。我讨厌她把你当成傻子对待，但我更讨厌她告诉我真相！说这些话的时候，她就像一个做错事的中学女生。她很清楚，如果重新与文森特约会，等待她的将是什么后果。然而，她毫不迟疑地朝他飞奔而去。

就是从那时起，她开始对你撒谎，而我，成了欺骗你的帮凶。皮埃尔-马利，我为以往的过错向你道歉。只要一回想起这些往事，我就感到很羞愧。

两人经常背着你通信，在里昂或其他地方私会。每次妈妈都拿翻译工作当借口。

是的，在2008年10月的那个晚上，我确实看到妈妈和文森特向我们走来。两人不时相拥，就像每对热恋中的情侣。当时我羞愧难当，觉得所有责任都在自己身上。

我不知道你是否希望我继续说下去。

如果你想听，我可以告诉你更多的细节。

如果你不想听，我现在就可以闭嘴。

窗外的大雨让我意识混乱。我不想重读自己的邮件，准备直接发送给你。我的背还是很痛，打算做一下拉伸运动。

格洛丽娅

又及：在《名扬四海》中，我“只需”跳舞（就像你所形容的那样）。

2013年4月30日

皮埃尔-马利写给格洛丽娅

格洛丽娅：

感谢你的体贴。你的来信让我想起那些护士，她们一边往注射器里注入药物，一边询问你是否会在这个晴好的天气出门骑车，或者，你准备如何度过这个难熬的冬季。她们试图用各种话题转移注意力，随后若无其事地扎针。就像你，先饶有兴致地和我讲起自己背部的疼痛、室友和高中同学，可最后仍旧不得不回到这个人身上。

时间不早了，明天早上我再给你写信。

皮埃尔-马利

2013年5月1日

皮埃尔-马利写给格洛丽娅

格洛丽娅：

我昨天晚上几乎没有睡着。感觉自己支离破碎。

我没有想到你的邮件会带来如此大的震动。事实上，邮件没有揭露多少新内容。我早就猜到在薇拉的生命中出现了另一个男人，而她无法向我坦白。

虽然这个事实很残酷，但我能够承受。我从不认为自己是一个不可取代的人。过往的生活经历（不论是工作还是个人生活），早就教会我要谦逊。

我也能够理解她为什么选择默默离开。因为之前我们已经度过无数个相对无言的日夜，或花费数千小时重复同样的话，这一切都让人感到心力交瘁。我离过三次婚，很熟悉这种感受。

还记得2009年10月的一个夜晚。乔恩提早一个月回学校，那幢大房子里只有我和薇拉。那天我们正在吃晚饭，收音机里播放着新闻资讯。薇拉一动不动地坐在椅子上，眼神放空，不时喃喃低语。那是一种无意识的行为，所以她说的话并未经过大脑的筛选。她的声音很轻却很清晰："我做不到。"这句话让我背脊发凉，她坚定的口气更是让我无所适从。我没有勇气回应她，假装什么都没有听见。我猜，也许她想说的是："我无法生活在这片寂静中，无法心不在焉地生活在这幢房子里，我做不到。"现在，当我得知真相以后回想起来，她想说的也许是："皮埃尔-马利，你满足不了我，我想向你坦白一切，可我做不到。"

是的，这一切我都可以忍受。我可以弯下腰接受打击，在心里上一把锁，放下自尊接受一切。

然而，我无法忍受她欺骗我。欺骗了我整整两年。

我们的处境让她无法坦白。如果她不小心骗了我一次，第二天她可以选择道歉，请求我原谅，我也会原谅她，谁没有撒过几次谎？一次，两次或五次。可她不是，她欺骗了我整整两年，七百三十个白天与七百三十个夜晚。

这段漫长的时光让我恐惧，也让我感到自己被羞辱。现在我对这两年与她共同度过的时光产生深深的质疑。事实上，受到影响的不仅仅是这两年的时光，我对与她共享的一切，或者我“以为”共享的一切都产生了质疑。是的，这就像一片黑色的暗流，波及到过往的日子。

不，格洛丽娅，我不想知道关于这个谎言的任何细节。不想知道自己在何时、何地、在何种场合、以何种方式被欺骗。

一直到昨天，在收到你的邮件以前，我以为自己对薇拉心怀怒火。然而此刻，只要一想到这一点，我不由得感到好笑。我知道你很熟悉这种愤怒的感觉。现在我和你一起分担痛苦，你会不会好受一些？

怒气没有消失，但我需要和薇拉，我这一生最爱的女人彻底道别。不但要接受她彻底离开的事实，更糟糕的是，我需要抹去往日的回忆。这真是一件残酷的事。

格洛丽娅，抱歉我如此直白地向你吐露心迹。周日我将迎来61岁的生日，而你只有26岁。如果我们之间一定需要有人保护对方的话，我想应该是我保护你。可是在这件事情上，我们几乎是对等的。

在停笔之前，我还想对你说：如果你还想再告诉我些什么，还想告诉我一些必须知道的事情，请现在就说。有时，牙医利用麻醉的效力，可以一下拔掉患者两颗牙齿。所以，你尽可放心地说。

另外：在这场悲剧中，你没有任何责任。没有任何责任，你听到了吗？

快去治好你的腰痛。我热切地拥抱你。

皮埃尔-马利

2013年5月1日

格洛丽娅写给皮埃尔-马利

我既不是护士，也不是牙医！我是一名舞者。更确切地说，我正努力成为一名舞者，这是一个艰难的过程。

你知道吗，我时常希望自己成为其他人的女儿。我知道这个想法很可怕，但这是真实想法。我希望自己拥有一个“正常”的母亲，一个每周给我打一次电话，前来观看我的演出，每年假期可以让我在她的漂亮房子里住上几天，为我做好吃的，询问我近况的母亲。

然而，我的妈妈对这一切毫不在乎，自顾自地跑到了另一个星球。

是的，关于她的所作所为，她欺骗了你两年。事实上，关于她的所思所想，她欺骗了你八年。甚至还把我牵扯进来。

还想再告诉你些什么？没有了。我只想再次重复一个简单的事实：文森特曾经是，现在是，将来仍旧是她一生的挚爱。在没有他的三十年，她始终抱着这个信念活着。她曾经说过，过去三十年，她晚上总是梦见他。我也不知道她为什么要和我说这些。我什么都没问！

那天他们在马赛的街上相遇，只需要彼此对望一眼，两人就决定将已经逝去的少年时光捡起，重新活下去。没有任何事，任何人能阻止他们。

我知道她曾经抗争过，尝试着与我们在一起。可随着时间的推移，我们渐渐失去阵地。这里的“我们”指的是：你，我，这个美丽的重组家庭，平稳快乐的生活。

皮埃尔-马利，和你聊天后我感觉好多了。你鼓励我撕毁对妈妈的承诺。虽然我因此感觉自己像个叛徒，不是个好女儿，但终于可以放下包袱，像我梦想的那样跳舞。你知道吗，自从我进入艺术学院，所有的舞蹈老师都告诉我要释放自己，要“打开那扇门”。当时我不明白这些话的确切含义，也没有意识到这个秘密就像一根铁链，束缚了我的双脚。

然而，就像爸爸在电话里和我说的那样，我不是妈妈的妈妈！我不想再继续保护她！我受够了在所有人面前维护她“完美女人”的形象！不，薇拉并不完美。另外，也感谢你的提醒，我不需要对这件事负责。

现在，回到你最初的那个问题：不，我不清楚她在哪里。自从她出走以后，就再也没与迪尔戈、马特奥或我联系过。你一定觉得难以置信？我也这么认为。我甚至不知道她是否还活着，也不知道是否有一天她会突然出现。我只知道因为她的事，我已经流了太多眼泪。现在不能再因为她而影响自己的正常生活。

我要过自己的生活，好好跳舞，轻盈而自由地活着。在没有她的天空展翅飞翔。

你也一样。

我拥抱你。

格洛丽娅

2013年5月1日

皮埃尔-马利写给格洛丽娅

亲爱的格洛丽娅：

好了，我们已经打开所有的门窗。这种感觉真好。希望你能够修建属于自己的城堡。我真诚地祝愿你。

我还想告诉你：你是一个很好的女孩，我为你感到骄傲。

尽情跳舞吧，我的小美女，用你失而复得的自由尽情地跳舞吧。

我像个爸爸一样热切地拥抱你。（虽然我不是你的生父，但也算你半个父亲）。

皮埃尔-马利

又及：我和那位寄给我信件的人仍然保持着通信。如果我通过她了解到一些薇拉的消息，我会和你说一声，你再告诉我是否愿意知道详情。你觉得这样可以吗？

2013年5月1日

皮埃尔-马利写给艾德琳

亲爱的艾德琳：

您在哪里？

现在我用四个手指敲击键盘，（我用四个手指，确切地说，是我的两个大拇指和两个中指，敲出了12部小说！）屏幕上出现许多符号，这些符号是否会通过某种未知的线路，出现在您眼前，来到您所在的城市？此刻，您是在巴黎、勒可特尔还是其他地方？这个现代魔术是否真的会发挥作用？我们会不会只是充当了电子故事里的主人公？最终，是否会将我们连接在一起，碰撞出很多微电子？

您沉默了两周。我看了一下，最近的那封邮件也是由我发出的。以前，我常会对“我们可以离开了吗，亲爱的”说：“我们是不是该邀请于特尔一家来做客，我想见见他们。”她回答我：“不行，现在轮到他们邀请我们。上一次聚会是在我们家。”我回答说：“我们没必要计较那么多，不是吗？”她说：“不行，不能就这么算了，就应该由他们来邀请我们。”艾德琳，现在轮到您给我写信了！“我们可以离开了吗，亲爱的”说得很有道理！我应该选择和她一起生活！

我很想念您的声音。是的，我当然知道自己从没听过您的声音，也从未看到过您的脸庞。我这里所说的“声音，指的是您“发声”的方式，以及您让我“发声”的方式。您的来信总让我产生强烈的表达意愿。我怀念你我之间的默契。我怀念“我们”。

小说、电影、戏剧，最吸引我的不是故事本身，而是故事呈现出的形式：他人向我讲述故事的方式、故事的结构、语句相互连结的特点等。在我看来，这些才是作品的核心所在。就像相机术语中所说的“颗粒”一样。艾德琳，在您的信件中，我可以看到这些闪烁的“颗粒”。我很喜欢您讲的那些故事，当然，您讲述故事的方式也同样令人愉悦。

不，其实这些都不是我写这封信的真实意图。我写信的真实意图其实很简单：我担心您。

请您尽快回复我。

在这两周里，发生了很多事情。难道您不想知道吗？真的不想知道吗？

让我试图吸引你的注意力：（1）我打开了您的包裹；（2）那位真相知情者（格洛丽娅）回复我了；（3）十天前，我收到一封邮件，里面赫然出现一句“你去吃……”，好了，您真的不想知道发生了些什么吗？

热切地拥抱您。

并耐心等待。

皮埃尔-马利

又及：是的，我也很想和您一起玩“1，2，3，木头人”的游戏。我会很慢很慢地数数，这样您就有足够的时间靠近，而不会在我转身时被我发现。

2013年5月2日

艾德琳写给皮埃尔-马利

亲爱的皮埃尔-马利：

我原本打算要是几天内还没有您的消息，就以您的生日为借口给您写封邮件。5月5日那天，我将给您写几句“不温不火”的话（比如：“生日快乐，希望您一切都好。我热切地拥抱您。”）。随后，焦躁不安地期盼您的回复。出乎意料的是，您竟然抢先了一步。要知道您的邮件就像一份礼物，让我很惊喜。事实上，是很多份礼物，因为您写的每一个字对我来说都是礼物。所以，在这个包裹中一共有476份礼物。您想知道我最喜欢哪一份吗？根据前后顺序，大致可以这样列举，首先是“亲爱的艾德琳”，如果您还对我充满怨气，就不会这样称呼我。随后是“声音”“想念”“默契”，以及那句虽语法错误，却直抵人心的句子。皮埃尔-马利，我也非常想念我们！然而，如果没有下面那句简单却令人震惊的句子，以上这些词句对我来说毫无意义。这句话就是：“我打开了那个大包裹。”

您打开了那个包裹，却没有责骂我？

您打开了那个包裹，却没受到伤害？

您没有住院？没有当场暴毙？

您打开了那个包裹，却为我感到担忧？！

世界真是颠倒了，我不知道该说些什么，脑子里一片空白。我不配得到您的原谅，因为我什么都没做，而您却好像已经原谅了我。您听到了神谕？圣母玛利亚显灵了？或者我突然奇迹般地摆脱了厄运的纠缠？

哦，皮埃尔-马利，我感到自己非常愚蠢！试图说点玩笑话，却显得如此笨拙。您优雅的来信更说明我的耻辱。原本以为在我的世界里您已经永远消失，现在您突然在一片虚无中重新出现，让我感到欣喜不已。我也将坦然地接受这份幸福，试图重新修复我们之间被称作友谊的脆弱关系。

“我们可以离开了吗，亲爱的？”很有生活经验，我要向她致敬，因为我的生活能力很糟糕。是的，确实该由我给您写信了，可在您没有打开包裹以前，保持沉默也许是最恰当的做法。我现在再告诉您生活中的趣事，您还会相信吗？为了体现真诚，我需要做出什么样的担保？请您向我抛出任何您想问的问题，我将原原本本、毫无保留地回答您：我以我的天使，我那不幸夭折的小生命，菲利蒙起誓，我想不出还有比这更真诚的誓言。尽管我在过往的通信中确实编造过一些事情，但信件的本质是完全真实的。菲利蒙就是本质。

一周前，我离开巴黎。在巴黎的公寓里，我总会不断回想起那些悲伤的往事，我首先想到的，是您已离我远去的事实。我也没有再回勒可特尔，自从我知道了五十四年前在那里发生的事情以后，整幢房子让我感到害怕。

复活节以后，我的驾照被吊销了三个月。所以，我乘坐火车离开巴黎，寻找新生活的落脚点。现在住在奥尔良岛一间名叫“圆奶油”的旅店。一看到这个名字，我便对这个风景秀美的小岛产生了兴趣。现在是旅游淡季，整个小岛显得颇具野性，让我感到新奇，但又不至于太过荒芜，让我这个“新巴黎人”觉得无所适从。

每天清晨，我随着日出醒来。随后出发去沙滩散步。虽然天气经常阴晴不定，微冷、灰暗，但空气却很清新。常常能看到一些长腿鸟啄食沙滩上蠕动的虫子，但我叫不出这些鸟的名字。

走到沙滩尽头的时候，我回想起自己跌跌撞撞的过往，同时也开始思考前路的方向。

这座小岛会是未来的起点吗？当然，我也常常想起您，会感到心被揪着，像某个被处罚的灵魂。有一天我沿着堤岸散步，有位正在垂钓的老人递给我一张纸巾。我问他："我看上去像是在感冒吗？"他微微笑了一下，回答："一个独自凝望大海的女人，一定正处于失去爱情的痛苦中。"我没有反驳。您看到了吗，皮埃尔-马利，我成了一个走动着的陈词滥调。

我的房间很小，装饰有很多花草图案，设施齐全，网速很快。每一天都显得宁静而漫长，在这样的情况下，我当然更需要您。所以，是的，请告诉我：

告诉我您如何看待那些信件。告诉我格洛丽娅都说了些什么。告诉我是谁对您说了"你去吃……"，您做了什么换来这种待遇？

在停笔之前，我还想告诉您：现在给您写信的艾德琳已经不是那个2月中旬给您写信的艾德琳了。是您改变了她，让她变得更好，更加完整。

我鼓起勇气，怯生生但又真诚地拥抱您。

很快就会收到您的回复吧？

您全新的艾德琳

2013年5月2日

麦克斯写给皮埃尔-马利

老朋友：

不知道你那里情况怎样，我这里天气很不稳定。

我们这里最近几周经历了海啸和世界末日般的低气压，现在又要发布洪水预警：昨天上午，我的乔丝在厨房里泪如雨下。自从2002总统选举以来，我还从未经历过如此“潮湿”的5月1日。你还记得吗？那一年进入第二轮选举的是希拉克和勒庞[1]。得知这个消息后，全国民众都陷入恐慌。当时乔丝为法兰西哭泣。可昨天，她为自己哭泣。你没看到，昨天她是如此伤心，以至于我都想求助友谊救助联盟！她难过的原因全在手机里，莉斯贝思给她发了一条短信，指责她撮合你们，让莉斯贝思颜面扫地。短信很长，我就不复述全部内容了。短信的最后是这样写的：“别再把你们夫妻间的问题转嫁到别人身上。你先管好自己，再来操心我和皮埃尔-马利的事。这样的话，大家都能过得好一些。”

乔丝非常伤心。她泪眼婆娑地望着我。你知道我在那时做了什么吗？我张开双臂。

十二天来，我们相互怄气，分房睡觉。身材娇小的乔丝，总是气急败坏地上下打量我。而在那一刻，我突然向她张开双臂。

1. 让·玛丽·勒庞（Jean-Marie Le Pen，1928年6月20日—），法国政治家，极右党派国民阵线领导人。曾数次参加法国总统选举，在2002年法国总统大选中，一度获得17.4%的得票率，击败当时被看好的法国左派候选人利昂内尔·若斯潘。尽管最终输给希拉克，但却震惊了整个欧洲。

她走过来，依偎在我的臂弯里，瞬间我所有的怨气都像阳光下的白雪，化为乌有。这是一种很质朴的感情，我差点和她一起流下热泪。你无法想象，我们那个样子多么愚蠢啊！两个六十岁的老人，穿着拖鞋，站在他们二十五年前安装的水槽前，紧紧拥抱，重新发现我们谁也离不开谁。原来到了退休年龄的我们并没有比穿着平角裤玩耍的时候聪明多少，你能够想象吗！

当把她拥入怀里时，我又想起那天你给我写的邮件，你说我们死亡时间相距不会超过三周。不，我亲爱的朋友，三周对我们来说太长了。我和乔丝就像罗密欧与朱丽叶，在一方死去后的一分钟内，另一方也会马上死去。这就是我的真实想法。抱歉，在你面前班门弄斧，提到了莎士比亚。

从昨天开始，就像广播里所说的那样，大西洋沿岸的天气将有所好转：在高气压的控制下，会出现很多晴好天气，这真让人感到高兴！

与乔丝在厨房相拥以后，我出门买面包，趁着这个机会买了铃兰花。不是一枝两枝，而是足足三十七朵！这个数字代表着我们结婚的年数。（阿尔多瓦兹街角那个罗马尼亚小商贩，一定很想给我一个大大的拥抱）。当我回到家，乔丝已经擦干眼泪，正在泡咖啡。一看到那束硕大的铃兰花，她眼泪的阀门又再次开启。我猜她手中的那杯咖啡一定带有咸味。但你知道吗，那是幸福的泪水。我们为以前犯下的过错，说过的话，相互道歉。我们甚至谈到那个未能如愿来到人世的第二个孩子。是的，皮埃尔-马利，我们一起回忆了很多久远的往事，非常久远的往事。

我的朋友，这就是今天我想对你说的话。多亏了你，多亏了发生在莉斯贝思身上的那些事，我们那张冰冷的大床重新有了温度。你知道最好的消息是什么吗？我的胯部竟然经受住了考验。

我的老朋友，我热切地拥抱你。乔丝也一样。她说马上会给你写信。

麦克斯

2013年5月3日

格洛丽娅写给皮埃尔-马利

我亲爱的二号爸爸：

在冲向排练厅之前，我想快速给你写封信，告诉你：我也为你骄傲！甚至可以说是非常骄傲！现在没法讲更多奉承你的话，（时间紧迫！）但我知道你总会理解我的选择，并无私地帮助我，这一切对我来说十分宝贵。

另外，好的。如果你得知关于妈妈的任何消息，都请告诉我。虽然这些消息也许会令人悲伤，但还是请你务必告诉我。从此以后，你我之间再也没有秘密，好吗？

我会努力成为那个在你心目中的“很好的女孩”。

我要走了。走之前，在你的脸上狠狠亲一下。

你的格洛丽娅

又及：游泳池重新开始工作了吗？今年夏天，我要去好好享用一下！

又又及：你会来看《名扬四海》吗？预计今年9月在巴黎上演。它一定不会让你失望的！

又又又及：生活是美好的！

2013年5月4日

皮埃尔-马利写给麦克斯

亲爱的麦克斯：

真棒！我不知道自己该佩服你哪一点：是你那颗多情的心，还是你种马般的热情。

现在你竟然能谈论莎士比亚了！其实我并没有感到惊讶。我知道你把自己隐藏得很好。在外人面前，你假装自己不学无术，为的是迷惑对手，一招致胜。就像在柔道赛场上，选手总会做些假动作来迷惑对方。还记得有一天晚上在我们家（那时，我还和挪威女郎生活在一起），你让一位喜欢滔滔不绝、故弄玄虚的作家闭嘴。你微笑着告诉他，“为马披上战甲”的动词应该是***caparaçonné***，而不是***carapaçonné***。这一举动成功让他闭嘴三十秒，真是大快人心！

很高兴看到你和乔丝和好。我早就猜到这个结局，我会耐心等待她的邮件。向她问好，然而告诉她，我不（十分）记恨她之前对我所做的一切。

今天就写到这里，我听到门外有卡车的声音。我打算重新翻修露天平台，所以订了些木材。尼古拉会过来帮我。我很好奇在拆除旧平台时，都会发现些什么。三十五年间掉下去的小东西可真不少！

皮埃尔-马利

（还有，别太着急考验你的胯部。）

2013年5月4日

皮埃尔-马利写给艾德琳

亲爱的艾德琳：

从勒可特尔，到巴黎，再到小岛！我几乎跟不上您的步伐！您是怎么养成这种四海为家的习惯？在小说中，如果主人公如此神出鬼没，通常有两种可能：要么在追寻什么，要么在逃避什么。换句话说，他们不是猎人，就是被追捕的对象。您属于哪种情况呢？

看上去，您在那群叫不出名字的长腿鸟中寻找到片刻安宁。我打赌您还租了一辆自行车！

我可以提任何问题！这真是一个危险而又刺激的游戏。我的表姐曾经对我说过同样的话：“我们可以问对方任何问题，回答的人不能撒谎，同意吗？”我表姐是一个漂亮的棕发姑娘，性格鲁莽、大胆。那一年，我13岁，她15岁。那天，我们一起待在我家的阁楼上。她的提议让我有些不知所措，又不敢拒绝。她问：“谁先开始？”我回答：“你先。问吧。”然后开始等待第一个问题。我的心怦怦直跳，满脸通红，甚至担心表姐会听到我的心跳声。她想了一会儿，随后问道：“你最爱吃哪一道菜？”话音刚落，我的母亲就喊我们吃饭了，游戏就此结束。然而我仍然心神不宁，下楼时还摔了一跤。不过，这都是半个世纪前的往事了。现在，我很愿意和您一起玩这个游戏。

不管怎样，我先回答您提出的那些问题。

格洛丽娅和我都说了些什么？通过她，我确认自己了解的内容都是真实可信的：薇拉确实爱上了另一个人。格洛丽娅还告诉我，薇拉一直以来都深爱着这个人，从未改变。她欺骗了我整整两年，暗地里偷偷与情人幽会，却告诉我自己周末要开会。三天前我才刚刚得知这些细节。为了缓解内心的痛苦，我做了一件从未尝试过的事：我在医药柜里翻了一会儿，找到薇拉存放安眠药的瓶子。现在，每天晚上我都会吞下两片药。虽然薇拉不在身旁，却时刻影响着我的生活：她在给我带来痛苦的同时，又为我提供解药。

我是如何看待那些信件的？虽然我只读了七个字，但那七个字足以让我饱受折磨。我把这些信件连同您那个包裹一起全烧了。我很高兴自己能这么做。

艾德琳，我想告诉您一件事。这件事格洛丽娅、她的兄弟、我的孩子，以及负责薇拉失踪案的警察都不知情。只有我一个人知道，两年过去了，现在回想起来还是很痛苦。

首先，我先要告诉您我的财务支配情况。自从小说《漂流》被改编成电影后（电影很一般，但票房收入很可观），我赚了不少钱，对此我并不在意：既不感到骄傲，也不感到羞愧，而是平静地接受事实。当时，艾琳（我的挪威妻子）负责家庭开支。后来是薇拉。自从2005年起，我就再没打开过任何银行寄来的信件。薇拉和我共用一个账户，并且她可以随意进入我其他账户。总的来说，薇拉打理一切家用事务。对我来说，这种方式很适合，也很方便。自从她失踪以后，警察曾经问过我银行账户上是否有异常操作，比如异常取款、转账等。我信誓旦旦回答“没有”。事实上，我自己也不清楚。

11月初的时候，我收到10月对账单，打开看了一下，发现薇拉每周都会用她的银行卡转走750欧元。我想看一下之前几个月的对账单，却怎么也找不到。于是我去了银行，要求查看之前的用卡记录。我惊讶地发现，自2009年2月以来，薇拉每周都会从我不同的账户中取走750欧元。也就是说，二十一个月里，她一共取走六万三千欧元。

她的行为完全合法，所以我什么也没说。您是第一个知道这件事的人。让我痛苦的不是失去的财物，而是她谋画已久的计划。比欺骗更严重的是，她还背叛了我。

当她把手放在我的胸口，低声说“和我说说话”时，都在想些什么？隔天转走 750 欧元，周末与情人幽会时，又在想些什么？有些文学评论家说我很善于“看穿人类的灵魂”，这真是天大的笑话。

我对人类的灵魂一无所知。事实上，没有任何人了解人类的灵魂。

在警察询问时，我对损失的钱财只字不提，为自己的天真感到羞愧。我不想成为那个任人欺骗、背叛、羞辱的对象。相比之下，我情愿扮演那个寻找自己失踪妻子的角色。这听上去比较有面子一些，不是吗?

在扮演这个角色时，我有些过于用力，几乎筋疲力尽。我显得勇敢，不知疲倦，一直在全力寻找着自己失踪的妻子，是一个标准的模范丈夫。

然而私底下，我默默承受着不为人知的苦痛。那段时光是我人生中最艰难的日子。是外孙们把我从深渊拉回现实。

既然现在我不再对您隐瞒任何事情，我还想告诉您：负责调查的警察要求我把薇拉的护照带给他。我从她书桌的抽屉里找到旧护照，交给了警察。但我没有告诉他们，几个月前，薇拉申请了一本新的护照，她带着这本护照离开了我们的住所。

好了，亲爱的艾德琳，现在轮到我向您提几个问题。别担心，我会和表姐一样，先从简单的问题问起。

* 您在奥尔良岛上吃生蚝了吗?（如果您还在岛上。）虽然现在并不是吃生蚝的时节。

下面的问题稍微有些难度：

* 我知道，现在我需要分辨您之前邮件里的内容，哪些是真实的哪些不是。但我相信在有些事情上您不可能撒谎，比如菲利蒙。还有一些事情本身无足轻重，可当我知道这些事情都是您虚构的，不由得感到非常惊讶，因为它们看上去如此真实！还记得

您在一封邮件中提到，您独自一人，一边给我写信一边唱着《三圣颂》，手里握着酒杯，杯里装着烧酒。这真是一幅栩栩如生的画面。请您告诉我，这一幕是真的！

问题越来越难：

＊ 五十四年前，在勒可特尔到底发生了什么？

最后一个问题（您可以选择回答，或带着之前的奖励离开。如果您选择留下，一旦答题错误，只能获得一本近义词词典，或一张DVD作为奖励）。

＊ 艾德琳，您是从哪里获得那些信件的？

最后，我想和您分享一些那只高傲猫咪的近况：它有五天没回家，今天下午突然出现在我面前。瘦了很多，满身都是灰尘，显得很饥饿，口渴难耐。我猜想它一定在某处被关了好几天。我不知道它怎么想，反正当我重新见到它时，感到很高兴。您看，这又是发现生活美好的理由。第五个理由：重新找回丢失的物品。第六个理由则是：重新找回失散的“伙伴”，包括自己的猫。

热切地拥抱您。

我很想去到您的小岛。

皮埃尔-马利

2013年5月4日

艾德琳写给皮埃尔-马利

皮埃尔-马利：

现在是凌晨3点12分，我刚刚看到您在0点31分发送给我的邮件。我通常不会失眠，但是今天却心血来潮，在此刻打开电脑。明天在日光中，我会写一封比较好，也比较平静的邮件。但现在，此时此刻，我只想大叫：六万三千欧元！！薇拉从您的账户里取走六万三千欧元！？！？幸运的是，在读到这段文字时，我正坐在自己床上，所以在向后仰的时候没有弄伤自己。我的老天，皮埃尔-马利，这真是一笔巨款！

在这个漆黑的夜里，我分辨不清究竟什么内容最让我感到诧异。是您洒脱的态度？盲目的行为？薇拉在您眼皮底下做的那些事情？您面对警察时的沉默，还是您的羞愧？

我想，所有事情都让我震惊。这些事情混杂在一起，每一件之间配合得天衣无缝。我现在状态不好，无法向您解释清楚为何您坦白的事情会让我觉得天旋地转。但我保证，以后我会解释清楚。

看了这封邮件以后，我不确定还能不能睡着，但我想挑战一下自己。床头柜上放着一堆指引我走上智慧之路的书。其中有本书名为《怛特罗》，作者讲述了他在一位印度女性密宗上师身边学习数月的经历，主要是学习如何进入心灵层面的无上状态。这本书让我很着迷，你知道这本书吗？我多么希望自己可以自由呼吸，只是呼吸，不再想其他任何事情。

我还是会把水煮沸，然后放入缬草根和柑橘花。喝下这杯花草茶不会有任何坏处。

二十一个月。八十四个星期。六万三千欧元。如果我也拥有一笔同等数目的现金，您知道我会做什么吗，皮埃尔-马利？

我会马上登上喜马拉雅，请求得到密宗的启蒙。

希望您度过一个美好的夜晚。

艾德琳

2013年5月5日

皮埃尔-马利写给艾德琳

艾德琳：

谢谢您！

您一定会问，我为什么要感谢您。因为您把那六万三千欧元描绘得很有趣，让我捧腹大笑。我想象您穿着长睡衣（对吧？），仰倒在自己床上，睁大眼睛，张开嘴，用最大的声音惊呼道：六万三千欧元！！！六万三千欧元！！！

这个画面让我哑然失笑。两年半以来，这是我第一次告诉别人这件事，没想到说完以后竟会觉得如此欢乐。所以，是的，我要谢谢您为我减轻包袱，帮我拔走哽在喉头的刺。就像书中描绘的那样，您用拇指和食指捏住刺，一下就拔了出来，手势娴熟，我甚至都没有感到疼痛。毫无疑问，您是个了不起的咨询师，这一点我可以向您保证！您认为对于别人来说，自己也许不再是个好的咨询师，可对我来说您很称职！

谢谢您。

（说到这里，我想悄悄和您说一句：在我们看来，六万三千欧元是一笔可观的财富。可您知道吗，对很多人来说，这笔钱还不到他们一个月的收入。艾德琳，我们都只是毫不起眼的小人物。）

现在是早晨5点30分，您或许在喝下花草茶后，刚刚入睡。而我已经醒了很久。为了不让您着凉，我替您盖好被子，随后蹑手蹑脚地走出房间，让您继续做一会儿美梦。在梦境中，一百欧元的纸币从天空徐徐落下，就像喜马拉雅山上的雪花一样。（索图，你真棒，这个比喻虽然有些过时，但是很恰当！）

您备受鼓舞的病人，

皮埃尔-马利

又及：您或许是太惊讶了，以至于忽略了我的问题。不过没关系，就当我们还有永恒的时间。

2013年5月5日

艾德琳写给皮埃尔-马利

亲爱的皮埃尔-马利：

在做完一系列放松运动后，（您说得没错，我确实穿着长睡衣。更确切地说，黑色睡衣。）我终于慢慢入睡，可睡的时间不长。不知道是因为缺乏睡眠还是您讲的事，让我焦虑。醒来的时候我突然想起：我的老天，今天几号？是5月5号，对吗？所以，请允许我把那件取钱的事暂时放在一边，先向您送上我客套却真挚的祝福：祝您度过一个愉快的生日。

您打算如何庆祝61岁生日？那些可爱的家庭成员是否会陪伴在您身边？另外，那只被宠坏的猫也许会变成一位动人的公主，为您烤一个蛋糕？（就像在《驴皮记》里所唱的那样："先准备好……先准备好面团。"）我希望它至少可以使用猫的语言撒娇，"说些"好听的话，到您的膝盖边蹭几下。如果我是它，就一定会这么做。但我不是猫，而且如果我爬到您膝盖上的话，您可能会被压得粉碎。说到这里，我突然记起之前还留着一个问题没有回答，既然现在我们坦诚相待，我想是时候回复您了。这就是您一直在等待的答案：83。至少，在我来小岛之前，这是出现在体重计上的数字。也许来小岛之后我瘦了几斤。因为我确实有辆自行车（旅店的主人是位温柔的女士，她把自己的自行车借给了我），每天，我都会在树林和泥地里骑行数小时，您是怎么猜到的？

皮埃尔-马利，我向您保证，不论您提出什么问题，我都会如实作答（即便从楼梯上摔下来也在所不惜）。不过，在我回答之前，请先闭上眼睛想象一下。一位身高1米77，体重83公斤的大个子，盘踞在一辆被海盐侵蚀的破旧自行车上。是那种有三级变速的老旧款式，前轮已经有些变形。想象我踩着这辆老爷车，沿着沙滩前行，海风不间歇地迎面吹来。另外，这个高大的棕发女人每天要抽一包烟，这就回答您另一个问题：她来这个小岛的目的，是为了好好放松一下！

我没有开玩笑。您知道吗，菲利蒙去世，和那个“性情暴烈的混蛋”彻底离婚，此后我陷入长时间的抑郁，体重迅速下降。从各方面来看我的状态都很糟糕，除了一点：从青春期以来，我第一次拥有苗条的体型。我成功保持了几年修长的身材。当时我经常锻炼，尤其是和母亲住在勒可特尔的那段时间。需要注意的是，我所说的锻炼并不是社交舞蹈，而是一些真正的运动项目：跑步、游泳，甚至在洛瓦河上划船。我成了一名真正的运动爱好者，并全身心地陶醉。可随后几年发生的事（我会慢慢向您道来）重新唤醒我内心的焦虑。于是有一天，我突然停止运动，用吃东西代替跑步。毋庸置疑，我迅速恢复到原来的体重。

说到抑郁症，你谈起在薇拉的药箱中有许多安眠药。我对这种功能强大的药丸很熟悉，我也（非常）理解您对它的渴求，可还是请您不要过度服用。如果您需要的话，我将寄给您一份新的花草茶配料。我向您保证，两者的效果几乎一样！

皮埃尔-马利，您不知道，能读到您的来信然后回复您，是一件多么快乐的事。即使写信给您是为了向您坦白之前隐瞒的秘密，我愉快的心情仍然不受任何影响。毫无疑问，这种愉快的心情来源于第六个理由：找回我们以为已经失去的人。我2月份把包裹寄给您的时候，从没想过您会在我的生活总占据如此重要的位置。虽然当时我知道，您和我出于某种原因，已经紧密地连结在一起。

在继续讲述之前，我需要向您坦白自己撒的第一个谎。这个谎言与莫扎特和他的《三圣颂》无关，因为那天我确实独自一人，开了一瓶酒，声嘶力竭地在屋中演唱这段作品。我的谎言是关于年龄。我告诉您我34岁，不是为了假装年轻，也不是出于虚荣。事实是，我必须抹去生命中的九年时光。您算一下就会发现，把这两个数字颠倒过来，就是我的真实年龄。

这九年我想抹去的时光，涵盖了您所有问题，尤其是那个最重要的问题：薇拉的信件是如何落入我手中的。

坦白讲，它们并不是“落入”我手中的。

我一直很想得到这些信件！我努力搜寻，终于找到它们，并偷了出来。

和您一样，当我第一次面对这摞信件时，内心充满恐惧。虽然还是和您一样，我事前已经知道自己会发现什么，知道真相会将我击溃。对于您来说，2010年10月28日是具有毁灭性的一天。对我来说，2009年11月17是永远印刻在脑中的一天。那天是周二，天气很冷，可天空却很澄澈，没有云，阳光灿烂。可我却感到空气令人抑郁，阳光很刺眼……就像老天爷也在嘲笑我，嘲笑我的痛苦。

在离开马赛的火车上，我和您一样，拿着薇拉的四十七封信，却无法完整地读完一封。在里昂圣查尔斯火车站里，我失声痛哭。还记得邻座的人看着我，显得很尴尬。好在没有人鼓起勇气和我说话，不然，我一定会上前咬住他的脖子。

想说的话太多了，我感到头晕脑胀。

让我休息一会儿，我急需一杯浓咖啡调整心情。现在我要去圣托让那家，我每天早上都会去的小咖啡馆。今天没有下雨，我可以坐在露天座上，一边抽烟一边听本地人谈话。您知道吗，他们从早上9点就开始喝夏朗德皮诺葡萄甜酒。至少我还没有变成这样！

好了，我回来了，准备继续解开这无法回避的谜团。不过，刚才坐在露天座喝咖啡的时候，我想到一个问题：在您生日的当天，向您揭露真相合适吗？坦率地讲，我不认为这是一份礼物。

请放心，我不会在考验面前后退的。在您第一次在邮件中向我提起薇拉时，我就已经做好准备。我只是想知道今天您是否有心情读到这些内容。

也许您已经出门散步了？虽然现在这个季节并不适合穿着靴子徒步。但我知道您很喜欢散步，我也不想破坏您愉快的一天。

在这样的情况下，我先把真相的开头发给您（这是我贴心的一面），静候您的准许。在等待您回复的时候，我可以去看看海。我和您说过我的房间对着大海吗？而且朝东，每天清晨我都能有小小的享受。昨天上午日出的画面实在太令人激动了。

在停笔之前，我还想对您说三件事。

第一，您做了我一直想做的事：烧毁薇拉的信件。但那样会让我感觉自己毁掉了一些并不属于我的东西。而且您有权知道这些信件的存在。

第二，我对生蚝过敏。在这里，我只吃海螺和鱼。

第三，在向您解释五十四年前发生在勒可特尔的事情以前，我需要先向您解释我的母亲是如何去世的。但这并不是最核心的问题。最核心的问题是：艾德琳，您到底是谁？之前，我已经向您隐约透露过：没有另一个艾德琳，就没有艾德琳·派尔蒙拉。现在，就让那个艾德琳来结束这封信。

艾德琳·贝勒特尔

又及：皮埃尔-马利，您最喜欢吃的是哪一道菜？

2013年5月7日

皮埃尔-马利写给艾德琳

亲爱的艾德琳：

您知道对我来说最开心的是什么吗？是可以继续叫您艾德琳。

谢谢您的生日祝福。不过生日那天并没有任何特别的活动，也没有十几人的家庭聚会！只有孙子孙女给我打了几个电话，以及邮箱中的几张明信片。我特别喜欢小孩们用铅笔和尺子在卡片上画的一条条能让字写得更整齐的横线，虽然用橡皮擦去，但还是留下一些印记。另外，他们的卡片上还会出现一些可爱的拼写错误，简直能融化我的心。

我生日那个星期天，是和长子尼古拉一起度过的。他是个沉静的人，这也是他最大的优点。我们合作拆掉了旧院子。是的，我可以在周日上午自由地使用穿孔机和螺丝刀，因为离我们最近的邻居也在500米开外的地方。另外，我们的宗教信仰也并不妨碍在星期天工作。锯开木板后，我们发现了这三十五年（几乎和尼古拉同岁）来丢失的许多物品：硬币、笔、梳子、耳环、铅笔和大量的玩具，比如各类形状和颜色的棋子、磁铁、珍珠、扑克牌（那套“音乐之家”系列）、塑料小刀。尼古拉在旁边不时地喊道：“看，爸爸，我还记得这玩意儿。”我一看，是支磁性手写笔。是的，我也记得。中午的时候，我们在厨房吃了些东西，喝了波尔多红酒。毫无疑问，那是一个美好的生日，也是一个美好的星期天。

现在，我只需摆放好露天座椅，改造就完成了。我会按照自己的节奏行事。

关于“您到底是谁”这个问题，我本来想留到下一封邮件再问，没想到您先我一步，提前抛出这个问题。您做得对，是到了真相大白的时候。

艾德琳，现在我明白了一点：我们都不是自己故事中的主角。

您和我，只是故事中的配角。两位主角远比我们更疯狂，更浪漫，更热情，也比我们更引人入胜。他们狂热地相爱，为对方燃烧自己的生命，然后分开（为什么？我不清楚），毫无对方音讯，二十七年后再次相遇，找回彼此，一切重新开始。他们能够在和你我共度时日后，义无反顾地离开，杳无音讯，残酷地对待我们。他们没有理智。要成为故事的主角就必须缺乏理智。他们无法满足于品尝花草茶（对不起，我举了这样一个例子），也无法满足于观看12点45分的一千欧元益智竞猜节目，更无法忍受孩子们离开后时钟的滴答声。他们要的是火焰和不理智。我们成了他们生命中的绊脚石。在与我们一起生活的几年中，他们稍微考虑过，然后决定头也不回地绕开我们。而我们，只能眼睁睁地看着他们在生命里走过。

现在，我们只能先养好自己的伤口。事实上，我很喜欢修复各类东西，摔坏的玩具、写砸的书稿、遭受创伤的友谊。我相信您也一样，作为咨询顾问，您一定对那些伤痛很熟悉。现在，是时候将您安慰他人的技能运用到自己身上了，不是吗？

您问我，我还想知道些什么，您还能为我提供什么样的信息呢？也许并不多，因为我已经知道事情的主要内容。读小说的时候，我很讨厌作者在写到三分之二的时候就开始解释前因后果，这让我感觉故事马上就要结束。又像是导游，他拍拍手，指着地图向人们解释他们已经走过的路，看过的风景。这一切都会减弱阅读和旅行的魅力。

但我还是想问：

您和这个男人的婚姻维持了多久？你们一起住在勒可特尔吗？您的母亲知道这些事情吗？为何您在3月4日周一的那封信中，在需要使用“因为”的时候，用了“为什么”。当时您写道：“……我便开始精心装扮自己。对我来说这是一项艰巨的任务，为什么我总觉得自己长相丑陋。虽然有些人并不这么认为。”这是意大利文的写法，我只知道薇拉会犯这样的错误。当读到这段文字时，我很受震动，就好像薇拉突然重新出现在我的面前，低着头，用她那带着意大利口音的法语说：“我回来了，为什么我太想念你。”

您可以自由地选择讲述的内容和方式。也许，在薇拉的那四十七封信中有我需要知道的内容？既然信件都已经烧毁，只能借助您去回忆那些内容。

热切地拥抱您。

皮埃尔-马利

（八十三公斤，比我要轻二十三公斤，您还是没让我感到惊讶。）

2013年5月9日

艾德琳写给皮埃尔-马利

亲爱的皮埃尔－马利：

您的邮件就像一颗糖。昨天在散步的时候，我把它含在嘴里，让它在舌尖慢慢融化。

它的味道又甜蜜，又苦涩，就像天色一样变幻莫测。您的字句伴随我穿过松林，来到沙滩旁的绿地，来到小岛的西岸。当我看着风筝在空中飞翔，帆船在海中漂浮时，我想到您正在改造自己的院子。也许您说得对，我们不够耀眼，不够疯狂，没资格成为小说中的主角：您拿着螺丝刀，我骑在一辆生锈的自行车上；您充当业余考古学家，发现一些塑料珍宝，而我则更像是一个孤独的漫步者，内心有沉重的悔恨，淹没在从巴黎来度假的人群中。我们缺乏吸引他人目光的特质啊！但是，皮埃尔-马利，我却很喜欢“我们”！如果有一天我们不得不分别的话，我一定会感到很悲伤。

您和我之间还留有多长时间来分享彼此的心事？

您上一封邮件的语调让我感到有些惆怅，就好像我们已经走到路的尽头。事实上，是您温柔的语气在我心中激起波澜。您似乎并没有生我的气，也没生任何人的气，只是有些疲惫。我很担心，如果我告诉您薇拉和文森特的往事，会让您更加疲惫。

从今天早上起，我一直试图搜寻些有趣、出彩的内容写到给您的邮件中。我多么希望能够继续吸引您的注意，并让您振奋起来！我必须虚构部分内容才能达到这个效果。虽然您喜欢故事多于喜欢现实，但我已经答应过不再说谎。

我是在2003年遇见文森特的。至于相遇的场合，此前我已经描述过：罗曼并不存在，那个1米95高的人就是文森特。我的生命中从未出现过任何金融家，其他完全一致。当年我在勒可特尔与母亲同住，期间结识了一位朋友。这位朋友就是文森特的妹妹（现在仍是）。那个可悲的夜晚以我倒在那些米奇玩具中告终，后面的事情我也和您说起过。这已经是十年前的陈旧记忆了。

我没来得及告诉您的是：在看完话剧，到我家共进晚餐之后，文森特就彻底走进了我的生活。

文森特是个不错的人。他善于倾听，也会花时间了解站在自己眼前的人。

当时在他眼前的是一个33岁的女人：高挑、棕发，曾经体态肥胖，现在热爱运动；曾经长期抑郁，现在内心平静。在勒可特尔待了九年之后，这个女人已经准备好开始新的生活。

当时文森特46岁，在巴黎一家建筑事务所工作。我人生中第二次离开母亲，前往巴黎九区和他一起生活。

接下来几年，我们唯一有争议的问题是，孩子。一年一年就这么匆匆而过，我暗暗说服自己时间还早，我还有机会说服他。可眼看着生日一次次过，年岁增长：36、37、38。我的肚子还是一片虚空，里面只有越来越苍白遥远的菲利蒙的灵魂。

2008年初，我的愿望越来越强烈，几乎成了一种顽念。这时文森特工作的事务所赢得马赛一个大项目的承包权。皮埃尔-马利，他得知消息后，兴高采烈，立刻全心扑在工作上！您该听听他怎么说，因为负责人需要在工地监工，有一半的时间他不得不留在千里之外的城市！这不是逃避是什么？

我在阅读薇拉的信件时发现，他们在那一年的夏末重逢。无论是不是偶然邂逅，都不重要了。要知道世上从来就没有什么巧合，只有机缘。

2009年对我来说，就像一场噩梦。文森特延长了在马赛逗留的时间，时常在周末的时候忘记回家，那时我便明白，他一定有了新的爱人。皮埃尔-马利，在您这里，视而不见帮助您逃过这一关：羞辱感把人变成恶毒的黄鼠狼。我就成了一条黄鼠狼，专干坏事，刨挖他人的隐私，然后靠挖掘到的肮脏事存活。有一天我悄悄偷出文森特在马赛住所的钥匙。我知道他当天有事要留在巴黎，于是便跳入一列开往马赛的火车。

当天晚上，我带着装了信的包裹回到巴黎，回到家中，把钥匙重新放回他上衣的口袋，随后站在卧室衣橱的镜子前，不知所措，濒临崩溃。镜子中出现一个苍老、肥胖、悲伤，被嫉妒摧残的丑陋形象。在文森特看到我这种样子前，我整理好私人物品，把信放在它们中间，草草留了几句话，便开车离去，前往我唯一的庇护所：勒可特尔。再一次回到母亲的怀抱。

到达勒可特尔已经是凌晨1点。母亲迎接了我，没有问任何问题，就像在 1994 年那样。进屋以后，她递给我一件睡衣，升起壁炉中的火。随后递给我一杯烧酒，接着是第二杯、第三杯……她在屋里放了点音乐，任凭我在沙发上哭泣。我的状态很糟糕，几乎无法说出一句完整的话，唯一能做的就是把信件从包里拿出来。我把一沓信扔在茶几上，然后喝得烂醉，便倒在床上沉沉睡去。

第二天早上，茶几上的信件消失不见了。

当我问母亲她把信件放到哪里了，她指指壁炉里的灰烬。对付爱情带来的伤痛，我的母亲有她自己的办法。她把我带到这个世界来，不是为了看到我深陷痛苦，无法自拔。

哦，皮埃尔-马利，在邮件里向您倾吐这一切的时候，我感觉对您也是一种折磨。我本来应该闭嘴，让您安心改造院子，收看一千欧元益智竞猜节目，和您安静的儿子、任性的猫待在一起。我这么做的原因也并不体面：我需要留住您。

是的，我确实可以告诉您真相。但您能承担知道真相的后果吗？您会相信一个为了不要像她母亲一样结束一生，而在奥尔良小岛散心的43岁女人的话吗？这一切与您又有什么关系呢？

关于那个我不小心犯下的法语错误，我感到非常抱歉。我理解您看到这个错误时心里的震动。也可以想象当时您脑中闪过的那些疯狂念头！然而皮埃尔 - 马利，这只是一个普通的错误。也许是一个笔误。又或许出于巧合，在认真阅读完薇拉的信件以后，她的写作方式影响到了我，以至于我和她犯了同样的错误？您可能已经猜到，我的母亲根本没有烧毁那些信件，不然我又怎么寄送给您？一直到她去世以后，我才知道她的秘密。一直到她去世以后，我才知道您的存在和您的作品，才有可能暂时成为您的朋友。

所以，我能够再保守一会儿秘密吗？

皮埃尔-马利，我给您寄了些奥尔良盐。有些是在沼泽地旁收集的，有些则是我眼睑下的结晶。当夜幕降临，落日余晖用一种温和的姿态包裹世间万物时，我的眼睑下常会出现这样的结晶。

小心您的手指，别让锤子敲到。有空写信给我。

您的艾德琳

2013年5月11日

皮埃尔-马利写给艾德琳

亲爱的艾德琳：

别担心，我用的不是锤子，而是螺丝刀。

艾德琳，您文笔真好，以至于有时候我不禁要想，我们两人之间，到底谁才是真正的作家！

您谎报年龄，虚构过往，这些在我看来都不是真正的谎言。它们只是一件外衣，在适当的时候包裹在故事上。现在，您换上了自己的衣服，但您还是您，没有任何变化。事实上，您还没有谈到故事的核心：菲利蒙和您的母亲。

他们两人，一个照顾您四十二年，另一个被您照顾了十七天；一个在您两次陷入绝望时张开双臂，另一个在十七天内苦苦挣扎，可最终还是离开人世，留下几乎奄奄一息的您。事实上，他们两人才是您生命中的星辰，不是吗？

毫无疑问，得知金融家并非真实存在时，我感到很遗憾。我总是被他逗得大笑！相比之下，您的弟弟塞德里克并不讨人喜欢。顺便问一句，他是否确有其人？既然现在我们坦诚相待，我想直截了当地告诉您，那段关于复活节周末遭遇的描写略微有些夸张。我承认，对这段描写的真实性我有过怀疑，它让我想到罗伯特·拉穆勒的那只鸭子，您知道吗，就是那只不管发生什么事，都“活着的”鸭子。但我喜欢听别人讲故事。如果这些故事引人入胜，那在我看来，它们或许比真实的故事更加真实。至少，不容易被遗忘。我想，这就是人们为什么要虚构自己的过去。

但是薇拉的谎言不但没有让我感到入迷，反而让我深受伤害。您说我没有对任何人生气，不，我很生她的气。

写到这里，我突然想到，我不仅烧毁信件，还把您当时发送给我的照片放到了回收站。当我清空回收站时，由于这是一项不可逆的操作，电脑屏幕上跳出一行字：“您真的要永久删除这个文件吗？”我感谢它的谨慎，然后坚定地按下“是”。可在操作前，我最后看了一眼那张照片。我放大图片，点了一下位于远景的两个身影。右边，站在拱廊下的是一位穿着米色大衣的女士，一位身材高大的男士搂着她的肩膀。越是放大图片，两人的身影就越模糊。所以无法确定照片上的人到底是谁。可事实上，我们很清楚他们是谁。我们几乎可以听到他们轻声的谈话、亲吻的声响。看着这张图片我心里暗想：我是一个局外人了，无论他们有多亲密，都不再跟我有任何关系。想到这里，我便按下“是”。是的，我确实想永久地删去这张照片。艾德琳，您也可以这么做，让他们安静地生活吧。

如果一定要想起他们，也可以换一种方式。毕竟，要是没有他们，我们可能永远也无法相遇。当然，还有您的母亲。我猜，一定是她告诉您薇拉的丈夫是一位“大作家”。

昨天我院子的改造工作完成了。改造得很不错，我为自己感到骄傲。今天下午我就可以好好吹嘘自己的劳动成果了，因为尼古拉将带着他的妻子（和他一样沉静）和四个孩子（是的，他们也很安静，您是怎么猜到的？）过来。现在这里的天气就像10月，我打算给他们做浓汤。一种摩洛哥风味的汤，味道很醇厚。通常要在里面放入小块羊肉和十种不同的蔬菜。大家都很喜欢这道汤，尤其是孩子们。我很喜欢切韭菜和芹菜时的声音，汤中羊肉和香料的味道，以及所有食材一起炖煮时发出的“噗噜噗噜”声。看，我们又找到了第七个生活美好的理由：花时间为自己心爱的人做菜，同时收听电台节目。

艾德琳，告诉我您还想对我说些什么，但不必为此焦虑不安。您也可以和我说说小岛轶事。总之，好好享受海边生活吧。

皮埃尔-马利

2013年5月14日

艾德琳写给皮埃尔-马利

亲爱的皮埃尔-马利：

周六收到您的来信后，我觉得有些惆怅。

我想象您幸福得像个教皇，坐在一群欢乐的人身边，为自己倒了最后一杯布兰诺红葡萄酒。为自己有个安静的儿子和四个可爱的孙子而感到自豪。更自豪的是，还能让他们都饱餐一顿。

这幅画面令我寝食难安，用了三天时间来消化情绪。

这几个星期的通信让我产生了幻想，可周六的信一下让我看到事实：我并不会（可能永远也不会）被您邀请，共同坐在那张餐桌旁。这个事实让我感到有些难受。您说得对，“我应该好好想一想接下来的日子应该如何生活”。是的，没有您的日子，与您道别之后的日子。

现在让我烦恼的问题变得越来越多：在失去文森特·贝勒特尔后，艾德琳·贝勒特尔该怎么办？在失去维维安·派尔蒙拉以后，艾德琳·派尔蒙拉该怎么办？在失去皮埃尔-马利后，艾德琳又该怎么办？

至于您，就算失去薇拉，也无需重新构建自己的生活。因为您的生活建立在一个坚实的基底和一个崭新的院子上，而我的生活则发生在松散的沙堆上。

我永远不可能写得和您一样好。我之所以如此愉快地在键盘上敲击文字、遣词造句，那是因为我确信您一定会读到它（省略号）并且回复我！然而，作为一个真正的作家（如果我理解错误的话，请告诉我），书写的对象并不重要。写作有时和手淫很相似，不是吗?

我应该尽早找到能让未来变得更有意义的事情。已经有一些想法了，比如：合唱团、舞蹈、花草茶、冥想、性灵修复，以及之前向您提起过的，所有能让内心感到平静的活动。

爱情呢?

男人呢?

当然，我不会完全关闭这道大门。可现在，我很担心自己重新落入自己设下的陷阱。

从我知道薇拉那天起，我就疯狂地想要见到她，想知道她到底是一个什么样的人。像我一样有一头棕发，还是那种让我"毛骨悚然"的金发尤物？她身材高壮，还是苗条瘦弱得像个瓷娃娃？她的眼睛、头发、举止、年龄，总之，我想要知道关于对手的一切。

2010年2月，我在里昂拍下那张照片。文森特和薇拉已经习惯了在那里约会。酒店的名字在薇拉的信中经常出现，我早已烂熟于心。我不记得自己在街角等了多久，躲在车中，一遍遍看着周围的有轨电车、铁路和路灯，以至于我现在还能准确画出那块区域的地形图。

突然，他们终于出现在面前：文森特挽着薇拉，薇拉挽着文森特。我拉近镜头，拍下特写，很快两人便消失在酒店里。我不知道接下去应该做什么。跟踪他们？敲开房门将他们当场抓住？当时我的头脑一片空白，完全不知道该如何反应。

我重新开车上路，一整晚都没有停下来。有好几次我想猛踩下油门，一头撞死。但最后，我还是回到了巴黎，人安然无恙，还有了新的觉悟。

我竟然跟踪文森特，皮埃尔-马利，对此我感到羞愧，相当羞愧！我把那张照片留在电脑中作为提醒。只要不变成跟踪狂，我就感觉控制住了自己疯狂的情绪。

最后一次见到文森特的时候，他的脚边放着三个箱子。他说要去远方旅行，并且再也不会回来，过一阵子会把公寓处理掉。我在几个月前已经有所准备，可当这一天真的到来，还是觉得难以接受。

他带走了护照。和您相反，我没有假装对他“放弃一切，和别的女人到远方生活”的事实视而不见。但他们去了哪里，如何生活，我到现在都一无所知。像您一样，我始终在寻找他新生活的蛛丝马迹，可是没有任何收获。一开始，我经常查看他的电话账单和银行卡消费记录。但奇怪的是，这些账单上竟然没有任何线索：没有支出、没有通话、没有借款，什么都没有。

当您告诉我薇拉取款的事情后，我意识到他们谋划已久。那笔钱足够从头打造新的生活，您不觉得吗？比如前往一座太平洋的小岛，在一间茅草屋里生活。文森特一直很向往那种野性原始的生活状态。

有时，为了从长期麻木的状态中抽离出来，我会前往勒可特尔，和母亲共度周末。她经常用牌为我占卜，每次的结果都一样：他再也不会回来。

是母亲培养了我对这类神秘事物的兴趣：占星学、占卜卡片、解梦。她说不论使用哪种方法，只要能够进入他人内心，帮助他们缓解痛苦，就是好的方法。

母亲在去年10月9日去世，她从地窖楼梯摔下来，头撞在墙上。医生赶到的时候她已经失去意识。是塞德里克发现了她，然后打电话通知我。

冬天，我花了好几个星期整理母亲留下的大量物品。在壁炉中烧毁成堆的废弃文件。每往火炉中放一件物品，我的眼泪都会流下。事实上，我也不清楚自己为什么哭泣：是为我的母亲、父亲，还是为文森特、菲利蒙？

圣诞节前夕，我找到那批信件。您知道我的母亲把它们藏在哪里吗？她把它们藏在您的两本书（《迷雾城堡》和《漂流》）中间。渐渐地，我终于明白薇拉信中提到的皮埃尔-马利就是印在小说封面上的皮埃尔-马利。这就是我阅读您的作品的开端。我发现母亲在一些句子下画线，并在空白处做了标记，还画了一些神秘的惊叹号和问号。她是否在字里行间中寻找薇拉和文森特的踪迹？我不清楚。我只知道越往下读，你我之间的关联就越让我感到困惑。我也就越想与您分担我们一同深陷其中的痛苦。

皮埃尔-马利，痛苦真的是可以分担的吗？就我的情况来看，随着与您的不断通信，我的痛苦在慢慢减弱，取而代之的是与您相识的喜悦。现在，失去爱人的痛苦已经不值一谈。我可以很坦白地告诉您：我目前最害怕失去的人，是我丈夫的情人的丈夫。您不觉得这一切都很扭曲吗？

是的，也许是。

在停笔以前我还想告诉您：五十四年前，还有另一条生命消失在那个阴冷潮湿的地窖里。那个人就是我母亲的弟弟。在奥德特之前（就是我和您提到过的那个疯女人），没有任何人和我说过这件事。他的相片都被我的祖母销毁。根据当时的新闻报道，他跑到地窖是为了玩放在那里的玩具。要知道，幽魂总会以某种方式重新出现，您可以猜测一下这位兄弟叫什么名字。

时间不早了，我因为和旅店女主人喝了太多红酒，现在觉得胃不太舒服。女主人的名字叫米雷耶。如果您想听，或者想笑一笑，我过几天可以和您聊聊她的故事。

热切地拥抱您。

您的艾德琳

2013年5月14日

皮埃尔-马利写给艾德琳

亲爱的艾德琳：

我真想打自己几个耳光！就算是头驴也要比我聪明。当您独自一人悲伤地在小岛上，用特制的小叉子将海螺肉从壳子里挑出来，或者连叉子也没有，是用牙签，我却向您描绘一家人聚餐时其乐融融的景象！真是个蠢货！我请求您的原谅。

您知道吗（我试着弥补错误），我也很少参加这类“盛大”的家庭聚餐。从两年半前开始，我的晚餐通常由一盒沙丁鱼罐头和一盒酸奶组成。唯一的陪伴是那只高傲的猫。

关于文学写作，您的见解很有趣。不，我并不是在为自己写作。如果不是靠写作为生，我一个字都不会写（除非是写给我的朋友艾德琳）。事实上，一章精彩的内容和一碗浓汤本质上是一样的：我试图用自己的才华，让读书和喝汤的人享受美好。

说到才华，我依然保留对您的看法，请别再否认了！能写出“我目前最害怕失去的人，是我丈夫的情人的丈夫”这样的句子，您对文学一定比任何人都更敏锐。您的这句话让我想到布拉桑那首百听不厌的歌：《在丈夫的影子下》。您的句子，先让我笑出声来。可在仔细思考它的实际含义后，却又很难过。艾德琳，我也是，不想失去您。为何我们要离开对方？我们毫无保留地分享彼此的秘密。我们向对方打开柜子，一起走入地窖（您母亲的弟弟叫菲利蒙，是吗？），刨挖出埋藏在花园里的秘密。没有任何事物可以阻断我们之间的默契，就好像一段好的关系可以化解所有不快一样。

后天是周四，居住在卑尔根的双胞胎姐妹会回法国小住。我会去里昂机场接她们。她们准备在家里住上一周。别担心，我仍会抽空给您写信。

您的皮埃尔-马利

2013年5月15日

艾德琳写给皮埃尔-马利

皮埃尔-马利：

灾难来临：昨天晚上接到门房电话后，我不得不立刻赶回巴黎。家里漏水，漏得非常厉害，地板积着水。楼下的住户气得要命，因为他们刚刚粉刷过客厅。坦白讲，我完全处于不知所措的状态！！我只能先处理最紧急的。至于其他，就之后再说吧。我很讨厌处理这一类事务。这就是我需要找到文森特的时候。可恶的家伙！

您会在遥远的地方给我支持吧？我知道这很愚蠢，但在这种情况下，我确实需要身边有个男人（哪怕是虚拟的）帮助我！

热切地拥抱您。

您浑身湿透的艾德琳

2013年5月15日

皮埃尔-马利写给艾德琳

被洪水吞没的艾德琳：

是的，当我们无法打开醋渍小黄瓜或木瓜酱罐头时，身边总是缺少一个壮丁。

我很愿意帮助您，可我并不擅长修理漏水口。我知道怎样引起水灾，但不知道如何让它停止。您可以尝试一个万能的办法：关掉总龙头，随后打电话寻求帮助（注意：修理工可都是些情场老手）。

加油！

皮埃尔-马利

2013年5月16日

乔丝写给皮埃尔-马利

皮埃尔-马利：

今天是非常奇怪的一天。我也终于鼓起勇气给你写信。我刚离开医院。麦克斯在医院病房里，全身自脖子以下涂着碘伏，状态不太好。这个可怜的人为他的胯骨吃了太多苦头。我本想在医院陪伴他，好让他睁开眼睛时不会感到过于孤单。可他却坚持要我回家。你知道他和我说了什么吗？他说："你不能代替我挨这一刀。如果我感到害怕或疼痛，你也无能为力。还是去做你该做的事情吧。"

当时我有些恼火。我知道躺在手术台上的人不是我！只是希望和他一起度过这段痛苦。帮助他，安慰他，这是一个妻子的责任，不是吗？

总之，我还是独自回家了，心情复杂，脑中想着麦克斯那句“还是去做你该做的事情吧”到底指什么。我环顾四周，冰箱里放满食物，房间很整洁，所有的账单都支付了。另外，这两天一直在下雨，所以我也没有必要给花园浇水。那么，我到底应该做些什么？

我坐在阳台的摇摆椅里，想了一会儿。突然想到你，皮埃尔-马利。给你写信，也许就是我几周前就“应该”做的事！还有给莉斯贝思写信。因为，不管你是否愿意，由于之前发生的事，你们已经“落入同一个篮子中”。你们都是我的至交，可我却为了一点小事和你们赌气。

当这个念头出现在脑海后，我呆呆地在摇摆椅里坐了一小时，看着阳台玻璃窗上滑落的雨水，一动不动，好像被注射了麻醉的是我。突然，我站起身，坐到书桌前启动电脑：我准备先给你写信。

我并没有太多想说的话，但都是发自内心的几句：

1. 我请求你原谅我。

2. 你说得对，我确实无权掌控他人生活，更没权利干涉他人的感情。

3. 麦克斯态度坚决，这个夏天，他想独自到你家小住几天。他没有直接告诉我这个想法，但我可以猜出，他需要见见自己的老朋友，远离那个总是黏着他的女人，呼吸一些新鲜空气！

至于我，则决定独自一人去看望赛琳。反正麦克斯也无法承受去往马约特岛的11小时长途飞行。（是的，在马提尼克岛和圭亚那工作过以后，她又在马约特岛谋得一个新职位，两周后便要入职。）能够和女儿单独相处一段时间，让我很高兴。自从她开始环游世界，我们还从没有过这样的机会！

今天就写到这里。希望你能够看到我的努力：我这个固执的人能够迈出这一步，其实很不容易。

现在，我准备一鼓作气，也给莉斯贝思写封信。我保证，不会再把事情混为一谈。

如果你想知道，明天我再给你写封短信，告诉你麦克斯的身体情况？

希望你一切都好，也希望你院子里的草不要长得像我家的那么高（根本没法在瓢泼大雨里剪草）。

我真诚地拥抱你。

乔丝

2013年5月16日

皮埃尔-马利写给乔丝

我亲爱的乔丝：

如果我们的麦克斯没有痛苦地躺在病床上（在他醒来的时候，请替我热切地拥抱他），那今天将是完美的一天，所有的一切都如此美好：心结解开，消息都是正面的，让人也跟着轻松了起来。

十五分钟后，我准备出发前往里昂圣埃克絮佩里机场，去迎接双胞胎，她们的到来已经让我感到心情愉悦。我很喜欢和她们待在一起，享受周围人的注视。这两个漂亮的女孩用流利的法语和我交谈，彼此间用挪威语对话。当她们一人一边挽着我的胳膊时，我简直和走在戛纳红毯上的布拉德·皮特一样自豪。

现在，我又意外地收到锦上添花的礼物：你的邮件。

乔丝，我们不必上演这样的戏码："我请求你的原谅。""不，是我的错，是我的错。"也许这一切只是"电流短路"。电流在你们之前流动通畅，我是说在你和莉斯贝思之间。它同样在我们之间流动通畅，我是说在你和我之间。然而，一旦涉及到我们三个人，流通就发生了故障。当时我们三个人就不该绕成一团。在我看来，处理这个问题的最佳方法是：在今后的几年间都不要提及此事，直到我们能把它当笑话讲出来。

以下是我对你那三句话的回应：

1.我欣然接受你的道歉，并同样请求你原谅我。

2.没有人可以掌控他人的情感。有时我以为可以操控自己的小说人物，可事实上，他们也有自己的脾气性格，如果我试图这么做，他们一定会让我好看！

3.啊，是的！我很高兴能在夏天的时候迎接麦克斯的到来。我仿佛已经看到我们一起肆无忌惮地痛斥女性弱点，尤其是你的缺点时的画面！

好了，我要走了。免得错过孩子们。

我热切地拥抱你。

皮埃尔-马利

2013年5月16日

艾德琳写给皮埃尔-马利

亲爱的皮埃尔-马利：

不，那个修理工并不是情场老手。他来自罗马尼亚或阿尔巴尼亚，所以我没太听懂他说的话。不管怎样，他成功换掉了厨房中漏水的管道，我要他做的只有这个。至于我，在昨晚11点最后一次拧干拖把以后，便瘫倒在沙发上，以胎儿在子宫中的姿势一直睡到巴黎第一只鸟儿开始鸣唱。这里所说的“鸟儿鸣唱”，指的是一个不耐烦的司机（开车的蠢货）在街上猛按喇叭的声响。

睁开眼睛的时候，我做了一个决定。之前我犹豫了很久。等公寓完全干掉，我就从这里彻底搬走。手续很复杂，因为合同上写的是文森特的名字。您是否和我一样，办理过一张薇拉失踪证明（或者称之为“搜寻失败证明”）？等到第九区的警署开出这张该死的证明，我就可以开始办理相关手续。我猜过程一定很漫长、繁杂，所有的行政流程都会让人感到筋疲力尽。之前处理母亲的后事、勒可特尔住宅转卖手续，以及弟弟的各类问题，已经让我耗费了很多心力。

今天我没法给您写长信。公寓门口堆了很多垃圾袋，里面放着许多潮湿的杂物，我需要马上把它们带下楼。另外，还要处理一些有关保险的问题。

皮埃尔-马利，我可以问您一个很大胆的问题吗？还记得几周前，当您提到另一个萨尔特人急着要到勒芒见您时，（顺便问一句，她怎么样了？）您说过：“相见将会是个很大的错误。我们之间的魔力全都留存在屏幕的字句间。”如今，当我们已经坦诚相待，向对方道出所有秘密以后，您是不是还认为见面会“打破神奇的魔法”？

挪威双胞胎的到来一定让您很忙碌。别着急，等您仔细思考后，再回复我。

啊，是的。我很喜欢酸黄瓜和木瓜酱。总的来说，我喜欢所有可以用手指享用，或涂在面包上的食物。

热切地拥抱您。

艾德琳

2013年5月20日

皮埃尔-马利写给艾德琳

亲爱的幸存者：

很高兴您又回到干爽的世界！

不，我从未申请过任何“搜寻失败证明”。我很理解您需要这张证明来办理相关手续。但申请一张用来“证明失败”的文件，这事真是荒唐。难道不久之后，我们可以看到大家高举自己高考失败、婚姻失败，或生活失败的各种证明吗？

希望您能够克服阻碍，尽快顺利完成这些行政手续。至于巴黎的公寓，我建议您不要仓促决定。能在巴黎有个落脚处并不是一件令人反感的事（作为一个外省人，在这一点上我很有发言权）。

您那个大胆的问题让我有些不知所措。没错，我们从3月开始通信，并向对方倾吐了许多秘密。但我认为，现在还不是相见的时候。

这是周四看到邮件时，我的本能反应。这两天我慢慢明白过来自己为什么会这么想。

第一，是的，我确实担心我们会弄坏这个美丽的玩具。我担心我们的声音、身体显得太过……具体、真实，担心它们和我们预想的样子有出入。而且一旦相见，我们就再也无法退回过去，无法回到原本安然无恙的状态。

第二，现在是 5 月底，夏天快到了。在夏天，通常我的房子里会很热闹，来来往往的人群让它显得生机勃勃。虽然比不上从前，但至少也差不多。到了 9 月，房子里又会变得空无一人，悄无声息。不幸的是，我已经历过两次这样的落差。我很害怕再经历第三次。而且我承认，如果我知道自己将要见到咨询师、心腹、《三圣颂》演唱人、烧酒爱好者、花草茶冠军、阅读者、撒谎高手、虚构家、夭折的菲利蒙的母亲、夜晚摄影师、偷信者、丈夫是我妻子的情人、孤儿、芝宝牌打火机拥有者艾德琳的话……（这里，我不得不使用一个省略号）一定会更加害怕秋冬的到来。

这就是我的真实想法，我知道，这些想法都很自私。如果您认为这个夏天看上去毫无希望，如果推迟见面时间您就会死去的话，请告诉我。

请坦诚地告诉我。

皮埃尔-马利

又及：我的双胞胎女儿在家里睡觉、阅读、做运动、品尝波尔多2000年份的红酒。我为她们做了白汁牛肉和蔬菜牛肉浓汤（她们在卑尔根吃不到）。

又又及：说到另一个萨尔特人，就是她对我说出“你去吃……”，也许您会问我是否应该被如此对待。回答是肯定的。

2013年5月27日

艾德琳写给皮埃尔-马利

亲爱的皮埃尔-马利：

当我还在做咨询师的时候，总会遇见各种各样的人。我习惯在本子上记下对每位来访者的第一印象。有些人进门的时候动静很大（经常会有些焦躁症患者登门拜访），有些人则安静、羞涩，他们走进来的时候显得有点扭捏，甚至还有人踮着脚尖走进门里。我还会记下他们对我说的第一句话，以及他们握手时的力度。有个七十岁的瘦弱老太太，弓着背，敲门而入。当她与我握手时，差点没把我的手指捏碎。她一边握手，一边大声说道：“您好，我的姐妹！”就像我们是寄宿学校的同学。

来的大多数人都遭受过创伤，他们痛苦、迷茫，尝试从这里获得在别处无法找到的安慰。出于某种原因，他们无法调和自己个性上的不同面向，于是就会做出一些不和谐的姿态、手势，有些人甚至还会抽搐、结巴。他们并不知道，身体正在以一种清晰的语言表达自己。我的任务主要在于调整各个部位，使它们不再相互抵触。有时，一些来访者拄着拐杖，腿上绑着石膏和夹板，一瘸一拐地推门而入。我问：“您摔跤了吗？”他们便会告诉我，自己踏空台阶，浴缸太滑，孩子的玩具没有摆放好，或是着急跳上公交车。总之，都是一些看似意外的事件。其实，摔跤、坠落、没站稳、绊倒都不会只是意外，而是当人的内心失去方向，不知所措时常会出现的反应。

皮埃尔-马利，我之所以和您说这些，是因为那天写完信以后，我踩空一级台阶。是的，下楼扔垃圾时，我不小心跌倒在管理员房间门口，发出一声夸张的惨叫。结果是：两个垃圾袋破裂，杂物散了一地，我的一个膝盖受伤。如果我看到这样的我推开咨询室的门，就会微笑着看向自己，问自己为什么会踩空，生命中哪一段关系是丑陋的。可惜，我不太会自我诊断。皮埃尔-马利，说了这么多，我想表达的意思是，现在相见确实为时过早。我和您一样，还没准备好迈出这一步。风险太大了！很显然，现在我需要重新找到平衡点，也许需要花费四五个月才能成功。在此期间，我不得不度过一个忧伤，孤独，可憎，布满灰尘，眼泪和各类行政手续的夏天。然而，这一切都不重要！现在我只希望能够继续和您通信，继续通过这些黑色字母与您交流，延长这份理智的愉悦，您愿意吗？

让我们在虚拟世界中，变得闪烁耀眼，充满英雄气概，就像薇拉和文森特在现实生活中所做的那样。虽然我们没有他们那么勇敢，可我们也做了反击：和我们的邮件比起来，他们那四十七封信显得微不足道。好好照顾自己，还有您那对来自卑尔根的双胞胎女儿！皮埃尔-马利，请尽情享受生活，准备好泳池，倒上波尔多红酒，敞开大门接待客人。而我，恰恰相反，我准备清空巴黎的公寓和勒可特尔的住所，清空大脑，去除所有不快乐的回忆。等我感到全身放松、轻盈的时候，会寻找一处落脚的地方：一个安静、干燥、宜人，只属于我的地方，一个能让我抬头挺胸，感到骄傲的地方。您觉得阿尔代什省的桥瓦勒斯[1]、卢瓦尔省的德维坊[2]或多尔多涅省的德拉弗斯[3]怎么样？

热切地拥抱您。

您膝盖受损的伤员

1. 原文 Joyeuse，系地名。音译为桥瓦勒斯。在法语中，Joyeuse 又有欢乐、高兴之意。

2. 原文 De Vivans，系地名。音译为德维坊。在法语中，Vivans 与 Vivant 发音相似，Vivant 有活着、充满生气之意。

3. 原文 De La Force，系地名。音译为德拉弗斯。在法语中，La Force 又有力量、勇气之意。

五个月以后

2013年10月9日

艾德琳写给皮埃尔-马利

皮埃尔-马利：

我知道您现在正在法兰克福出差，但您今天早上有没有接到警察的电话？如果有，请告诉我，您在得知这个消息以后有何感想。

至于我，我感觉自己像是坠入另一个维度的世界。等您回来请记得告诉我。（如果我没有记错的话，您明天晚上就会回来，是吗？）

我热切地拥抱您，并急切地等待您的消息。

艾德琳

又及：抱歉我总是提起这件事：今天是10月9日，正好是我母亲去世一周年的日子。我曾经和您说过数字9总在我的生命里反复出现，现在您知道我没有胡言乱语吧？

2013年10月9日

皮埃尔-马利写给艾德琳

艾德琳：

是的，昨天晚上10点的时候，迪约勒菲的警察给我打了电话。他们一整天都在试图联系我，可我没有开机。晚上和德国合作伙伴共进晚餐时，我终于接到电话。为了听得更清楚，我离开餐桌。可十五分钟后我仍旧没有回去，于是他们出来找我，看看到底出了什么事。

我受到极大的冲击。

听到“圭亚那”的时候，突然想起我之前的猜测，“薇拉和文森特可能在委内瑞拉的某个地方”。看来我的猜测与事实很接近。不过那个画面里，本来是海滩、咖啡馆露天座、悠闲的气氛、音乐。绝对没有丛林里的末日。

是的，我明天回国。

热切地拥抱您。

皮埃尔-马利

2013年10月11日

艾德琳写给皮埃尔-马利

皮埃尔-马利：

您还好吗？

我刚和文森特的姐姐比阿特丽斯打了两小时的电话。我们都无法接受这个事实。警察说得也不清楚！他们还会不会继续搜寻遇难者的尸体？我知道事情已经过去三年，希望渺茫，但……谁知道呢？

这两天心情很矛盾，因为想得太多甚至感到有些头晕目眩。幸好，浴室里需要铺一些方砖，我打算自己动手，可以转移注意力。这是我第一次铺砖，希望结果不至于太糟糕……

热切地拥抱您。

艾德琳

2013年10月12日

麦克斯写给皮埃尔-马利

皮埃尔-马利：

抱歉我们“打得不是时候”的电话。乔丝和我一直在犹豫要不要打给你。我们知道，这三天以来你一定收到无数信件，接到无数电话。可我们还是想直接和你说说话，哪怕只有一分钟也好。在现在这个时候，我们很想听听你的声音，也想让你听到我们的声音。

昨天在《法国西部报》上，我读到了那条新闻。

如果没有理解错的话，他们找到了飞行员的本子？上面有薇拉和其他乘客的名字，是这样吗？

你知道吗，当时我们就得知有一架小型客机发生故障。因为2010年11月，赛琳正巧在圭亚那，而且我们两周没有她的消息，于是我们开始在网上浏览当地新闻，你一定可以想见，当看到有一架小型赛斯纳飞机消失在丛林里的时候，我们几乎当场晕厥。事实上，她一点事都没有，甚至没有听说过这条新闻。

如果当时我们知道薇拉就在那架该死的飞机里……

得知这个消息让人很难过。想象一下，薇拉和那些不幸的同伴在世界尽头的丛林中遇难，真是太可怕了。

如果可以为你做些什么，请随时告诉我们。

最近应该会有人牵头为此事举办仪式，或者弥撒。如果真有类似的活动，乔丝和我很愿意陪你一起参加。

我们两个给你一个有力的吻。

麦克斯和乔丝

2013年10月12日

艾德琳写给皮埃尔-马利

皮埃尔-马利：

您昨晚睡着了吗？

我睡不着。我能听到屋外每个小时响起的整点钟声。每当这时，我就会想起您和您的忠告："艾德琳，在您买下这幢房子前，请再好好考虑一下，它离教堂那么近！相信我，教堂钟声一定会让您心神不宁！"可奇怪的是，钟声没有扰乱我的情绪。相反，当我想到圭亚那丛林，文森特、薇拉和其他五位遇难乘客时，教堂钟声就像一位伙伴，温柔地在我耳畔回响。

我到现在都不能接受这个事实。这一切显得太过遥远，太过传奇，让人难以置信。也许要等警察把飞机残骸照片交给我们，整件事才会变得可信。我没有上网搜索照片，您呢？

现在，我坐在洒满阳光的院子里，告诉您我的想法：我越来越为当初的选择暗自窃喜。一会儿我准备去密尔克斯，到洛特河边走走。这里的桤木和白蜡树叶已经变成金黄色。

热切地拥抱您。

艾德琳

2013年10月12日

皮埃尔-马利写给艾德琳

艾德琳：

我上网找到了一张飞机残骸照片。那架小型赛斯纳飞机落在树丛中，机头朝下，就像一个玩具。从照片来看，飞行员和乘客很有可能躲过了坠毁，应该是跳出舱门走入丛林中求救。至于后面发生的事，我试着不再多做想象。

热切地拥抱您。

皮埃尔-马利

2013年10月13日

艾德琳写给皮埃尔-马利

皮埃尔-马利：

您在邮件中写过："我们不是故事的主角。"这几天我总会想到这句话，并自问：我到底是想成为一个耀眼但已死去的女主角，还是一个平庸却有生命的普通人。

毫无疑问，我选择后者。即便我没有孩子，没有丈夫，没有父亲和母亲。

只有面对您，我才能写出这样的话：虽然最近得知一个可怕的消息，可每天早晨醒来，我仍旧对生活抱着好奇和无可撼动的贪恋。我会暗暗地问自己："今天又会发生些什么？"通常情况下，生活平淡无常，并不会发生什么惊天动地的事，可我却很满足。咖啡的味道，天空的颜色，广播播放的一首歌，都会让我感到欣喜。

来吧，我想与您共同分享今天的惊喜：打开箱子整理物品时，我意外地找到了那本以为早已丢失的《暮色之歌》。我把它放在您寄给我的签名本旁边。您知道吗，我专门空出一层书架摆放您的作品。我喜欢您以两种形貌陪伴在身旁的感觉。

作为交换，我把双份的吻送给您。

艾德琳

2013年10月13日

奥利维尔写给皮埃尔-马利

亲爱的皮埃尔-马利：

你可以想见，关于薇拉的消息就像粉尘一样传遍整个出版社。你知道这里的每一个人都很关心你。你的事，就是我们大家的事。

所有梦想出版社的工作人员，通过我，向你转达最真挚的问候。

我想告诉你，到现在我都清楚记得在你们家共进晚餐的情景，想来觉得很伤感。与你们相聚的时光总是如此愉快、放松。通常我和你坐在客厅里，一边小口喝着白兰地，一边开怀大笑。而薇拉则和她的大女儿（格洛丽娅，对吧?）留在厨房窃窃私语。有一次我们凌晨2点回房睡觉时，她们还在聊天，我认为这幅画面很迷人。

我很悲伤。原本我们还抱有希望，一线微小的希望，能够重新见到她，希望有一天她会重新出现在我们面前。可现在一切都结束了。

我不清楚面对这样的结果你会作何反应。在类似的情况下，想像力往往会不受控制，尤其整个事情如此戏剧化。

如果你需要出版社为你做些什么，千万不要犹豫。如果你需要我为你做些什么，更是一秒都不要迟疑。

近期应该会有遇难家属见面，好让大家共同分担悲伤。如果有任何公开的悼念活动请告诉我。我希望站在你身边，支持你。

寄上我最深切的关心。

热切地拥抱你。

奥利维尔

2013年10月14日

皮埃尔-马利写给艾德琳

亲爱的艾德琳：

您有没有收到赛尔弗朗科夫人写的邮件？她的儿子也在那架飞机上。她建议遇难家属10月26日那天到南特集合，共同为死去的亲人举行一场弥撒。这个提议很合理，因为六位遇难者中有四位来自卢瓦尔大西洋地区。这样的话，除我们之外，其他人都不必舟车劳顿。

想来想去，我决定参加。虽然仍对薇拉怀有怨气，可这样的仪式却是无法拒绝的。即便我是一个无神论者，也该到教堂参加弥撒。

我决定和所有人一样，顺从地在教堂中坐下，起立。如果神父人不错，我甚至还会在胸前画十字。

您呢？也打算去吗？

热切地拥抱您。

皮埃尔-马利

又及：昨天我在家玩了个小游戏：把我们从2月底到现在写的所有邮件依次排开。您知道吗，截至今天，您一共给我写了六十二封，我给您写了六十一封。随后我用电脑统计了字数（就像出版社统计小说长度一样），屏幕上显示共有852640个字，这几乎和我篇幅最长的小说等同（《像河流一样》）。您最长的邮件是在3月4日，我的是在3月10日。8月8日您给我写了一封最短的邮件（概括起来就几个字：“是的，是我！”）。我最短的则是在8月9日发出（概括起来就几个字：“天哪，见鬼！”）您也许会问我，统计这些数据有什么用？事实上，没有任何用处。我只是想把我们的邮件数量化！

又又及：与其在迪约勒菲等待一条以我名字命名的大街、小路，或是综合活动中心，还不如让我在艾德琳·派尔蒙拉家中拥有专属书架。谢谢您。

2013年10月15日

艾德琳写给皮埃尔-马利

皮埃尔-马利：

对，我也收到了艾莲娜·赛尔弗朗科的来信。我很佩服她主动给大家写信，鼓励我们从自己的悲伤中走出来，与其他人交流。她的字里行间中流露出痛苦，这让我感到很难过，立刻做出决定，去南特参加活动。我已经通知了文森特的姐姐，她将和丈夫、孩子们一起前往。我猜您的大家庭里也会有一些成员陪伴您出席，对吗？

看到您为邮件做了统计，我感到很有趣……从索图书架上拿出《像河流一样》，在手上掂了掂分量，惊讶得说不出话来。我们真的写了那么多邮件吗？不过既然您这么说了，我就相信！奇怪的是，虽然我们写了那么多邮件，可我还是对您感到很陌生。对我来说，您仍旧是一个谜，皮埃尔-马利。一个无法解开、引人入胜的谜。

热切地拥抱您。

艾德琳

又及：今天晚上，艾斯比尔的市长将会召开一个酒会，欢迎新入住的居民。您知道吗？为了这次酒会，我会脱下陈旧的衣服和满是油漆的裤子，精心打扮自己！

又又及：在葬礼的时候，虽然没有尸体下葬，我们需要“精心打扮自己”吗？

2013年10月15日

皮埃尔-马利写给艾德琳

亲爱的艾德琳：

我很喜欢艾斯比尔[1]这个名字。您曾经担心将永远无法和我一起坐在餐桌旁，好像那是一种荣耀。那么，有朝一日我是不是也可以去艾斯比尔拜访您？希望……这个愿望能够实现。

---

1 原文Espère，系地名。音译为艾斯比尔。在法语中，Espère又有希望、期待之意。

是的，我们在任何场合都应该精心打扮自己，即便是出席葬礼。我曾经有很长一段时间认为，打扮自己是非常肤浅的行为。是我的妻子和女儿们让我改变了这个想法。所以，今晚也要尽情地打扮自己，但可不能随意向他人示好。还记得几个月前，您在和那位假想中的金融家恋爱时，我还充当了教练的角色。现在也不知道为什么，我看待这件事的眼光不一样了。

下周六，10 月 26 日，在南特，这个时间对大家来说都方便。薇拉的三个孩子都会参加。格洛丽娅当天将坐高速列车从巴黎出发。两个男孩 25 号晚上和他们的父亲一起开车前往。还有伊芙、乔恩、劳拉和她的丈夫。他们四个从里昂出发。至于有没有薇拉的亲属从意大利赶来？我不清楚。薇拉是独生女，她的父母早已去世。

至于我，我会在25日周五的时候独自坐火车前往南特。

皮埃尔-马利

2013年10月16日

艾德琳写给皮埃尔-马利

我最亲爱的皮埃尔-马利：

我真喜欢您带着醋意的语气……为了吊吊您的胃口，我不会告诉您昨晚在宴会厅里都发生了些什么。您只需要知道，我给大家留下“深刻”印象。另外，市长助理在谈到“城市蓬勃发展时”，一直目不转睛地看着我。如果有一天（就像您说的那样），您来到这座城市，当地媒体一定会把您的到来写成头条。您可以想象吗？“龚古尔奖得主造访艾斯比尔市！”

玩笑归玩笑，您的到来会让我很高兴。当然，也会很担忧。我得提醒您，我的房子里只有一间卧室。另外，客厅的沙发只有160厘米（我刚刚量了一下）。

皮埃尔-马利，我还有一个大胆的问题想问您：如果我们谈论和文森特、薇拉、这个三年后才从天而降的事故无关的话题，会不会显得有悖常情？

我想再重申一遍，只有对您，我才说得出这样的话：自从一周前接到警察的电话，我感到如释重负。对我来说，文森特在很久以前就已经死去。我们之间的通信也让我更快地从悲伤中走出来。26日的仪式上，将是我最后一次为这件事流下眼泪。

25日那天，我必须前往巴黎验收公寓（是的，我终于找到了租客）。所以我会从蒙巴纳斯直接前往南特。之后都会发生些什么呢？

热切地拥抱您。

艾德琳

又及：浴室的瓷砖铺好了，我给您发了一张照片，请不要吝惜您的赞美。

2013年10月17日

皮埃尔-马利写给麦克斯和乔丝

麦克斯、乔丝：

这是对你们善意询问的回答：为了悼念在 2010 年 11 月飞机失事中丧生的遇难者（其中包括薇拉），10 月 26 日周六中午 11 点将在圣古尔教堂举行一场弥撒。圣古尔教堂位于南特佩蒂普尔大街 4 号。

如果在那里看到你们，我会非常感动。但请不要勉强。

亲切地拥抱你们。

皮埃尔-马利

2013年10月17日

皮埃尔-马利写给奥利维尔

奥利维尔：

这是对你善意询问的回答：为了悼念在2010年11月飞机失事中丧生的遇难者（其中包括薇拉），10月26日周六中午11点将在圣古尔教堂举行一场弥撒。圣古尔教堂位于南特佩蒂普尔大街 4 号。

如果在那里看到你，我会非常感动。但请不要勉强。

带着情义拥抱你。

皮埃尔-马利

2013年10月18日

皮埃尔-马利写给艾德琳

亲爱的泥瓦匠：

坦白说，您的浴室让我大吃一惊！要不是知道您没有说谎，我一定会认为这出自专业人士之手。我迫不及待地想亲眼看看您的杰作。只有一个疑问：把墙面刷成“骆驼黄”，是您的最终决定吗？

我们为什么要在谈论与文森特、薇拉及那起事故无关的话题时感到羞愧？或者为想到其他事情羞愧？我有权利和您谈论瓷砖，想聊多久就聊多久，想什么时候聊就什么时候聊，随我们心意。我们该在谁面前感到羞愧？艾德琳，这里没有终极法官。王国就在这里，所有的一切都在我们眼前。

然而，刚才我给亲友们发送下周六纪念仪式通知时，突然又百感交集。当我说起遇难者，写到“其中包括薇拉”时，内心又抽搐了一下。我以为已经消逝了的四年，又回来了，开始想起过去种种的美好，在布里夫的相遇，疯狂热闹的几年，我们的爱情。

好在悲伤没有持续多久。现在，我又变回爱开玩笑的皮埃尔-马利，期待着明天。

我不清楚您如何看待南特之行。至于我，此次出行的目的已经变得有些模糊。首先当然是为了悼念薇拉，可我也会动情地想到：将要见到您。

皮埃尔-马利

又及：那位市长助理让我感到很恼火。

2013年10月18日

艾德琳写给皮埃尔-马利

皮埃尔-马利：

您知道吗？根据厂商印在罐子上的说明，我的浴室是“牛轧糖色”。是的，确实是“牛轧糖色”。除了您，没有人认为浴室和骆驼有任何关系。

哦，皮埃尔-马利，您认为我们见面后会吵架吗？我不敢过多想象这个画面。矛盾的是，我又不自觉地打开衣柜，想着与您见面时应该穿哪件衣服。

当然，出席这样的场合，黑色衣服是首选。可惜，本来我很想在您面前穿上那件我最爱的衬衣（暗绿色），领口有点低，能完美地衬托身型。啊，不对，我真是太愚蠢了！您偏爱的是屁股！您的品位很独特，请问，您对有点沉重的胸部一点兴趣都没有吗？

皮埃尔-马利，我很焦虑。您（几乎）知道我所有的事情，可却对我的容貌一无所知，比如我眼睛的颜色、发型等。我在想，现在是否需要给您寄一张相片，好让您先习惯起来，免得到时候气氛过于尴尬。

今天就写到这里，修理窗户的工人已经来了。

热切地拥抱您。

艾德琳

又及：艾斯比尔市长助理名叫吉尔·穆斯蒂尔，他充满魅力，十分迷人。

又又及：薇拉会一直在您的心底。她在您身上留下的印记要比任何防水涂料都难以抹去。

2013年10月19日

皮埃尔-马利写给艾德琳

艾德琳：

已经有人把我比喻成骆驼，我的外孙女佐埃，她这么说是想表达我很强壮，可不是为了嘲笑我。

为了“绝地反击”，我想对您说：好的，寄一张照片给我吧。（哈哈，您一定没想到我会这么回答，承认吧！）

刚刚看了一下火车时刻表。我下周五18点11分到达南特火车站。希望那天会下雨，这样我们就能躲在雨伞下，一起小声哼唱芭芭拉的歌。

我热切地拥抱您，艾德琳。

皮埃尔-马利

又及：也许在刚开始接触时，吉尔·穆斯蒂尔确实有几分魅力，但他很快就会让您感到失望。所以，还是算了吧。

2013年10月20日

艾德琳写给皮埃尔-马利

亲爱的皮埃尔-马利：

您想要一张什么样的照片？全身照？半身照？报名照？自助照相机拍出的照片？单人照还是合照？在海滩还是在山上？正在享用意大利面的如何？一张举杯为弟媳庆贺的？做鬼脸的？打喷嚏的（是的，我有这样的照片）？也许是一张穿着睡衣的照片？

不，等等，我有一个更好的主意：把这张照片发给您（见附件）！这是母亲为我拍的。她没有很高的拍摄天赋（愿她的灵魂安息）。我明明白白告诉过她：当太阳直射在脸上时不要拍，可她还是拍了。在所有拍坏了的照片中，我最喜欢这张。

说起火车到达时间，我将在下周五25日16点09分抵达南特。下雨天确实不错，虽然我并不想在仪式举行前听到芭芭拉凄婉的声音，因为担心自己会瘫倒在地。除非，是您在哼唱小调，我又是倒在您的怀中……

现在，您可以和我讲一些愚蠢、可笑，甚至是粗俗的故事吗？此刻我心里很难过，泪水在眼睛里打转，也许是因为刚刚在房间的地板上翻看了那些老旧照片的缘故。

热切地拥抱您。

艾德琳

2013年10月22日

皮埃尔-马利写给艾德琳

亲爱的撒谎精：

您难道不能早一点告诉我吗！在过去的八个月，在六十多封邮件里，您竟然对我守口如瓶！我不清楚自己现在到底是愤怒还是兴奋！（当然是兴奋。）

“高大、肥胖、棕发。”您描述得没错，可您却漏说了本质：您很……不，我不该在这里使用省略号，我应该用感叹号！当我写下这句话的时候，不由得轻轻地摇了摇头：您真的很……

好吧，算了，堤坝已经决堤，就让我恣意地使用省略号吧，我才不在乎呢……让省略号尽情流淌！

在您出众容貌的问题上，您狠狠耍弄了我一把。还记得您曾经用“河马、肥胖的身躯、费力打扮”等词句描述自己。

照片上的您朝着太阳，眯着眼睛（为您的母亲喝彩！）。我看着照片，不由暗自耻笑自己竟然传授给您一些所谓的经验，好去吸引那个无趣的金融家。以您那漂亮的脸蛋，完全无需任何人的帮助就可以吸引金融家、军人、男药剂师、女药剂师、篮球运动员、学生、电器商人、商务代表、部长、职业赛马骑师、小提琴家……总之，所有人……甚至是一尊龚古尔奖杯……

噢，你这个爱故弄玄虚的小家伙……

我到现在都无法缓过神来……

皮埃尔-马利（他惊讶得合不上嘴……）

又及：抱歉回复有些晚了，因为我的手指一打字就搅成一团。

2013年10月22日

莉斯贝思·皮·德斯蒂瓦尔写给皮埃尔-马利·索图

皮埃尔-马利：

希望你在收件箱里看到我的名字时，没有想掐死自己的冲动。我想首先告诉你的是，我没有打算将你从你（极为）珍贵的孤独中解放出来。在沉默了六个月之后（尤其最后那段言辞激烈的邮件往返后），我只是想说，《野兽回归》最终被搬上了舞台。虽然我的文学嗅觉不够敏锐，但艺术追求不能就此停滞不前，不是吗？于是，我把骄傲的心放在一边，坚持完成了改编计划。

一共有三场演出，昨天晚上是最后一场。剧院里座无虚席，演员返场四次，观众起立喝彩。很多人甚至到后台向我表示祝贺。我从来都不是一个喜欢吹嘘自己的人，所以我总会向他们提到你的名字，并称赞作品的质量。（如果你的作品在勒芒地区销量急增，应该知道这是为什么了。）

总的来说，观众很喜欢这个故事，尤其是那些颇为“现代化”的对话。当护士小姐在第奈老爷的房间里叫道“老爷子，看看您呼呼大睡的样子！”时，全场爆发出雷鸣般的笑声。真是太奇妙了！

借此机会，我还想告诉你：我遇到了心上人。理查德离过婚，很讨人喜欢，精力充沛，而且一点也不复杂。

现在，你可以踏踏实实，安然入睡了。

莉斯贝思

又及：啊，对了！我现在正在筹划改编第二部舞台剧。我觉得《窗边的女人》是个不错的选择。当然，如果找到更好的剧本，也许我会改变想法。

2013年10月22日

艾德琳写给皮埃尔-马利

亲爱的皮埃尔-马利：

您上次说浴室涂料的颜色时，我就怀疑您的眼睛是不是有什么问题。在看到您上一封邮件后，我想，您可能得了严重的白内障！又或者，您继续以自己独有的视角看待这个世界（这种情况的可能性更大一些）。不然您怎么会给我写下这样的邮件？好了，脱下您不诚实的作家眼镜，再好好看一看这张照片：我皱着眉，双手遮挡在眼睛前，其他的就是强烈的日光！本来只是想让您在见面的时候不要太失望，谁知道您把我描述成一个公主？为了不让天平一边倒，我再给您发一张照片。这是我六岁的侄子（比阿特丽斯的儿子）拍的。那是个清晨，我刚刚醒来。我知道这张照片有些模糊。小侄子还将他的手放在我跟前。不过，大家都可以看出，我既没有索菲亚·罗兰的美貌，也没有芭芭拉的风韵。

皮埃尔－马利，我就是我。这样的我将在四天后与您相见，身穿黑色衣服，撑着雨伞，手上可能还留有“骆驼色”颜料的痕迹。

四天……还是……三天？

我在想……（现在轮到我无视您禁止使用省略号的规定。）因为……因为我们到达南特的时间相隔只有两小时……所以，我想……

您觉得呢？

艾德琳

又及：在通信八个月以后，在咖啡店里等上两小时在我看来算不了什么。

又又及：您真够残忍的，过了那么久才回复我。在过去的两天，我一直后悔给您发照片。

又又又及：幸好这两天在艾斯比尔有很多活动。

又又又又及：因为懊恼，我把吉尔·穆斯蒂尔弄上床了。

2013年10月23日

皮埃尔-马利写给艾德琳

亲爱的艾德琳：

别再费劲解释照片了，我已经确定对您的看法。您的侄子也没能把您拍得丑陋。

吉尔·穆斯蒂尔在您的床上？我完全不相信。这个人根本就不存在，他又怎么能爬到您床上去呢？他是杜撰出来的人物！顺便说一句，吉尔·穆斯蒂尔这个名字起得不错，祝贺您！我差点就上当了。

您如此狡猾，又爱撒谎，我不确定自己是否想在南特见到您。算了，如果您告诉我一家距离火车站很近的咖啡店名字，如果后天您在那家咖啡店等我两个小时，也许我会屈尊前去瞧一瞧。

皮埃尔–马利

又及：对了，您想让我告诉您一些好笑的事。今天早上去看牙医，我在候诊室里遇见了……那个“大博士”前女婿！我们握了握手，聊了几句，便各自打开杂志看了起来，场面有些尴尬。我们就这么面对面坐着，整个候诊室只有我们两个人。突然，我意识到他正目不转睛地看着我，想要和我说些什么。我用眼神示意他请讲，他便轻声说：“您知道吗，当年我投票给了萨科齐。”我正要回答他时，门开了，牙医走过来让他进诊室。在离开时，他意味深长地对我微笑了一下。我到现在都没有弄明白这是怎么一回事。

2013年10月23日

艾德琳写给皮埃尔–马利

皮埃尔–马利：

我会在植物咖啡馆等您。北边出口，在花园附近的小广场上。我从来没有光顾过那里，但从网上的评论看，这家咖啡店还不错。

我会坐在靠里面的位子，点一杯柠檬茶，拿一本（好）书。临近18点的时候，我猜自己已经无法理解书上任何一行字，没关系，我可以假装继续看书。18点10分，我起身上厕所：希望厕所里有一面镜子，让我重新梳妆打扮一下。18点15分，我开始观察街上的情况。只要看到一个有些秃顶的男人，我心里的那颗原子弹就随时可能爆炸。如果您在18点20分还没有出现的话，我会再点一杯柠檬茶。18点30分，我猜您的火车也许晚点了。此时，我的手机就摆在我的面前，旁边放着那本我已经看不懂的书。您会发短信通知我，自己被困在昂热火车站了吗？18点45分，我点了一杯白酒，不甜的。如果您在19点还没有来的话……一杯烧酒。

我订的酒店在教堂和火车站之间。我很喜欢酒店的名字“灯罩酒店”，一家两星级酒店，价格适中。您预订了比较高级的酒店，对吗？

请告诉我，您是否需要我的电话号码。

热切地拥抱您。

艾德琳

又及：您去看牙医，是为了在见面时给我一个完美的微笑吗？（我反正去了趟发廊。）

又又及：吉尔·穆斯蒂尔确实是个好名字，为此，我很得意。谢谢您的称赞。

又又又及：我早就知道萨科齐主义不能预防牙疼。

2013年10月24日

皮埃尔-马利写给艾德琳

亲爱的艾德琳：

根据谷歌地图，从北出口到植物咖啡馆，步行只需41秒。

如果火车准点到达，假设我用三分钟从站台走到北出口，那么从理论上讲，我会在18点14分41秒推开咖啡店的门。

我会穿一件深色大衣，戴一条五颜六色的围巾，提着一个丑但实用，装有滑轮和伸缩拉杆的黑色小箱子。

我一定能在人群中一眼认出您，随后便走向您。我建议我们先握个手。

您询问我旅途是否顺利。我回答是的，也许我还会告诉您一个在火车上发生的小插曲。然后，轮到我问您旅途是否顺利。

我想，如果我们一板一眼地照着这个计划行事，肯定会非常有趣。

至于随后的事，我们可以自行发挥。

很高兴能与您相见。

看，这是第十个发现生活美好的理由：去一个让人怦然心动的约会。

随着日期不断临近，我几乎已经忘记这次前往南特的真正目的：周六，为离我们而去的亲人祈祷。

明天见，我亲爱的笔友。这是见到您之前，给您写的最后一封邮件。

无论今后发生什么，我要告诉您，这趟旅行非常精彩。

谢谢。

皮埃尔-马利

2013年10月24日

艾德琳写给皮埃尔-马利

亲爱的皮埃尔-马利：

这也是我从卡奥尔乘火车前往巴黎之前，给您写的最后一封信。今天晚上，我将在巴黎九区那间和文森特共同生活过的公寓里，度过最后一晚。公寓里已经空无一物，我得睡在地上。也许我这么做是为了惩罚自己，一是因为我曾经对他心怀怨恨；二是因为，这次去南特，我更多的是为了您而不是他，对此我感到罪恶。

我的手机号是：064431811。

行李已经收拾好了。我用了两小时将箱子装满，清空，再装满。最后，我把随身行李减到最少，一个装满各类化妆品的化妆包，三件深色衣服，两件花色上衣，可以穿着走过南特大街小巷的平底鞋，让我和您1米9身高匹配的高跟鞋，一个旅行用枕头，三本在火车上和等您的时候可以阅读的书。

您的计划看上去很不错，我会严格执行。希望当我们握手时，我的手心不要太过潮湿，要知道，我情绪激动时，体温总会不自觉地升高许多。

昨天，我把艾莲娜·赛尔弗朗科寄给我们的“纪念仪式程序”看了一遍又一遍。当我读到“为逝者祈祷时”，几乎被击垮。

皮埃尔-马利，时间快到了，我得关上电脑，准备出发。在我的体内有一部分在说：“好了，一切都结束了。”而另一部分，更有活力的那一部分则说：“一切才刚刚开始。”周六，在那座教堂里，人们将为逝者祈祷。也许我们会听到安魂曲中的《三圣颂》？不过，我自己会偷偷地，为我们祈祷，为我们这些活下来的人。再说，那也算不上是祈祷，而是一首歌。一首我自己临时编的歌。我会低声吟唱（姑且称它为“索图之声[1]”）。事实上，只有您听得到。这样做或许有失妥当，但节拍会和我“哒啦啦啦”的心跳很合拍。而您知道吗？这并不悲伤。皮埃尔-马利，您会和我一起唱吗？

热切地拥抱您。

明天见。

艾德琳

1. 原文“sotto voce”在意大利语中是“悄声”的意思，也与皮埃尔－马利的姓Sotto谐音。

La Fin.

谢谢。您选择的是一本果麦图书

诚邀关注“果麦文化”微信公众号

被留在原地的人

产品经理｜周　颖　　书籍设计｜星　野

后期制作｜白咏明　　产品监制｜吴　涛

执行印制｜路军飞　　出 品 人｜吴　畏

图书在版编目（CIP）数据

被留在原地的人 / (法) 让-克洛德·莫尔勒沃，(法) 安娜-洛尔·波多著；杨亦雨译. -- 天津：天津人民出版社，2018.6
ISBN 978-7-201-12829-0

Ⅰ. ①被… Ⅱ. ①让… ②安… ③杨… Ⅲ. ①长篇小说-法国-现代 Ⅳ. ①I565.45

中国版本图书馆CIP数据核字(2017)第325417号

图字02-2017-289

被留在原地的人

BEI LIU ZAI YUAN DI DE REN

出　　版　天津人民出版社
出 版 人　黄　沛
地　　址　天津市和平区西康路35号康岳大厦
邮政编码　300051
邮购电话　022-23332469
网　　址　http://www.tjrmcbs.com
电子信箱　tjrmcbs@126.com

责任编辑　金晓芸
产品经理　周　颖
书籍设计　星　野

制版印刷　河北鹏润印刷有限公司
经　　销　新华书店
发　　行　果麦文化传媒股份有限公司
开　　本　880×1230毫米　1/32
印　　张　9
印　　数　1-10,000
字　　数　208千字
版次印次　2018年6月第1版　2018年6月第1次印刷
定　　价　45.00元

图书如出现印装质量问题，请致电联系调换（021-64386496）